U0579786

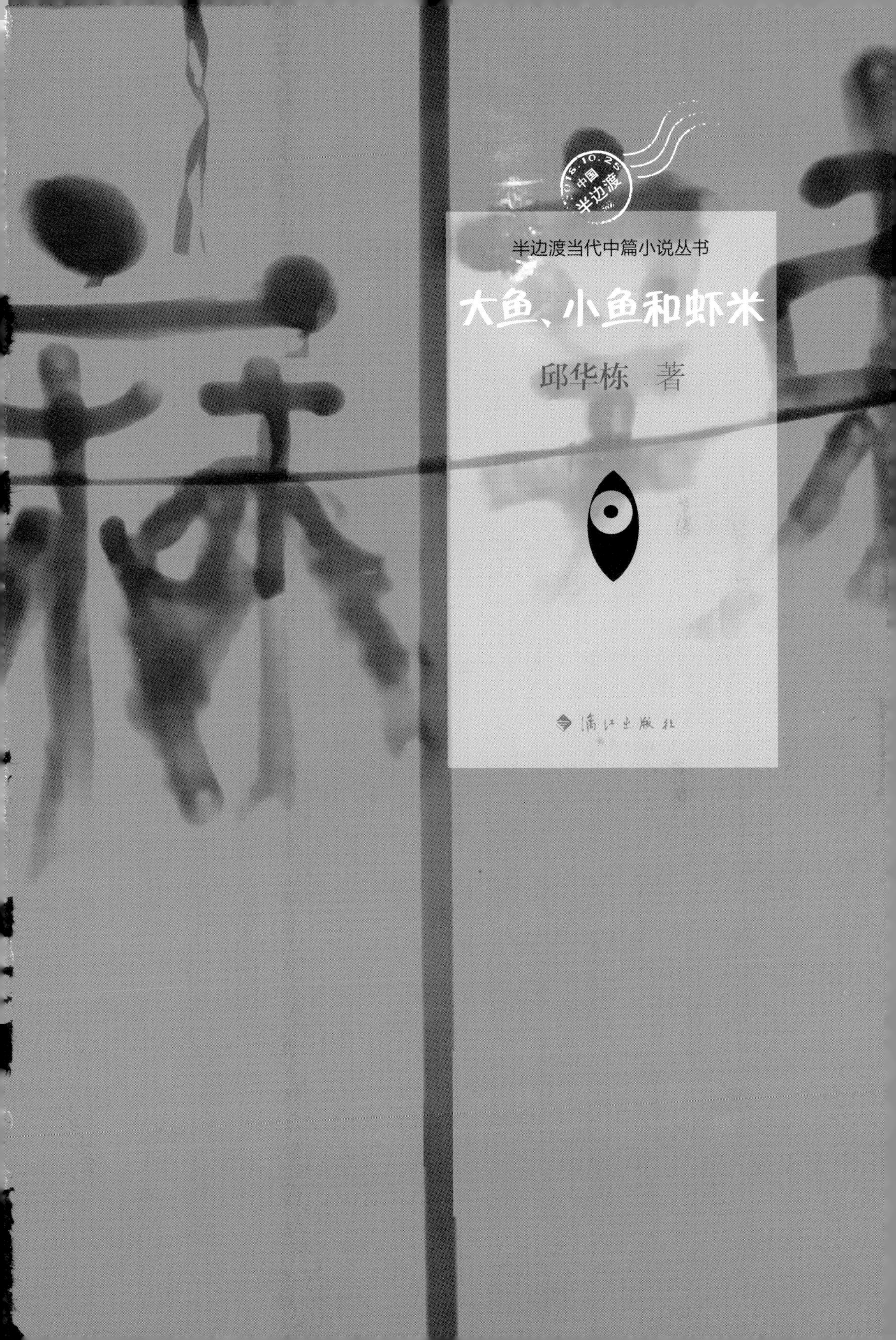

半边渡当代中篇小说丛书

大鱼、小鱼和虾米

邱华栋 著

漓江出版社

图书在版编目(CIP)数据

大鱼、小鱼和虾米/邱华栋著. 一桂林：漓江出版社, 2016.8
（半边渡当代中篇小说丛书）
ISBN 978-7-5407-7844-6
Ⅰ.①大… Ⅱ.①邱… Ⅲ.①中篇小说—小说集—中国—当代
Ⅳ.①I247.7
中国版本图书馆CIP数据核字(2016)第154711号

大鱼、小鱼和虾米
邱华栋 著

责任编辑：胡子博
书籍设计：石绍康
责任印制：唐慧群

出版人：刘迪才
漓江出版社有限公司出版发行
广西桂林市南环路22号 邮政编码：541002
网址：http://www.lijiangbook.com
全国新华书店经销
销售热线：010－85893190
大厂聚鑫印刷有限责任公司印刷
［河北省廊坊市大厂回族自治县西大街 邮政编码：065300］
开本：960㎜×690㎜ 1/16
印张：17.75 字数：231千字
2016年8月第1版 2016年8月第1次印刷
定价：40.00元

如发现印装质量问题，影响阅读，请与承印单位联系调换
［电话：0316－8836866］

《半边渡当代中篇小说丛书》出版说明

“半边渡”，原本是一种由独特的地貌形态所导致的交通方式，意指岸边道路出现山岩等巨型障碍，为了克服障碍所进行的单边摆渡。用来做丛书名，表示只在此岸，现场写作；彼岸风景，尽入眼中。选收的是当下既具实力，又有活力的知名作家，他们一直进行着克服障碍、自我超越的写作，刷新着个人纪录，不断求索、攀升。中篇小说介于短篇与长篇之间，是由短篇进发到长篇的中转过渡，出版中篇小说集，既管窥风貌反映当下，又把握脉动瞄准未来，期待作家们拿出更多优秀长篇回馈读者。

漓江出版社中外文学出版中心

目录

小说的未来
［自序］

我是最不爱写前言的人，因为，该说的都在作品里了，还要啰里巴唆地说那么多干什么？读者又不是傻子，他们什么都明白，尤其是，在现在看小说的人，都是很喜欢某个作家，才去拿起来你的书，要不然，有那么多好玩的、分心的事情，你让人家捧着你的书读，凭什么啊？

但出版社希望有个自序。另外，尽管我不爱写序言后记，但是我自己倒是喜欢读一本书的序言后记，因为在序言后记里，往往有关于一本书的很多额外的信息。

好吧，那我就来写一个前言。收在这本书里的几个中篇，《4 分 33 秒》《塑料男和简单方便女》《大鱼、小鱼和虾米》《平面人》《波浪、喷泉、弧线、花园》《鼹鼠人》都是我的比较近的、我自己喜欢的中篇小说。关于这几部小说，我不想多说什么，我想说点别的。

前段时间，深圳一家媒体的记者采访我，非虚构写作眼下似乎方兴未艾，大有要替代虚构文学的架势，问我是不是这样。

我说，不是这样，甚至完全不可能。文学最大的魅力就在于想象力，而想象力则是基于现实的无尽的遐想、想象、幻想、梦想，乃至东想西想、前思后想、胡思乱想和无边空想。想象力是文学存在的根本理由。伟大作家，从但丁、李白、塞万提斯到曹雪芹、卡夫卡、卡尔维诺、博尔赫斯、莫言，都以一己之想象，创造了一个伟大的、为人类所能共享的文学世界，在这种意义上说，非虚构文体（我以为包括纪实文学、报告文学、深度报道、传记、日记、历史研究、调查报告、新闻特写等各类文体）是替代不了伟大作家的想象力文学的。也就是说，虚构，插上了想象力的翅膀，永远都比非虚构飞得高，飞得漂亮。这不是等量齐观的事情，而是有个高下的分别。

当然了，这不过是我的一家之言。实际上，人类生活的丰富性和快捷，多变和纷扰，使得非虚构文学还会不断发展，也会蔚为大观。

接着，一个朋友问我，现在的小说，到底是一个什么样的情况？是不是太边缘化了？现在谁还看小说啊？人家搞影视的，直接买具有 IP 价值的网络文学去了，谁看纯文学啊？似乎纯粹的文学，越来越虚弱无力了？

另外，小说凭借纸张来传播，这种纸媒的命运是不是越来越不妙了？代之出现的，会不会是小说传播的电子化？

我想，关于小说传播的电子化网络化问题，这肯定是一个趋势。不过，我觉得，纸媒介将和电子与网络文本长期共存下去。

很简单，这两种媒体怕水、怕火，电子媒体更是还需要电源，也就更脆弱，虽然容量大。但我们有时候需要的不仅仅是容量。

而关于当代小说的状态，我的回答是，现在中国当代文学整体上来说，回到了它应该在的地方。当代文学不仅没有虚弱无力，相反呈现了接近真正繁荣的时期。今天的当代文学，呈现了非常丰富的多元景观，各种各样的美学圈相交、相切甚至是相离，这都是文学本来就应该具有的面貌。而且，我们的一些作家，通过自己这三十年的写作探索，已经和西方几个大的语种的文学，比如法语、西班牙语、英语、德语、意大利语文学的水平拉近了距离，我们当代一些优秀的中年作家即使是在全世界范围来看的话，其创作的水平，也丝毫不亚于同年龄的其他国家的作家。

由于出版的商业化，今天一些著作畅销的作家，发行量10万册以上的文学作品，每年都有，而且读者也并没有减少，所以，何谈文学的虚弱?

现在的作家也很分化和多元，有作协系统的专业作家，也有自由撰稿人，有为影视剧写作的作家，也有靠写随笔、策划案、专栏为生的作家，大家都在一个环境下生存。但是，这只是文学的外部景观。真正的文学首先都是指向心灵的，是一个时代的心灵景象的描绘。一个杰出的作家，在他所处的时代里，时代和大众对他的接受总是要慢一些。商业化也不见得会伤害一个作家。我还了解到，狄更斯当年写小说，为了赚钱，可以同时写三四部作品给不同的报纸连载，他的作品不是照样成了经典？有时候，是读者造就作家的。

我觉得，从鲁迅到莫言这百年的现代汉语文学的发展，这些优秀的作家，写作的背景都是农村和农业社会，而未来能够成为汉语文学的增长点的，毫无疑问是以城市为背景的文学。下一个可以代表中国文学发展阶段和水平的，必将是以城市为背景的，写出了现代中国人的精神处境的作家，就像是美国作家索尔·贝娄或者约翰·厄普代克那样的作家，比我们年轻的作家有望获得更大的成功。

因为，今天复杂的社会生活已经包围了我们，而且，中国的社会呈现出一种前农业社会、农业社会、工业社会和后现代社会并置的局面，也给作家提供了丰富的写作资源。所以，作家还是大有可为的。

在现在这个多媒体的时代里，小说的传播手段可以更多。今后的作家，会尝试更多的文学传播的手段，比如杂志刊登、出版纸介书籍、网络发表、报纸连载、改编影视、电子出版，甚至可以制作衍生成游戏软件，这样，一部文学作品的流通范围就会更大了，所以，对小说来讲，今天多媒体的互动和撒播，是一个非常有利的生存条件。

小说会死吗？答案是否定的，因为我们还在使用着语言，而文学就是语言的艺术。语言讲述各个国家和民族各种各样的原型故事,保持一个民族的特性、心灵世界、生活景观和想象力，除非语言死了，小说的末日就到了。那样，一个种族也就灭亡了。

4分33秒

约翰·凯奇死于1992年，生于1912年。1938年，他发明了“特调钢琴”，使其在演奏中发出意想不到的噪音。次年，他又创作了《想象中的风景一号》，这是电子音乐的第一个范例。他随后的作品也始终独立于欧洲的音乐传统之外。他尝试过类似东方音乐的系统节奏法。后来，在禅宗的影响下，他开始极为推崇无目的、无目标和无声沉寂。1952年，他创作的《4分33秒》，可以说是登峰造极地表达了他的现代音乐观。演奏者在4分33秒的表演过程中，只是在表演无声。他的许多创作还为演奏者提供了极度的自由。他的总谱有时被认为是高度模糊的构图设计。他在1963年创作的《第四变奏曲》是这方面的一个例子。此外，他的另一些创作又包含了音簇及戏剧成分。总之，约翰·凯奇用无声代替音符，用“非固定”原则代替和声，既是对西方传统音乐的创新和实验，也是一种解构和批评。

……他走上台了，他坐到钢琴的前面了，大家鸦雀无声，充满了敬仰，充满了期待，甚至还有一种神秘的暗示在现场弥漫，因为，他是著名音乐家。我们都知道，他是一个 Master，他今天无论演奏什么，我们都将谛听。他叫吴音，这名字听着就是和音乐有关。他用了 20 多年的努力，丰富了现代音乐的走向，成为世界瞩目的华裔音乐家。80 年代，他到美国留学，之后，他将音乐的有声和无声统一起来了。比如，他尝试过各种可能的音乐的创作和演奏，他把木片和铁丝放到钢琴的发音部位，甚至把钢琴全部浸到水里来弹奏，让钢琴发出一种完全不同于过去有旋律和节奏的声音。这种声音，你也可以把它们叫作音乐，也可以把它们叫作对音乐的破坏。但是，这就是音乐的发展，现在，音乐已经到了它的新阶段了，这就叫作后现代音乐，叫作新的音乐。

他坐下来，他在凝视着钢琴的那些琴键，他没有做声，也没有动作。众人期待他突然出手，他出手的动作应该如同疾风暴雨，或者像雷鸣电闪、万马奔腾。我们都知道钢琴是音乐之王，是乐器之王。小提琴是王子，小提琴可以如泣如诉，可是钢琴，只有钢琴才可以表现出大海的广阔和波涛汹涌的感觉，只有钢琴才可以发出对自然界万种声音的模仿，它复杂，激越，轻柔，甚至是你听不到的音频。钢琴的琴键在停止弹跳的时候仍旧在轻微地抖动，在这种抖动中发出的颤音，你的耳朵已经听不到了，可是，有些动物还可以听到，比如老鼠、蟑螂、蛇这些动物，甚至是潮虫，它们的听觉比我们人类发达，它们的听觉要更加敏锐。当我们向一只有着蟑螂的房间走过去的时候，我们的脚步发出的声音对于蟑螂来说，就像是地震一样。我们每走一步，我们的脚步声就如同地震的每一次的发作，然后蟑螂在你到来之前，在你发现它之前，在你打开柜子之前，早就有充分的时间可以逃之夭夭了。声音是分有声和无声的，但是这种划分，实际上是以人的尺度，以人类的听觉尺度来划分的，并不是正确的。他就是后来改变了这个想法，他发现，无声实际上就是人听不到声音而已，但是，无论是宇宙还是人类社会中，永远都存在嗡嗡声，比如我们生活中存在的白噪音，它们都是在人类的听觉之外的，是照样存在的，因此，必须要尊重噪音，因为噪音也许就是声音的本质，也许是音乐必须要正视的东西。只有噪音才是和被人类安排得中规中矩的音乐相媲美的声音。

他坐下来了，依旧在凝视着钢琴，但是，他还没有出手，我们都不知道他会如何演奏。大家屏住了呼吸，大家把心提到了嗓子眼儿，大家都安静得能够听到自己心里的秒针在走动的声音了，大家等待着他给他们、给我们、给你们带来一场音乐的盛宴，一场音乐的饕餮，一场音乐的震撼。

现在，你已经进入这个美容美发店里了，你坐下来打算洗个头，你还有最后的 10 块钱，你想在这里把它花了。我叫王强，你说，你是哪里来的，姑娘?原先，你在附近溜达了一阵子了，你一直想靠近这个小美容美发店，你看见它就在运河边上一条有些偏僻和隐蔽的小街上，其他美容美发店的灯都在旋转个不停，让你有些头晕目眩，只有这一家的灯是不旋转的。不远处就是北京的中央商务区，你刚才从那边一路走过来，你看到眼前是一个灯红酒绿、车水马龙的世界，你看到的是纸醉金迷的世界，你看到的是光鲜的男女纷纷出入一幢幢高大的写字楼和公寓的情景。这是长安街沿线的一段，往东就是一片高大巍峨的建筑，拔地而起。昨天，你曾经到附近的工地碰了碰运气，但是，没有人理你，他们现在都不要人了。你感到特别的饿，实际上，你有两天没有吃饭了，你在这个城市里举目无亲，你不认识任何一个人，但是，你又不想去任何一家饭馆去要饭，你就在黑夜里胡乱地走。

你是来北京找舅舅的，你的妈妈给你打了电话，说，你的舅舅从国外回来了，他叫吴音，你的妈妈叫吴英，是吴音的姐姐。吴音，你舅舅，是一个在海外很有名的音乐家，他要在北京举行专场演出了。因为没有要到打工的工资，你就剩一点钱了，你决定去北京找舅舅。舅舅是一个名人，一定会给你想办法的，你妈妈说。于是，你很高兴，你就来到了北京。可是，你发现，在这里找你舅舅很困难。首先，舅舅住在哪里，你根本就找不到。他的助手倒是告诉你了，他住在一家酒店。可是，你去那里的时候，发现他上午到，下午就已经离开了。你进入金碧辉煌的酒店大堂，就感到这里不是你的世界，这里和你一点关系都没有，这里是别人的世界，是金钱和权力的世界。酒店的服务员告诉你，你的舅舅走了，到另外一家酒店住了。后来你的手机就没有电了，你的手机卡同时也没有钱了。手机就无法使用了。在北京，找公用电话特别难，于是，你就买了一份晚报，你看到舅舅要在国家大剧院演出的消息，你很高兴。你觉得自己很聪明，你一定会找到舅舅，因为，他是名人，在明处，而你是一个渺小的人物，你只能躲在暗处。于是，你就一家家酒店去找，结果每当你到达一个酒店，那里的人就告诉你你的舅舅已经离开了。你以为是你舅舅故意和你捉迷藏呢。其实，是人家酒店的人故意和你说的，他们根本就不知道谁是你的舅舅，他们看你就觉得来气，觉得你是一个民工，怎么可能有一个住在五星级酒店的舅舅呢？

当你从报纸上得知，你的舅舅晚上要在国家大剧院演出，你很高兴，这下子你终于能够找到舅舅了。你觉得自己有希望了。可是，你为什么要找舅舅呢？还不是想问他要点钱？因为你口袋里几乎没有钱了。想到了这一点，你又泄气了。你不想给别人带来麻烦，尤其是给自己的亲人带来麻烦。可是，现在你是走投无路了。人在走投无路的时候，只能是哪里可能有路，就往哪里走了。而你的舅舅就是你的希望，你一定要和舅舅见面！你想在路边一家小吃店吃一碗面条，但是，这家饭馆里最便宜的饭也要五块钱，而且里面还没有肉。其实，你更想吃有杂碎和肉的卤煮火烧，但是，那卤煮火烧的价钱是六块钱，你觉得贵了，不敢下决心去买。于是，你只好看别人在吃连汤带水的面条。那面条碗很大，里面只漂浮着几片早就卤好的牛肉，和一些香菜，以及葱末，这样的面就叫牛肉面了？他妈的，五块钱还想吃到什么？你从跑堂的眼神里读到了这句话。你想，算了，我不吃了不行吗？我走了！总归，你口袋里的钱吃不了几碗这样的面。于是你就离开了饭馆，来到了街上。你路过水果摊，闻到了水果的缤纷的香气，你馋了，很想吃个苹果或者橘子。你犹豫了一下，就走开了。这时，忽然有一个橘子滚到了你的脚下，你趁机弯腰把橘子抓在了手里，快步走开了。你走到了一个僻静的地方，看到没有人注意你，你很高兴地把橘子掰开来，一瓣瓣地耐心地吃了起来。这橘子是你两天以来咽进肚子里的唯一食物。

然后，你抹了抹嘴，上了大街。大街上，人来车往十分热闹，但是没有一个人是你认识的，他们也不认识你。这就是大城市的好处，那就是，谁也不认识谁，不像在村子里，无论你离开了多少年，只要是你在村口一露面，就会有人说：啊，强子回来啦？强子！每个人都要和你打招呼，大家都认识你。在大城市，无论你是干什么的，都没有人知道，即使你刚刚认识了几个人，这些人也很快就会离开城市到别的地方去，大家都是流动的。因此，无论是做鸡还是做鸭，都没有人知道。这就是那些小地方的女人来到陌生的大城市里做小姐很放心的原因，因为，没有人知道你在外面干什么和干过什么，城市里人太多了，城市也太大了，没有人关心你是干什么的，只要你能够活下去，就是你的本事，就是你的胜利。

你看了看表，六点半了，你的舅舅在七点半准时在国家大剧院演出。你挤进了地铁，你发现，今天地铁里人似乎特别多。现在，城市里有了地铁，真的很方便。轨道交通的速度很快，当初你在广州，就是一眨眼就来到了东莞，因为有那种子弹头列车可以坐。现在，地铁里的人头攒聚，大家像贴饼子一样贴在一起，互相之间是那么的亲密，可是，实际上，大家彼此都不认识。忽然，一个女孩子尖叫了起来，哪个流氓！摸我的屁股！滚开！由于人太多了，是哪个女孩子发出的声音你都听不出来，人群骚动了一阵子，男人和男人站在了一起，女人和女人站在一起了。那么，刚才，是谁摸了一个女孩的屁股？没有人知道，现在，也没有人去关心这个问题了。总之，人这么多，肯定会有流氓浑水摸鱼，顺便揩油的。你感到在地铁里很憋闷，很不透气。可是，地铁还没有到站，还要换乘一号线才能到达天安门站。在某一个地铁换乘站，下去了很多人，人们像流水一样流出了车厢，接着，又进来了很多人，就像车厢在吞吐人群。你想起来晚报上登的一句话，“旅客吞吐量”，你看到了非常形象的旅客被地铁吞吐的景象，你笑了。你还想起来晚报上的几条新闻，一条是一个小商贩又把两个城管队员给刺死了。你心里想，这真是悲哀啊，都是为了一口饭，怎么就不能让商贩有个活路呢？城市爱干净，可小商贩也要活啊。城市里的写字楼、商铺的租金贵，小商贩怎么可能租得起呢？因此，城管和无照商贩就成了死敌，必然要经常地躲猫猫，捉迷藏，不是城管“失手打死”了商贩，就是商贩“杀害”城管。

你胡思乱想着，想起来了你在东莞打工的一个工厂的工友。他叫黄汉刘，他就是因工致残讨要补偿不得，最后，杀死了三个台商的。你忽然闻到了车厢里飘来一股腥臭气息，是有一个孕妇呕吐了。忽然，你又看到，车厢门开了，从外面进来了两个盲人，他们每个人的手里都拿着一把乐器，似乎是带录音的电子乐器，一边走，一边向别人伸手要钱。不是说不许在地铁里乞讨的吗？刚才你在晚报上看到了这么一条新闻，那为什么地铁里还有乞讨的呢？你看见很多人把脸扭过去了，假装没有看到这两个盲人，可是也有那种感觉不好意思的人，或者比较厌烦盲人在你眼前不走、不得不掏钱的人，给个那么一块两块的。两个盲人就这么一路走了过去,三分钟之后,地铁又到了一站,他们就都下去了。接着，伴随旅客走进车厢的，是一个残疾人，他盘腿坐在地上，就那么用膝盖一挪一挪地走路，看着就那么的揪心和难受。就是有这样的人，他拿他的残疾来博取你的同情心，然后让你掏钱。这个残疾人就那么在车厢里挪动，然后伸手要钱。他的待遇比那两个盲人要好一些，而且，他也很会看人下菜碟，专门找那些心肠软的女人和小女孩要钱,几乎人人都掏钱了。这个时候,又到了一站,外面忽然进来两个保安，身材高大、体态肥胖，把这个残疾人抬出去了，一边走一边说，不许你进地铁乞讨的，怎么今天又来了，等会儿有你好瞧的，我们要好好收拾你！残疾人很镇定，还面带微笑，你刚好和他的目光相遇了，他冲你摆摆手，你觉得很尴尬，因为，你根本就不认识他，弄得好像你真的认识他一样。

约翰·凯奇说:“多年以来,我才发现,我从未真正把音乐看作游离于生活其他方面的一种活动。纯粹的音乐问题已经不再是严肃的问题。也并非总是如此。当我下定决心把一生献给音乐时,在音乐的战场上仍然有不少有待于取胜的战斗。人们把乐声和噪音区分开来。我则追随瓦雷兹,为噪音而战。其他音乐家也一样。在30年代初,瓦雷兹的《离子化》是唯一的一部打击乐作品。到了1942年,这类作品已经有了一百多部。现在,这类作品则多得数不胜数。如今,不论声音中具有何种泛音结构,几乎任何一位倾听声音的人都能够安心倾听。”

他坐在那里提气和运气。弹钢琴是需要气的，需要丹田里出现一股气来支撑。弹钢琴难道不是体力活吗？就在昨天晚上，在君悦世禧大酒店里，他打开电视，刚好看到了一个节目，是大象在比拼弹钢琴。大象怎么会弹钢琴呢？当然会，因为，有训练员训练它，最终，大象也可以弹钢琴了。大象是用鼻子弹钢琴的，它们其实不懂得人类的音乐，但是它们发现用鼻子敲打那些黑色和白色的琴键很好玩，大象也很聪明和顽皮，它们知道人类要它们用鼻子去敲打那些琴键，发出了声音就有奖励，就有香蕉吃。于是，大象就用鼻子在弹——其实是在轻轻地砸那琴键，发出了声音的。这个时候，音乐家、钢琴家吴音就感觉很有意思了，这大象弹钢琴，发出的表面看上去很不规则、很没有道理、谈不上有人类的所谓旋律的那些声音，让其他的大象都感到了兴奋。也就是说，一头大象弹奏钢琴，发出的声音，人类觉得那是噪音，可是，其他大象都听明白了，都兴奋起来了，都在用前脚在地上蹭，并发出了响应声，显得很兴奋和有一种知音的感觉。他注意到了这一点，他也兴奋了，因为，这证实了他的观点，音乐，不见得必须要被人类自身所限制和规范，大自然里所有的声音都可以是音乐。当然，这听上去是一种很疯狂的说法。比如，把木片夹在钢琴的发音部位，然后弹奏出来的曲调，就是很不规则的、有木头的音质。那么，把钢琴琴键浸泡在水中，弹奏的时候发出的声音，就带有了水的色彩和质地。这就是他经常实验的手法。那么，大象的演奏，是它自己的演奏。表面上看，是大象在学习人类的音乐，实际上是人类被大象戏弄了，大象演奏的是大象自己能够听懂的节奏、听懂的不规则的音乐。要不然，其他大象怎么那么兴奋呢？

他感到很兴奋，现在，他坐在那里，把气运起来了。提气要从小腹里面提，从肚脐眼以下两寸的内部、深处来提，把气缓慢地提起来，然后他就可以把气聚集到胳膊上，再运用到手指头上，这样，他就可以弹奏了，手指头就非常有力了。他感觉到那束追光打到了他身上，他沐浴在一个巨大的光圈里，他感到身体发热，因为他是大家瞩目的焦点，这偌大的舞台上，只有他一个人，只有他独自为王，他是享誉世界的华人音乐家，后现代音乐大师、结构和解构主义音乐家、抽象主义音乐巨匠等等称谓，随便报纸、电视和杂志去胡说吧，现在的大学，盛产各种理论和说法，在美国的大学尤其如此。要是学校里的教授们不能抛出一些奇谈怪论和各种说法和“理论体系”，那么，他就是无比可疑的，就是配不上吃教授这碗饭的。举一个简单的例子，本来，文学这东西，都是以文学创作本身为主体的，也就是说，是以小说、诗、散文随笔作为最主要的研究对象，可是，美国的大学，老天爷，竟然把文学理论和批评发展成一门专门的文体，把文学批评这个附着于文学创作的文本才有价值的东西给独立出来了，独立成一种晦涩不堪，十分难懂的文体，而且大量地生产，到处出版，和文学创作出来的文本几乎等量齐观了，这就显得荒诞了。那些谈文学的理论书成为了大学里大学生们消费的东西，可研究文学的人基本不看文学作品，而是专门啃那些谈文学的理论书，这样就从理论到理论，然后不断推出自己的新理论，搞一些怪名词去混饭吃。所以，千万不要相信那些教授们的理论命名和胡说八道，随便他们怎么去胡说吧，我自己搞的就是我自己的音乐，搞的就是我自己的这一套。我依靠对音乐的天才般的理解，改变了音乐的走向，音乐在我这里拐弯了，而我是一个华人。我才不理会你们怎么给我戴帽子、戴什么帽子呢。是的，我能把我小时候在山沟里听到的声音，比如树和风的声音，比如雾的声音，比如水和水上掉落的毛毛虫与水蚊子走动的声音，比如山雀扇动翅膀把空气带动的声音，老水车转不动了因为水流变小了的声音，比如，牛吃草、打嗝、放屁的声音，比如蚯蚓拱动泥土的声音，比如我的爸爸和爷爷的眼皮眨动的声音，比如，萤火虫掉到蒲公英的毛球里的声音，再比如，我爷爷跳大神的声音，他和其他一些老头演傩戏的声音，以及他们请来的神判说话的声音。比如，在山上的禅寺里，老和尚告诉他，听你心动的声音，以及大山呼吸的声音。这些声音在我的耳朵里弥漫。那么，音乐就藏在里面。音乐无处不在，正如声音无处不在。音乐就是声音，甚至，音乐就是没有声音。最后，音乐，就是你自己内心的声音。这是我的发现，或者，这就是我要告诉很多人的，让他们去听自己内心的声音吧。那就是属于每个人的音乐，每个人独自的生命的音乐。

你在地铁里感到十分憋闷。不知道为什么，这么多人挤在一起，也没有让你有一种安全感，相反，你却感到了极度的不安全。因为，周围的人没有一个是你认识的，他们像沉默的敌人那样把你包围。你闻到了汗臭、屁臭和人的私处与腋下的狐臭，你闻到了香水、脂粉和食物的香气，这些味道在你的周围缭绕，让你头晕眼花，你肚子里有酸水在翻腾，要呕吐出来了似的。你压抑住自己的不舒服感，尽量平缓情绪。还好，那些残盲人、瘸子等残疾人现在都不在车厢里乞讨了，他们下去了，这个时候，你知道地铁正在长安街的地下穿行。长安街，中国最伟大的街道，宽阔得如同广场一样的大街，我现在在你的下面穿行，去找我的舅舅，去和他会合，去告诉他，我，你的外甥来了，我们在北京见面了。我很好，但是有一点小麻烦，我没有钱了，要是舅舅你能给我一点钱就可以帮助我渡过难关了，要是你发挥你的影响，再给我找一个工作，那就更好了。当然，这要看情况了，也许，我根本就不会开这个口的。有时候我很害羞，你想，那么多年没有来往，一见到海外回来的舅舅，就要他帮忙，这就是亲戚的实用性和最终作用吗？你肯定觉得为难和不好意思。

现在，地铁到了天安门西站，你知道，从天安门站的东南口出来，就是国家大剧院。你的舅舅很快就要在那里举行他的专场音乐会了，你就要见到舅舅了。你很高兴，步履立即变得轻快了，好了，你走出去了，跟随人群往出口处走。你来到了地铁的东南口，但是那里已经有了一道警戒线，有警察和武警在把守，不许人从这个出口出去。为什么？你感到很困惑，难道我从这里出去都不行吗？一个警察很友好地告诉你，现在就是不能从这个出口出去，除非你有大剧院里音乐会的门票。你急了，我告诉你，警察同志，今天在国家大剧院演出的，就是我的舅舅，我就是去看他的！你的舅舅？那你一定有票了，没有票，你怎么说都不行，就是你亲妈在演奏都不行。这个出口封闭了，因为，我们有安全保卫和交通管制的任务，有领导人要参加国家大剧院的活动，附近的安全保卫升级了，因此，闲杂人员不能靠近大剧院，明白了吗小伙子？我已经给你泄露秘密了，警察耐心地告诉他，除了有音乐会门票的人，其他人一律从别的出口出去，比如，北面的两个出口。现在，请你走到北面的出口出去吧。警察很客气。北京的警察很好，不像一些小地方的警察，蛮横得很。你很着急，可是，我就是去找我的舅舅，他就是音乐家啊。好吧，我相信你有个舅舅是音乐家，但是你没有门票，就请往那边走。有门票的，可以从这个出口出去。你着急了，你决心突然冲过去。你猛地一弯腰，冲破了几个警察的封锁线，开始发力，跑上了地面。你看到了眼前突然浮现出来的一个巨大的、如同外星人的宇宙飞船一样的东西，周围还有水，水面也是这个巨蛋的倒影，还在微微地颤动。你感到了惊恐和害怕，这是什么东西？怎么这么奇怪？正在这个时候，两个武警跑过来，一边一个把你架起来就往地下通道里走，一言不发，一直把你送出了北出口，松开你，然后，他们才离开了。你傻眼了，站在马路的北面，你终于看清楚了，原来，那个巨大的蛋形建筑，可能就是国家大剧院，远看、近看都是很漂亮的。你的舅舅现在一定已经在里面了，他就要演出了，可是你就是没有办法靠近，因为安全保卫措施升级了，因为你本来就没有门票。

你绕了个圈子，从西单那边走过来，试图再度靠近大剧院，可后来你发现在各个出入口都有警察和武警，他们把守住很多要害的地方，没有门票，任何人不得随便出入。你根本就无法进入。最终，你灰心了，你感到无奈了。你距离舅舅那么近，你就是无法靠近他，只能眼睁睁地看着海报上的舅舅冲你微笑。因为，今天有重要人物要听你舅舅的这场音乐会，安保级别提高了，没有票是一定不能进入大剧院里的。你傻眼了，你现在是望着剧院兴叹，你觉得很气馁，觉得灰心丧气了，因为距离你的目标那么近了，你就是无法进去，无法靠近他。你只好沿着长安街一路向东走，看到了一路公共汽车，你跳了上去，任凭公交车把你带走，带向了东边，带向距离你舅舅越来越远的地方，你也不知道应该到哪里去，在这个城市里你本来就是一片浮萍。

约翰·凯奇说："我们也能够接受任何一种音高，不论它是西方或东方的任何一种平均音阶中的一部分。以前被看作不协调音的，现在被称作微分音。它们是现代音乐的重要组成部分。有些人仍然反对噪音。他们害怕损伤耳朵。一次，我有机会在一次 Zaj 的演出结尾处听到一阵非常大的噪音。我在头一天晚上，就去听过演出。我知道巨响何时出现。我走到播音的扬声器旁边，坐了一个小时，先把一只耳朵转向扬声器，然后再把另一只耳朵转向扬声器。噪音停止后，我的耳朵在耳鸣。耳鸣持续到午夜，持续到第二天，以及第二天的夜里。第三天一早，我预约去见一位耳科专家。在我去诊所的路上，耳鸣似乎减轻了一些。医生做了全面的检查，说我的耳朵很正常，失调只是暂时的。我对噪音的态度依然如故。我只要有机会还会听到噪音，但也许会保持适当的距离了。”

他的余光似乎扫到了台下第五排的贵宾座位上坐着的领导人了。很多年来，他多次往返中国、北美、欧洲，这一次回来，活动的组织者就告诉他，领导人准备来听他专场音乐会了。好啊，那很好，我没有想到现在中国的领导人胸襟这么大，这么能接受现代音乐。他很高兴，因为，他知道，现在的中国人气魄都大，在文化上的胸襟越来越大，这一点，你看他们对代表国家形象的建筑方案的接受程度，就完全可以看出来。比如国家体育场建筑，那个“鸟巢”，比如国家游泳馆的那个“水立方”，比如库哈斯带有恶作剧风格设计的中央电视台新大楼，虽然被人戏说成“大裤衩”，其实也是很好的建筑。还有法国人安德鲁设计的这个国家大剧院建筑，争论一直很大，但是说建就很快建好了。而且，他听说了中国的领导人里面有懂京剧的，有喜欢拉二胡的，还有喜欢篆刻和书法的，也有很懂得古典和现代音乐的。可是，如今他们中有人连他的后现代风格的音乐都能接受，那中国是了不起了。

现在，在台下第五排坐着的领导人，和他旁边的另外一位领导人，都是音乐的爱好者。他还知道，他们都写了欣赏音乐的书籍公开出版了，这一点很让他感到吃惊。儒雅的领导人为了国家的事情每天都那么忙，还有时间来听一场音乐会，尤其是他的专场音乐会，这使他感到非常高兴。他告诉工作人员，我的音乐会过去怎么举办，现在，我也怎么举办，我不会考虑到领导人在，我就改变了我的音乐风格了。我的作品不发声就是不发声，有噪音就是有噪音，那都是我的音乐，我必须要表达我的音乐观。工作人员告诉你，当然，人家就是来听你的音乐的，你的音乐本来是什么样，现在就可以是什么样。其实，无论是领导人，还是音乐爱好者，他们来听我的音乐会，不就是冲着我这个在海外，在西方世界，在欧洲和美洲获得了无数荣誉，并进入西方权威的音乐史著作里、成为人类音乐发展的最新一环里的符号价值来的吗？他们，观众们，不就是为了想听，想看我的音乐是什么样子的吗？好吧，你们来了，很好，大家请安静，请倾听你们内心的声音吧。我的专场音乐会开始了，朋友们，你们现在请安静，其实你们一直很安静，等待我的音乐以整体的面貌出现，或者，你们就是为了倾听你们自己内心的声音才来的。

你的爸爸叫王钢，可是他已经去世了，死于村边一家化工厂排泄的废水导致的不明疾病，过去，你爸爸的身体就像钢铁一样强壮，但你爸爸王钢得病之后，就再也不是一个铁骨铮铮的汉子了，就和钢铁一点关系都没有了。他得的病是一种骨头坏死，接着，身体里的其他器官也都开始损坏，然后就十分痛苦地死了。村子里好多人的病和你父亲的一样，几年中间，村里就死了几十个人。后来，你们才觉得，大家得的病可能和村子附近的那家化工厂有关系。于是，村民们开始上访，连村支书和村长家都死人了，看来，谁都逃脱不了今后得病死亡的命运了，于是，全村的人都开始上访，上访的人却被县里和市里不断地派人阻拦。最后还死了人，引发了全村的聚众闹事，结果，又惊动了省里，甚至是北京的中央领导，上级追究下来，层层下压，于是，那家化工厂被停工了。然后，村子里的地下水、井里的水的质量明显好转了。村子里死人的速度才慢了下来。

在农村，种地已经不缴纳任何税了，不像在1997年的时候，连院子里种一棵苹果树都要缴税，现在，农村里什么税收都没有了，种粮还有补贴，农村老人到了60多岁，每个月还能领到一点养老金，日子好多了。可是，花钱的地方就更多，孩子上学、女人看病、购买农药农机具都要钱，那怎么办？就要出去打工。于是，你就告别了母亲，前往广东去打工。你王强好歹也是高中毕业，你出了大山来到了外面的世界，你就来到了一个虎豹狼虫的世界，你下了火车，刚走出了广州火车站就被骗了，人家顺手就摸走了你带出来的最后一点钱。你背着行囊，漂泊在无边的人海里，四处没有着落，你感到自己真的是汪洋中的一条小船，大海中的一根生锈的针，是沙漠中的一粒沙子，你落到人群里就没有人能够再看见你，就没有人再去注意你了。当然，那些鸡鸣狗盗之徒还是可以盯上你，每个人都有每个人的地盘，你不许侵占别人的地盘。一旦你掉到了社会的底层，那就是一个魑魅魍魉的世界，就是一个看不见的世界，报纸、杂志和电视从来都不会报道的世界，弱肉强食，每一个人每一秒都在为生存而努力挣扎的世界。你来到了东莞，想在那里找一个工作。你找到了一个工作，是一家台湾人开办的企业，这是一家玩具厂，生产卖给外国人的各种玩具。为了制造那些玩具，年轻的少女和小伙子们则需要没日没夜地辛勤工作，一点都没有生产玩具的心情、感觉和兴趣。他们面对玩具，一点情趣都不能够激发出来，因为生产的玩具都是给外国人玩的。你觉得你也是一个玩具，一个被社会和台湾资本家玩的玩具。好吧，那就生产那些玩具吧。你每天坐在那些玩具中间，觉得这个世界是多么的滑稽。

有一天，发生了一件事情，一个工人要跳楼，让你觉得很震惊。这家玩具厂生产玩具，还不是最危险的工作，你知道你碰见过的一个老乡，曾经在一家专门拆解各种电器和电子废旧物的作坊工作，你去找他，发现眼前的电脑、电视和各种电子垃圾堆得像山一样高，那些电视、电脑、收音机都要被拆开来，进行废物回收和再利用。但是半年之后，你的这个老乡就得了肺病，很快就死了，据说死之后把他的肺解剖开来，肺里面都是全黑的。这还不算什么，你还听说，在另外一家工厂，经常发生工人致残的事件，据说，整个珠江三角洲一带的工厂里每年被机器轧断的手指头，连接起来可以环绕地球一周。这种说法也许很夸张，到底是不是真的，你并不清楚，你是听到一个工友这么说的，你还是感到了害怕，害怕自己的指头某一天也成为了连接那个环绕地球一周的指头的大花环的一小部分。于是，你才找了一家台湾人开的玩具工厂打工，因为，做玩具相对要安全一些，至少不会很容易地丢掉自己的手指头。但是，那天出的那件事情，还是让你非常的震惊。

起先，你并不知厂子里有这么一个人总是在找台湾老板要赔偿。等到你看到他站在楼顶想往下跳的时候，你才知道了他。你听工友说，他的右手被机器轧断了，也就是说，完全失去了右手。但是他才来这家工厂工作了一个星期，就发生了这个事故，真是倒霉。是一台冲床忽然失去了控制，把本来就经验不丰富的小伙子的手给轧坏了。这个人叫黄汉刘，是一个四川人，工友把他送到了医院，医院一看病情那么严重，就给他做了右手切除手术。后来，黄汉刘就被辞退了，同时，他也开始了向工厂的资本家要求赔偿的艰难过程。后来，你听说了事情的全部经过：黄汉刘有兄弟俩，他是家里的老大，父母亲都有慢性病，因此，小学五年级之后，黄汉刘就辍学在家，帮助父母亲干农活儿，有时候在附近帮工，每年还能挣个一两千块钱。他弟弟黄汉青也很懂事，学习成绩特别好，你想想，哥哥都辍学了，那么家里的希望都在弟弟身上，弟弟汉青自己也很争气，眼看着就要考上大学了。可就在这年的 9 月初的一天，黄汉刘的右手就被轧断了。一开始，台湾商人就摆出一副不想搭理他也不想息事宁人的架势，口气和态度都很强硬。是啊，哪个资本家不是利用资本在榨取工人的血汗，哪个资本的毛孔里不流着工人的鲜血呢？资本家是一定要尽量减少成本，获取最大利润的，上学的时候书里都是这么写的。因此，你黄汉刘才给工厂干了一个星期，就自己倒霉地失去了右手，资本家还很生气呢，你什么剩余价值都没有创造，哪里会马上想到要给你赔偿？于是，赔偿就耽搁下来了。

这黄汉刘想得很简单，失去了右手，你工厂赔我十多万，我就回四川老家了，安心地务农，同时鼓励要高考的弟弟好好考，去上大学，学费也够了。但是，工厂主根本不理会黄汉刘，起先，还让他吃饭不要钱，后来也不管饭了。工伤鉴定出来了，达到了五级伤残，黄汉刘看到厂方根本就没有诚意补偿，在伤残三个半月之后，又提出了劳动仲裁，要求工厂支付伤残补助金、医疗补助金、假肢安装费等一共 30 万元。20 天之后，劳动仲裁下来了，仲裁厂方给黄汉刘赔偿 5.8 万元。这距离黄汉刘的愿望很远，也距离律师的设想很远。于是，黄汉刘就决定上诉，一边继续交涉。最后，工厂主答应给 9 万块钱，还不包括已经借支的几千元前期的医疗费、伙食费等。黄汉刘上诉到法院，这年的 3 月份，法院的判决下来了，要求厂方一次性补偿黄汉刘 17.8 万元。厂方不服，也选择了上诉，而且，后来厂方通知保安，不许黄汉刘再进入工厂，否则要罚保安的钱。于是，就出现了黄汉刘挣脱保安的围追堵截，爬上高楼要往下面跳的那一幕。你当时刚好下班了，你看见一个很瘦小的人在大楼上，下面站着很多人在观看。忽然，警车呼啸着开来了。这下热闹了，警察来了，就有好戏可看了，很快，有人在地面上放了一个巨大的黄色充气垫，开始给垫子充气，这是防止他跳下来毙命的。你感到很兴奋，觉得眼前有好戏了。但是，工厂的管理人员开始驱散大家，要大家不要管闲事，驱赶你们，你只好往食堂方向走。你想象着在你身后，那个讨要补偿的工人，黄汉刘，他是如何勇敢地和警察对峙，并且如何勇敢地跳了下来，然后，扑通一下，掉在了那个黄色的大充气垫子上，在一片尖叫和惊呼中安然无恙。但是，你并没有看到这一幕，因为，他最终没有跳下来。

约翰·凯奇说:“我们的时间经验已经发生变化。我们已经能够注意到从前可能会使我们忽略的简短事件，而且，我们还能欣赏那些十五年前会被认为是长得不能忍受的、极长的事件。我们也不再介意一个音是如何开始、持续和结束的。在一次关于中华人民共和国钢琴音乐的讨论会上，周文中说，西方音乐家从前坚持认为，一个高音应当保持音高，从始至终不应颤抖。而中国的音乐家们，他说，则感受得到在高音过程中的某些变化，会使乐声更加生动，更加‘悦耳’。如今，人们在倾听各种各样的声音，不论它们各自有何特点，是否多变或呆板。对于那些我们过去没有听过的声音，我们变得格外注意。我简直对勒贾仁·希勒的计划着了迷，他想利用计算机手段创造一个‘巨大的乐队’，来合成无与伦比的声音，结束时又仿佛是弦乐。对于无声，我们也很宽容。无声不再像从前那样总是令人不安了。”

这个时候，吴音忽然想起来，前天，姐姐给他打电话，说是她的儿子、他的外甥，在广东打工，结果从工厂没有拿到工资，工厂出了事件，结果欠薪不给，外甥遇到了经济困难，跑到了北京。而她作为姐姐，在老家农村也没有办法，他从外国回来，请他见见这个外甥，看看能不能帮点忙。吴音答应了，现在，他的脑海里倏忽飘过了很多印象和画面，他看到了他的童年，他在山道弯弯的小路上走着，赶着家里的老黄牛，在田边吃草的情景。虽然他到国外很多年了，可是，每年都给自己的姐姐家寄钱，眼下外甥遇到了困难，他当然要帮忙了。他还给了姐姐自己的助手的电话，叮嘱她，叫外甥来了北京就立即打这个电话，因为他杂事很多，会让助手安排外甥的事情的。可是，外甥曾经和他的助手通过一次话，也和他说了几句，说已经买了来北京的火车票，然后就没有任何消息了。他想，这是为什么？是不是外甥的手机已经没有钱了？没有钱，那就连电话也打不通了，外甥的号码就是一个空号。那他就只好等待外甥来主动联系他。可是，一直等到音乐会开始，他也没有等到外甥前来找他，这是怎么回事？难道，他遇到了什么问题吗？他很担心。在他的眼前，来听音乐会的人大都表情安详、平静，他们都是中产阶层，和中产阶层以上的人群。只有他们是有闲和有钱的，能够来听他的音乐会的。这场专场音乐会已经策划了好长时间，因为，他不知道国内能不能接受他的音乐观念和作品，尽管他的很多音乐作品已经享誉全球。后来，演出公司告诉他，不仅北京的观众很希望他能够回国演出，而且可能有喜欢音乐的领导人会来听他的音乐会，他就觉得很兴奋。而且，这可是他的专场音乐会啊，他的最主要的作品都要在这场音乐会上演奏。比如，他写的那些要用夹木片的钢琴演奏的钢琴协奏曲，以及键盘浸泡在水中的独奏，还有带有湖南和贵州傩戏风格的大型交响乐，以及室内乐、歌剧和没有声音的禅乐。自然，他本人还要表演自己的精神导师、音乐家约翰·凯奇的代表作《4 分 33 秒》，一是为了向西方的音乐大师致敬，二是为了让北京的观众一下子就能够进入他的作品的氛围里，明白他的音乐为什么那么不规则、古怪而“不动听”，明白了甚至没有声音也叫作音乐，这样的音乐为什么会在国际上那么吃香。

他想起来，在音乐学院里，自诩为天才的同学们，一个个都疯得那么彻底、那么的自以为是，那么的自我和超我，以最大可能性地来试验音乐的边界。现在，同学们流落在全世界各个地区，大都有不俗的表现，而他是其中最耀眼的一个。现在，他回来了，在国家大剧院里演出，似乎整个国家的力量都在托举他。现在，西方人都感到，中国真的强大了，中国在 21 世纪的头十年里，真的像一个巨人那样，迅速地崛起了。他每一次回国，短暂的停留，都可以发现很多城市的变化，交通设施的快捷和迅速，连他都感到吃惊。他想起来，很久以前，在北京，永远都是那么两条地铁，但是现在，新的地铁每年都在开通；从武汉到广州的高速铁路达到了每小时 350 公里，比多年以前他在日本坐新干线的时候的车速，快了接近一倍。日本人的速度都不行了，这是什么时候发生的？在中国，干什么事情都是那么的快速，效率比欧洲那些老牌的资本主义国家高多了。这是为什么？很简单，是托了邓小平的福，是他老人家高瞻远瞩，明白了一个道理，那就是，要韬光养晦，要跟着美国人建立的世界政治经济秩序走，不要和任何人搞对抗，尤其是搞意识形态的分类和斗争，要进入美国这个超级大国确立的国际政治和经济的游戏规则里，韬光养晦地来发展自己。这一招很聪明，你看，我们买了那么多美国的国债，这就成了和美国经济上联系最紧密的国家了。对于这些西方国家来说，民主、自由这些概念，现在是对付那些他们攫取利益时受到了阻碍的国家时才真正管用的，可是，只有你的经济实力上去了，你才可以和他们平起平坐地说话。就在前一段时间，英国国籍的一个毒品贩子被中国新疆的法院判处死刑，并且很快执行死刑了。刚好，他那段时间在伦敦演出，看到了很多英国的报纸在愤怒地声讨中国政府的“不尊重人权”，他哑然失笑了，接受采访也有人问他这个问题，他反问：“你这不是在问中国要治外法权吗？你觉得这对于今天的中国来说，可能吗？贩毒，在任何国家都是严重的犯罪啊。”这让他想起来，在清朝的末期，林则徐在广东禁止英国人贩卖鸦片时的遭遇。时代不一样了，治外法权不存在了。主权大还是人权大？当然是主权大。这些老牌的、正在衰朽的国家，骨子里的傲慢是改不了的，去不掉的，让他们服气，你就要凭借自己的实力说话，否则，他们就祭出人权的大旗来压制你。狗屎！你在全世界来回走，你发现了世界的不平衡，你看到了新的体系在变化，但是，都是美国主导下的新的世界政治经济新秩序在变化。作为音乐家，你有你的角度、你的方式来表达对世界的看法。世界是平的，有人告诉你，那是因为有互联网了，所以，有人觉得世界有可能连接成一片了，信息技术革命将使世界变成平的。不，世界绝不可能是平的，你是知道的，世界是凸凹不平的，坑坑洼洼的，到处都是裂缝和陷阱，是丘陵和洼地，是雪峰和沙漠，是大河和海沟。世界怎么能是平的呢？世界一直是弱肉强食啊，世界怎么能是平的呢？不可能是平的，音乐也不是平的。穷人的世界，伊斯兰世界，新月一样的从北非到东南亚的狭长地带，非洲的中部，南美洲，和欧洲的东部，北美，东亚，区别很大。另外，美国一个学者福山说，历史终结了。历史果真终结了吗？扯淡，怎么可能呢？历史终结了的话，就不会有战争了，就不会有美国军队在阿富汗和伊拉克了。历史终结的另外一个意思是，人类自 18、19、20 世纪数百年的社会制度的实验和革命的历程，最终以确定了市场经济制度和资本主义制度为终结。这又扯淡了，且不说西欧和北欧的一些民主的福利国家多么像社会主义，中国走的路，也和他们大不一样啊。他每一次回到了中国，都可以感觉到中国每天都在变化。这种变化令人兴奋，但也让人觉得心里有些不踏实。比如，我们是不是崽卖爷田不心疼啊？我们是不是在发子孙财啊？我们是不是搞的是破坏环境、以牺牲子孙利益和环境为代价在搞建设啊？他的心情很复杂。这些都是音乐之外的事情，但是，又都和音乐有关。比如，他就专门到三峡水电站，去采集了很多工程施工和居民点拆迁所造成的声音。音乐就在现实中。音乐就在生活中。音乐就在历史中。音乐就在心灵里回旋。音乐就是噪音。音乐又不是噪音。那么，音乐无处不在，音乐又难觅其踪。

他的脑子里翻江倒海，胡思乱想，他的意识流四下流淌，涕泗滂沱。可是，这些意识流动，是不是都是因为观众的座位上，坐着几个懂得音乐的领导人？是不是他们肩负着国家的重担，肩负国家发展的要务而使你有了如此丰富的联想？很可能就是这样。忽然，他又想起外甥要来和他会面的事情了。可是，为什么外甥没有和他联系？难道外甥没有如期抵达吗？他想起来自己可能疏忽了，因为，他再三嘱咐让助手给外甥留好票，可是助手却并没有告诉他外甥拿到票没有，只有拿到票，外甥才可以进来，可以听到他的全场音乐会，这个音乐会都是他这个舅舅的杰作。要不然，滴水不漏的安全保卫措施是任何人都无法进入这个音乐厅的。国家大剧院因为有领导人来听音乐会，安全保卫措施肯定很严密。他想起来，前些年，美国总统小布什听了一场有他的作品的音乐会，那种安全保卫措施，他是见识了。不仅安全人员事先要勘察音乐厅的现场，要把所有可疑的地方都搜一个遍，而且，整个乐团的所有的乐器，都被检查了一遍。在音乐会开始之前，门内门外到处都有枪手埋伏，在音乐会表演的过程中，只要是有人有异动，那么隐藏起来的枪手，就会立即出现，果断地击毙刺客。那么，现在的他，是不是也在枪手的严密的安全保卫之下？光圈照着他，可是，他知道，真正的安全保卫的隐形的光圈，是在那些领导人的身上，是领导人在安全保卫的光圈里。今天，他的外甥说要来找他，但是，到现在还没有联系上他。他问助手好几次，助手都告诉他，你的外甥再没有和我们联系，我把我的电话给他了，可是，就是没有接到他的电话。那么，他为什么不和我的助手联系呢？他跑到哪里去了呢？

王强，你快走开！不许在这里待着！你还想看个究竟，希望看到那个人从高楼上，很精彩地、惊险地、在一片呼叫声中跳下来，掉到地面上摆放着的那个黄色的充气垫子上，然后安然无恙。但是，工友中的领班对你说，老板说了，谁在这里停留，到时候就开除谁！你当然很想看看黄汉刘这个人，到底要怎样从楼上跳下来。你知道，这些年，很多拿不到薪水的民工，都喜欢表演跳楼，这实际上是一种很容易把假戏做成了真戏的一种游戏，分寸很难掌握。因此，这个跳楼的行为就被一些人说成了“跳楼秀”。可是，要是那些老板、经理、包工头和地方政府把钱都给了民工，民工还会跳楼吗？民工除了跳楼，还有没有别的办法拿到属于自己的工钱呢？没有，基本上没有，那么，民工就只好跳楼，就像失去了右手的黄汉刘要跳楼一样，他只有以这种方式来引起你的注意，来让有关人士解决问题。于是，你走开了，你明白，所有的工厂主都不情愿你们看到有工人跳楼来逼迫他们掏钱这一幕的。资本家都是黑心的，人们一般都这么说，可是，资本家有钱就是为了再生钱出来，不黑一点，怎么可以赚到钱呢？其实，你很理解工厂主，你觉得，要是你当了工厂主，你一定比现在的工厂主还黑，还要狠毒——不狠毒，我怎么可能赚到钱呢？你还想要挟我给你赔偿？好，我叫黑社会的人来再把你的腿打断，你想。当然，现在，你和跳楼者都是一个打工的，你的存在决定你的意识，那就是，你也意识到，早晚你也会和那个跳楼的人一样的命运。你走开了。后来，你听说了，警察上了楼顶，把黄汉刘劝了下来，他不跳了，因为，工厂主决定给钱了。工厂主是台湾人，按说，他们的心地要比大陆一些刚暴发起来的家伙好一些。可是，看到法院的判决书要给黄汉刘 17.8 万，他们还是觉得心疼肉疼的。这么多钱，谁都会肉疼，可是，活该你是老板啊。黄汉刘只给你们干了一个星期就失去了右手，可是天理和人间的道理都在黄汉刘这边，因为，他是弱者，他是在你的工厂里把右手搞没了，你就必须赔偿。再说，劳动仲裁和法院接连都做出了仲裁和判决，怎么你们就不能按章办事呢？非要等到人家要跳楼了，你们就要给钱了，非要搞成这个样子不成吗？

第二天一早，就开始下大雨了。你的心里莫名其妙地有些烦躁。你感觉似乎有什么事情要发生了。那天雨下得很大，跟瓢泼似的，从天而降。到了上午 10 点，雨小多了。你去上厕所，忽然看见一个穿着黄色雨衣的人和你擦肩而过。你看到这个人就是黄汉刘。他是去干什么？难道又没有要到赔偿？你看见工厂的两个保安在后面追他，推搡他，可是，身材矮小的黄汉刘很机灵，躲开了。忽然，一辆黑色轿车出来了，黄汉刘立即冲了过去，挡在了黑色轿车的前面。

你知道，这辆车子是工厂总经理的，你看到总经理下来了，然后，黄汉刘和他吵了起来。你躲在了一边，悄悄地看着眼前这一幕。你看见公司的两个副总经理也从办公楼里闻讯出来了，他们上前挡住了黄汉刘，大个子副总追打黄汉刘，保安赶紧把总经理让进了保安室，其中一个个子比较高的保安索性把黄汉刘抱了起来，要把他丢到工厂的大门外。他冲出了工厂的大门，一把把黄汉刘丢下，另外一个个子小一点的副总经理跟上来，动手扇了黄汉刘的耳光。就在这个时候，你的眼皮开始跳了，你觉得要出大事情了，果然，你看见黄汉刘以迅雷不及掩耳之势，取出来藏在怀里的一把匕首，猛刺刚才打他的那个大个子副总经理，把他扎倒了，另外那个扇他耳光的小个子一看势头不好，拔腿就跑，但是，黄汉刘追了上去，对着他的后脖子猛地扎了几刀。你眼看着鲜血从那个副总经理的脖子上冒了出来，跟喷泉一样。这时，总经理听到了打斗声，拿着一根钢棍从保安室里出来了，上前迎面就给了黄汉刘一棍子，打在了他的脑袋上。你觉得自己的脑袋也嗡的一下子，可是，你发现黄汉刘一点反应都没有，他立即和总经理扭打在一起，并且用那把15厘米长的——你后来听说的——水果刀，接连刺向了总经理的脖子、胸部和腹部，总经理也倒在地上了。这时，雨水又开始落下来了，三个台商都躺在地上，血水和雨水混合起来，开始往大门外面流。你看到黄汉刘愣了一下，就往工厂外面跑去。就在这个时候，你忽然来了一个念头。你夺过了一个目瞪口呆、蠢笨如牛的胖保安手里拿着的一把钝刀，几步就追了上去，用刀背在黄汉刘的后脑上使劲砸了一下，你满意地、遗憾地看到了黄汉刘应声倒了下去，也趴在地上不动了。整整过了5分钟，警车的警笛才呼啸起来，并且离工厂越来越近。你知道警察来了，警察可以来处理一切情况了。

后来，你被警察叫去做询问笔录。你描述了自己看到的那一幕，你讲得很详细。你后来拿着的一把起到了关键作用的钝刀，作为物证也在派出所里。可为什么你会用那把钝刀去磕击黄汉刘的后脑袋，让他最终趴下了，连你自己都说不清楚。也许，这不过是一种本能？你害怕黄汉刘转身来杀你？警察问。不可能，他当时已经开始逃跑了。我就是见义勇为吧。你笑了，你给自己找这么一个理由，觉得很有说服力。黄汉刘把那三个人都刺倒了，现在，他一下杀了三个人。这是我们这个派出所五年来接到的最大的刑事命案了。因此，作为目击证人之一，你必须详细地给我们描述当时的情况。好的，我一定，我把我所记下来的全部告诉你们。我觉得，黄汉刘是被逼迫无奈的，根据我听说的情况，自从他伤残之后，就一直在为自己索要赔偿，但工厂的经理就是不和他沟通，即使是劳动仲裁和法院判决书接连下来了，工厂的老板们，那几个台湾人就是不愿意支付。当然，他们答应补偿的数字，只有不到 9 万块钱，这远远达不到黄汉刘的要求。而且，后来，工厂主对他很不耐烦，告诉保安说，如果再看见黄汉刘出现在工厂里，就扣他们一个月的工资。所以，只要黄汉刘出现在工厂里，保安就会驱赶他、推搡他，这样就进一步地激怒了他。实际上，这样反复地刺激他，使黄汉刘觉得自己索赔无望，最后才采取了这么一个极端行为。警察认真地听你说，认真地在电脑上敲打，最后，把你说的那些都打印出来，让你签字："以上的记录都是我说的，我看过了。"然后，还用你的大拇指摁了红色的手印，分别印在自己的姓名上、"我"字上。这个时候，你感觉十分疲惫，就在派出所睡着了。

从派出所出来，你回到了工厂，发现工厂里一片死寂。工厂的三个经理都死了，厂子一下子就有些乱，管理者紧急开会，让大家放假两天，厂子里就没有人。这个时候，黄汉刘在老家的人也来了，他们找到了你，他们很生气，他们问你，为什么要把黄汉刘打死？你惊呆了，你没有想到你那一下子，竟然把黄汉刘也打死了。你害怕了，可是，警察没有抓我啊，我刚刚从派出所出来的啊，你说。后来，你发现，黄汉刘的家属不过是在威胁你，因为他们很生气，要不是你给黄汉刘那么一下子，兴许黄汉刘就跑掉了。他们后来告诉你，黄汉刘没有死，但是脑袋受了伤，现在在看守所里，经过了治疗，已经可以说话了，神志清楚了。你向他们道歉，你觉得，你的确是不明白自己为什么要给他来那么一下子，你可能是觉得自己立功的时候到了，或者，你感觉要是不给他来一下子，你自己就说不清楚了。反正，后来的事情已经不是你所能控制的了，工厂出了这么大的事情，在各个方面都受到了影响，生产和销售全部受到了影响，几乎停顿了下来。很快，台湾的投资人家族也来了人，他们的意见是要关闭这个工厂。大家也都慌了，因为每个人马上要面临失业的问题。根据厂方的方案，所有的员工都会拿到多出一个月的工资。你觉得松了一口气，要不然，你想，大家都会上街去游行的。

但是，你把钱拿到手了，黄汉刘家的人找到了你，拿来了黄汉刘的医疗费的单据，说，这个费用应该你掏。因为，是你打的黄汉刘。你没有再说什么，而是把那两个月的工钱全部给了他们。你现在就几乎没有什么钱了。你情急之下，去找工厂主的台湾亲属，你找到了总经理的老婆，一个很胖的、脸上有一颗大痣的女人。她听说了是你拿钝刀砸伤了凶手，也并没有给你一个好脸。她反而在责备你，为什么不早一点动手？为什么要等到他已经杀了人，才制止他？你当时为什么不一开始就制止他？你还想来要钱，滚吧！人都死了，你还来要钱？这个胖女人向你咆哮。你感到受到了很大的侮辱，你仓皇地跑了，你跑得上气不接下气，你觉得很生气、很无奈，你觉得自己很憋闷，你跑到一个没有人的地方大哭了半天。后来，你到工厂的宿舍拿行李，你看到偌大的工厂的确是人去楼空，没有什么人了，机器也不轰鸣了，过去熙熙攘攘的人群，忽然一下子就都没有了。这个时候，你走投无路，才给你的妈妈打了电话。她给你的卡上汇了她手头仅有的一点钱，让你买火车票去北京，接着告诉你一个电话号码，说，这是你舅舅的助手的电话，你赶紧给他们打电话，他刚刚从美国回来，在北京有演出，你舅舅是一个大人物，他一定会帮助你。去吧，到北京去找你的舅舅吧!

约翰·凯奇说:“许多音乐家不再创造音乐结构。他们代之以促进过程的开始。结构如同一件家具,过程则像天气。以桌子为例,整个的面、腿及各个部分都为人们所熟悉。以天气为例,虽然我们注意到了它的变化,却并不能清楚地掌握它的始与终。在一个既定的时刻,我们只是那时的我们,那个现在时刻。假如要给可能的音乐过程确定一个范围,就必须先发现范围之外的过程。由于过程包括目的(即与环境相似),我们看得出它是没有界限的。正因为如此,我已经有一阵子更喜欢过程而非目的了:过程不排斥目的,反过来却不尽然。当然,每一个目的都包含一个活跃的分子式过程在运作。不过如果我们想听到它,就必须将其置入一个特殊的房间里隔离起来。为了集中注意力,还必须摈弃所有其他的事物。”

他从来都没有感觉到自己是一个大人物,因为,艺术家在这个时代肯定不是最大的人物。最大的人物,是那些政治家和财阀们。他们每天都在聚光灯的光圈里,他们才是世界的主宰。当然,现今世界,一切都在矮化,连那些政治家也不如过去大了,都变小了。可是,财阀的财富却在增加,这个世界的金钱仍旧在向少数人手里聚集。但是,艺术家是最活跃的分子,艺术家是这个世界还有希望和梦想、有想象力和活力的明证。艺术家不存在了,世界就完蛋了。他满意地想,从这个层面上来说,艺术家还是重要的,世界需要艺术家。但是,世界需要什么样的艺术家?这就很复杂了。好吧,那我来说说现在的音乐吧。音乐在20世纪发生激变,是从“偶发音乐”开始的。在此之前的音乐,都是严整的、规则的、有秩序的、被控制的,无论是作曲还是演奏,都是这样。但是,一些作曲家开始感到不满意了,他们开始尝试在作曲和演奏的时候,加入一些不确定的东西，从而达到出人意料的效果。音乐可以说是最纯粹的艺术，比绘画还要单纯，因为，它只靠声音。当然，这声音称为音乐还需要乐器发出，需要乐器来配合。过去的作曲家从来都不考虑音乐的不确定性，因为他们把乐谱写完了,后来的任何人,只要按照乐谱来演奏就可以了,都是一样的。而约翰·凯奇让这一切发生了变化，比如，他把一首钢琴曲的乐谱写在几张纸上，然后把这些乐谱扔在地上，演奏者可以随意地捡起来重新组合，然后按照随意的顺序来演奏。这简直太疯狂了！这和法国的达达主义和超现实主义诗人们把自己随意写出的词汇，任意组合在一起成为一首诗的做法是一样的。他还干过这样的事情：把音符写在透明纸张上，而时值和乐谱的谱号则通过扔硬币来确定——正面是高音谱,反面则是低音谱。可能只有疯子和过于正常的人才可以这么想，这么干。约翰·凯奇就这么干了。他还把随机性放到音乐的演奏中，比如，他用 12 个收音机来实验音乐的蒙太奇效果，按照不同的时间，让人们把 12 个收音机按照不同的频道播放节目，然后按照一个用码表设定的时间表，来把它们打开或者关上，从而制造出一种奇特的混音效果。说话声、歌曲、音乐等混合成当代人类社会的声音，那些看似杂沓、缭乱、纷繁，实则十分逼真而有趣的声音，从 12 台收音机里放出来的节目，各种片段混合剪辑在一起，你听到的，就是人类当代生活的声音，就是一种激进的当代音乐。

这就是约翰·凯奇的伟大之处。演奏者面对作曲家的乐谱时，第一次有了选择权，他可以按照心愿，随意来决定音乐可能的方向。别的作曲家也都纷纷进行这样的实验，比如，有一个德国作曲家，他就写了一首由 19 个片段组成的乐曲，演奏者可以随意地从任何一个他看到的片段开始演奏，而每一次演奏，都会有一部分不被演奏，它们被省略了，这样就把一首曲子变成了无限的曲子。这让他，吴音，想起来自己曾经看过的两本小说，一本是阿根廷作家科塔萨尔写的，叫作《跳房子》，那部小说既可以按照先后顺序来读，也可以按照里面给的一个章节顺序，跳跃式地读下去。还有一本小说，他记不得名字了，小说的形式就是一副塔罗扑克牌，你可以按照你抓到的任何一张牌的顺序那么读下去，而且都读得通，故事全部连得上。这样做都很疯狂，因为，当任何一条路都可以通往最后的结局的时候，你会发现这个世界隐藏着令人叫绝的逻辑——上帝的手也许真的存在。然后，“偶发音乐”就这么大行其道。

接着，电子音乐又开始了更为激进的实验。磁带录音机的出现，使噪音也有了音乐化的可能了。我们可以通过录音机来存放各种声音，比如，法国音乐家皮埃尔·费舍，就把火车的鸣笛、风声、雷声、鸟鸣声，进行重新编排，变成了音乐。1954 年，音乐家埃德加·瓦列斯创作了一首 25 分钟的乐曲，由两部分构成，一个部分是由铜管、木管、钢琴和打击乐器组成的，另一组则是由电子音响发出的噪音构成，两组声音穿插在一起，形成了奇特的效果。那些电子音响发出的噪音，有些像从宇宙中辐射出来的背景声音，类似一种白噪音，使人们听到了万事万物可能的声音。1958 年,在布鲁塞尔举办的世界博览会上，埃德加·瓦列斯给法国菲利普馆写了一首叫作《电子音响诗》的曲子，这首曲子中那些声音是由世间的各种声音构成：钟声、汽车喇叭、鸣笛、机器的轰鸣和一些动物的叫声等，混合在一起。在长达半年的时间里，每天都有一万五千名观众从法国菲利普馆建筑跟前走过，这个时候他们所听到的，是来自四百个扬声器发出的音乐。同时，这些观众的手里拿的是关于世界博览会的照片、油画摹本和其他资料，虽然埃德加·瓦列斯和那些图片的制作者并没有想使音乐和图片联系起来，使观众的视觉和听觉联系起来，但是，观众却很自觉地把他们看到的和听到的联系起来。于是，观众们迷惑了，观众们不明白这到底是什么意思，他们感到自己被耍了，他们愤怒了，他们也害怕了，观众们产生了对现代艺术的兴趣的同时，也感到了不知所措。这既是对音乐艺术的拓展，你也可以反过来说音乐家、这些现代音乐家在乱搞。此外，他想起来了，还有一个法国人，他写了一首曲子叫作《弹子球》，他把来自一台弹子球机的各种声音，比如弹子的滚动声、推拉杆声、铃声和撞击声以及由此引发的各种声音，全部都混合编排起来，让我们听到了十分复杂怪异的声音，这声音就是现代都市的声音，就是那些沉迷在弹子房里的当代人的精神世界的象征。

还要继续说说约翰·凯奇的音乐。其实，约翰·凯奇受到了很深的东方哲学，具体说，就是中国哲学的影响。1950年，他读到了英文版的《易经》，从此开始了注意偶然性因素在音乐里的表现。1952年，他写了一首叫作《想象的风景画》的曲子，竟然把43张爵士乐唱片上的音响分成了很多片段，然后把那些他偶然地分开的片段连续录制在磁带上，使爵士乐这种依靠即兴演奏来取胜的音乐，更加即兴和破碎。1958年，约翰·凯奇在意大利旅行，他所住的房子的房东是一个女人，名字叫作芳坦娜，于是，他根据在意大利旅行的印象，创作了《芳坦娜的混搅》，这首曲子完全由日常生活中的声音构成，比如，人们的说话声，咳嗽声，狗的叫声，笑声，打闹声，以及寂静。听上去，就像一个意大利人在不停地旋转收音机的旋钮，而他周围的声音都录制了进来。约翰·凯奇还把一支话筒挂在脖子上，然后他开始喝水，喝水的声音通过话筒被放大，听上去简直是一条河在发出咆哮和低语。另外一个人把话筒绑在一个人的脑袋上，然后，那话筒就把人的脑电波的声音播放了出来。1967年，约翰·凯奇走得更远了，他创作了《音乐之圈》，把爵士乐、摇滚乐、电子音乐、钢琴和声乐都放在一起，还以哑剧和舞蹈作为一种陪衬，在大银幕上还放映影片和幻灯片，把声音、视觉、舞蹈和戏剧都结合起来了。你会忽然觉得，约翰·凯奇可能不是一个搞音乐的，他简直就是一个天才，一个捣蛋鬼，一个可怕的亵渎上帝的人，一个真正具有革命性的巨匠和先驱，一个音乐史的真正弄潮儿，一个结束了2000年西方正统音乐逻辑思想寿命的可怕的弑君者。

这些都是后现代音乐、实验音乐或者说激进音乐的表现。而人们包括那些音乐评论家们对约翰·凯奇的激赏和猛烈抨击，从来都没有停止过。现代音乐家们摆脱了乐器的限制，也摆脱了旋律的控制，但是，他们真的就到达了音乐艺术的天堂吗？很难说。但是不管怎么样，人类的音乐进入到了噪音时代、电子音乐时代、偶发音乐时代，进入到可以乱搞和无所不用其极的时代，进入到声音就可以是音乐的时代，进入到音乐的主宰者上帝也死了的时代，进入到没有声音也是音乐的时代。最后，约翰·凯奇就搞出来了《4分33秒》，让你来听你内心的声音，也许，那才是真正的音乐。

你就给你妈妈告诉你的一个手机号码打了电话，那边接电话的，是一个声音很甜的女孩子。你告诉她，你是吴音的外甥，你叫王强，你打算到北京去找他。她把电话接通到你舅舅的线上，你舅舅和蔼可亲的声音响了起来。一瞬间，你感到有了救星，你觉得有了希望，你捞到了救命稻草。你说，你想让舅舅给你找一个打工的地方，你的舅舅说，好啊，我一定会给你找一个工作的。只要你的要求不高，我可以在很多我熟悉的演出公司给你找一个工作，剧务、杂务、跑腿的，我看你都可以干。来吧，来找我吧。你很兴奋，挂了电话，就去火车站买了车票，离开了广东，因为，你几乎没有什么钱了。你必须要去北京找舅舅。

现在，你感觉肚子很饿。今天的运动量有些大，你的肚子里只有一个刚才偷偷捡的橘子。你去找舅舅，但是你靠近了他，却无法见面。你没有别的办法联络他，你感到灰心丧气，你觉得有些生气，但是又不知道往哪里撒气。你站在公交车上，任凭汽车往东走。你看到了那些闪亮的、巨大的、金碧辉煌的建筑，在长安街的边上依次排列，十分威严、辉煌和华丽，这都是一些什么机构啊，里面都是一些什么人啊，你知道，你连它们的大门都不敢进。你不知道自己现在应该到哪里。你就任凭车子往东开，过了建国门，过了国贸桥，过了西大望路，过了四惠桥，然后，车子莫名其妙地到站了，你和很多表情和你一样茫然的人下了车，他们似乎人人都有目标，只有你没有目标，你不知道应该到哪里去。你忽然有些后悔坐到这里了，其实，你完全可以在天安门广场附近溜达，你应该等到你的舅舅的音乐会结束了，安保措施撤销了，你就可以和他见面了。你真是一个笨蛋，你想。但是，既然来到了这么一个地方，你就想应该找一个地方休息休息再说。

你顺着一些小巷道胡乱地走着，这里似乎是城乡接合部，店铺和低矮的房子拥挤在一起，各种味道也混杂在一起。你觉得你需要吃饭，需要休息，你感到你的小腿肚子很疼。你随便走着，你看到这条肮脏的小巷道里面店铺林立，你仔细一看，主要是小吃店和发廊，而那些发廊，准确地说，就是软性的色情场所。这不，你看，每个发廊的门口都安装了一个旋转个不停的灯，意思是注意我这里！请进来！到我这里！然后，你信步而走，你发现每家发廊里的灯光都是暧昧的，粉红色的，昏暗的，那简陋的沙发和椅子上，都坐着几个表情麻木但是目光很贼的女孩子，她们都穿着露出乳沟的上衣和短裙，拿眼睛瞄着屋子外面，只要你是一个男人，她就拿目光勾你，进来啊，大哥，有的就跑到了门口直接和你说，进来爽一下。可是不，你没有钱，哪里敢进去？你兜里还有几个钱啊？你都忘了，你是不能进去的。你不知道自己怎么走到这里来了，你觉得想回头，想走开，因为你每经过一家发廊的门口，那些把嘴唇涂抹得红扑扑的看上去很妖艳漂亮的女孩子，都倚靠在门口冲你招手。你知道，一旦你进去，她们就会把你领到里面一个小房子里，房子里面有一张很简陋的沙发或者床，她们会让你躺在那上面，给你“打飞机”，也就是帮助你手淫，或者，干脆就给你吹喇叭，或者，连裙子和外套都不脱，就骑在你的身上干你，让你射精。统共也许只需要五十到一百元，就全部搞定，这就是干这事的女人的价码。你忿忿地想，即使是这样，也比我的报酬要高。你往里面走，你觉得这条街道怎么那么长，似乎都没有尽头，或者，一直是那发廊门口的旋转灯在转，让你头晕恶心。你就那么走着，胡乱地走着，看到那一家家的小吃店和发廊排列过去，在肮脏的黑暗的小巷道里往更深处延伸。你走啊，走啊，感到虚弱了，你想休息一下，然后你看见，一家门口没有旋转灯的发廊，明确地写着“理发美容”字样的发廊,从里面走出一个小姑娘。看上去,那个女孩子大概只有18岁，很小巧、很有灵气的样子，你突然觉得自己哪根神经兴奋了起来，你看到她出来往门口的沟渠里倒水，动作秀气而干脆，你被她吸引了，因为，她和其他发廊的那些很骚的姑娘完全不一样，她似乎不是干那个的，估计连打飞机都不会给顾客打。你也知道,只要发廊门口写了“理发”,那就是真理发,而写了按摩,那就是有情况。你站住了，你想了想，你觉得自己的头发有些脏了，也许可以进去洗个头。

于是，你跟着她进去了，你看到她穿一件绿色的裙子，你感觉很好，你进来了，发廊里果然是一副理发的样子。她看见你进来了，笑了，这使你想起来在老家的山村里，你的表妹——你已经有些年头没有看见她了，听说她在江苏打工,后来在那里和一个男人结婚了。她笑了,问你,理发？洗头？洗头多少钱？你问她，你觉得有些紧张，不知道为什么，你的眼皮，左眼皮和右眼皮都胡乱地跳了一阵子,这使你不好判断到底是福还是祸。她笑了,10块钱。你放心了,因为你记得自己好像就剩下10块钱了,你觉得让她帮你洗个头,一定会非常好,感觉一定会非常的愉快。你坐下来，你说，好，那我洗个头吧。她招呼你坐下来，你就坐在那把椅子上，你安心地坐下来，等待她给你洗头。

约翰·凯奇说:“开放的音乐观念是颇有些道理的。首先，许多作曲家参与了活动，取得了胜利。仅仅在美国，比如艾夫斯、鲁格斯、考威尔和瓦雷兹的作品，就包含了这种开放的观念。考威尔经常讲鲁格斯在佛罗里达的和声学班上的故事。大家正在讨论从一个调到另一个‘间隔遥远的’调之间的转换问题。一个小时后,老师问鲁格斯:你将如何解决这个问题？

鲁格斯说：我不会使它成为一个问题，我会不间断地从一个调演奏到另一个调。第二，与音乐有关的技术方面的变换很大，由于有了录音机、合成器、音响系统和电脑，从情理上我们已经不可能仍旧把观念固定在上几个世纪的音乐上，尽管有许多音乐学院和音乐评论家还在这样做。第三，从前对各种文化的解释是孤立的，现在一般的大学都可以把世界上各种不同的音乐文化集中到一起。第四，我们的人越来越多了，而且联系的方式也更多了：电话、传媒、互联网、喷气飞机旅行等。如果我们大学里各种教授里，某个人没有办法去开启别人的头脑，另一个人总会有办法的。我们开始越来越清楚地意识到每一个个体的丰富性与独到之处，以及每个人去开启他人新潜力的天然能力。”

吴音，你也是一个后现代音乐家，你的音乐是最近30年我们听到的来自中国的最有意思的声音。美国加州大学圣克鲁兹分校的霍伊教授说：“依照中国人的观点看，后现代主义是从西方传入中国的最近最新的思潮。而从西方的观点来看，则恰恰相反，中国常常被看作是后现代主义的来源。马丁·海德格尔是首先从后现代的方向反思现代性的先驱者之一。海德格尔认为，现代性的本质是去综合和控制一切，但是他指出，这种现代态度下由于很多现象的存在还存在被瓦解的可能，即现实太巨大了，以至于不能被完全地算计和把握。海德格尔认为，这一瓦解将可能开辟一个新时代。由于缺少一个比较好的命名，我们姑且用‘后现代’来称呼它。虽然海德格尔没有提到中国，但是对于西方思想来说，中国通常就象征着不可把握和无比巨大。米歇尔·福柯所引的阿根廷作家博尔赫斯小说的一种描述就是一个极好的例子。博尔赫斯想象有一种中国的百科全书，是对西方古典的将所有事物安排分类一个系统的分类表的理想的瓦解和颠覆。在那部中国百科全书中，动物类别区分为：（1）属于皇帝的；

（2）以香油涂尸防腐的；（3）驯化的；（4）哺乳的；（5）土鳗两栖的；（6）传说中的；（7）迷途的狗；（8）包括在现行分类中的；（9）疯狂的；（10）数不清的；（11）拖着美丽的驼绒尾巴的；（12）等等；（13）刚刚打破水罐的；（14）来自远方看上去像苍蝇的。”对于福柯，这种“中国式的”百科全书作为具有异国情调的另外一种思想体系，同西方现代思想体系相对立，它映照出“我们自身思想体系的局限”。这一分类弄垮了一切为人们所熟悉的现代思想的界标，该范式完全挑战了现代人对秩序和权力的迷恋。他认为，霍伊教授指出了问题的关键所在。

那么好吧，我必须给你们进行后现代音乐的启蒙。他想，其实，很多人都是现代音乐的盲人，还生活在 19 世纪对音乐的观念里。除了偶发音乐和电子音乐的新发展，还出现了一些音乐家，他们对音响本身进行绝对化的追求，比如“唯音”作曲家乔治·里盖蒂，他为电影《2001 年》写了一首配曲，叫作《大气层》，这是一首需要一个管弦乐队演奏的曲子，但是却没有定音鼓，每一个乐器单独演奏一个独立的声音，形成一个独立的声部。因此，是声音，尤其是那些单独的音调形成了曲子的主旋律。他还写了《音量》，也是强调了音色的重要，把音色当成了唯一重要的东西，就像是一些画家单独地强调颜色一样，取得了很好的效果。唯音派可能走得有些极端，但是另外一拨人，主要是一些美国音乐家，搞起来了“简约派音乐”，类似美国作家雷蒙德·卡佛的极简派短篇小说，或者，类似绘画里的基本视觉派。这个绘画流派把绘画艺术中的最低成分强调到最高，比如，画家阿德·莱因哈特就说：“不要有结构，不要有笔法，不要有勾勒和轮廓线，不要有明暗层次，不要表现空间、时间，不要有活动态势，不要有客体、主体或者素材。”这样一来，绘画还剩下了什么？就基本没有什么了。在他的画笔下，整幅的画布上全是漆黑一片。我觉得，这就有些矫枉过正或者过于激进了。是不是？你只剩下了颜色倒还罢了，你剩下一团黑乎乎的东西，那还是绘画吗？那连狗屁都不是了，有人就这么骂。可是，艺术就是要在这种激进的、从绝路上寻找生路的方法来推进。于是，作曲家也搞起了类似的简约实验。特里·里雷写了一首曲子，叫作《C调》，由53个片段构成，这些旋律片段可以随时从任何一个片段开始，也可以在一个片段上反复演奏到令你厌烦透顶，就是为了传达给你一种简单的观念。斯蒂夫·雷奇写的《四架管风琴》则以一个不断打着拍子的沙锤作为基本节奏，然后有四架电子风琴演奏和弦，25分钟的时间里，和弦可以有着不断的休止，但沙锤声则始终如一。他的另外一首几乎等同于催眠曲的《显现》，则不断反复重复着一个句子，并将两个声道的播放扩大到四个、八个，如此不断地扩展和繁殖，把音乐最简约的部分强调成唯一的东西，让你体会到枯燥、厌恶和欣喜的复杂情绪。

在简约派音乐的实验走进了大众视野的同时，还有环境音乐和概念音乐，将实验音乐继续往前推。所谓环境音乐，十分简单，顾名思义，就是这音乐不仅可以听，还可以看，舞台上的灯光、美术、舞蹈等配合着音乐，使音乐不再是单纯的音乐,而是视觉、听觉和感觉的大联合、大混合。有时候,听众在听“环境音乐”的时候,不用坐在那里,而是可以在连接三个音乐厅的房间里来回走动，可以到处听、到处看，地板上还有供听众休息的床垫，墙壁上有影像作品在播放，还有人在你的身边活动着朗诵诗歌或者翩翩起舞。有的音乐家在纽约的高楼大厦之间播放自己的音乐作品，但是这音乐会受到高楼之间的峡谷风和天气的影响，而呈现出不同的效果。另外，汽车是美国人的第二个家，那么，音乐家就想到了把汽车的广播作为另外一个环境音乐的创作灵感,你只要是上车了，把广播调到了一个频道，那么，就有相对应的音乐被你收听。这就是现代音乐，这就是很有意思，又很疯狂的现代音乐，把古典音乐搞翻天了的现代音乐。

干洗还是湿洗？干洗。好的，干洗。你把眼睛闭上了，你感觉她的手指就像是美妙的小蛇，在你的头发间盘绕。你想起来你小的时候，经常在田野里抓到一些小的、黑色的、绿色的无毒蛇，你把蛇拿在手里，你感觉那蛇是凉的，但却非常的柔软、美妙，而且，那小蛇也很乖巧，根本就不咬人，只是在你的手上稍显不安地盘旋，就像姑娘她现在给你用手指头盘绕你的头发一样。你觉得你进来对了，你感觉她就是一个正经的女人，不干那些软性和硬性的性服务，她只洗头，或者理发。她刚才说，我需要先把水烧开，然后给你洗头。你和她有一搭没一搭地说话，你知道她还有一个堂哥，就是这家店的理发师，她不过是才从湖南老家来给他帮忙的，主要就是给顾客洗头。她在老家就学会了给人洗头，因为她家里的女人的头发都很长，天生就会洗头。而她的堂哥，刚才出去买东西了，马上就会回来了。为什么你们这家店的客人不多呢？她又笑了，你还不明白吗？我们店是真理发啊，我们没有小姐。我不是小姐，我们就给客人理发，5 块的，10 块的，都理。我堂哥的理发手艺不怎么样，也就是附近的民工、老头和那些带着孩子的妈妈喜欢到我们这里来理发，因为便宜。不过，每天理发理得多了，加起来总有个几百块钱，也能对付房租了。这里的房租太贵了，北京什么都贵，可是，你看，什么人都想跑到北京来，以为在这里能够升官发财，可是，不一定，对不对？不是谁都可以升官发财的。她和你瞎聊，你也觉得开心，你们就那么胡乱说话，然后，她把水烧开了，就开始给你洗头了。

她先给你的头上喷了一点水，这样你的头发不至于过于干燥，然后，她快速地往你的头上倒了一点让你的头皮感到发麻的洗发液，那液体在你的发根泛滥，她的手就赶紧地开始揉搓你的头发，并巧妙地用手指头肚按摩你的头部皮肤，使你觉得十分舒服、受用，浮想联翩。当然，你没有胡思乱想，你想的都是美好的事情，美好的感觉，你发现，你记忆里最美好的事物、情节，都是你童年的时候在农村乡下里感觉到的，比如植物、动物，人，亲戚，比如流云、田野，等等，是那些事物让你觉得美好，带给了你最初的一些关于世界的印象和经验。可等到你成年了，就没有什么让你高兴的事情了，你就感觉到很疲乏和劳累了，因为你要生存，可是现在生存容易，要想活得好，就不那么容易了。你发现每个人都需要自己养活自己，男人还要养活更多的人，如果结婚了，那就更没有你的好日子过了，你要为在家里张着嘴准备吃饭的一家老小张罗。你忽然就觉得人生的颜色变了，变成不是那么的好看的颜色了。你感觉到她的手指在你的头发间盘绕，你感觉很美好、轻松，因为，她在哼歌，属于湖南乡下的山歌，听着那么的清新。你的头皮带给你一种麻酥酥的舒服感，这都是她那灵巧的手指头带给你的，她刚才说她叫小妹，小妹你的手真灵巧，我的头发有些长，不好洗。什么不好洗，我妈妈的头发有一米长，都是我给她洗的啊。为什么她要留那么长的头发？啊，因为，我爸爸在山西挖煤的时候死在煤井里了，我妈妈从此就不剪发了，她就开始留头发了。她说，她的头发有多长，她思念我爸爸就有多长。就这么，她的长头发散下来，就有一米长了。是啊，挖煤太危险了。可是危险的事情，挣的钱多啊。那边那些发廊，老有警察来抄，可是还是有小姐愿意干啊，因为，挣钱来得快。他感觉到她那灵巧的手把他的头发往起来捋，用双手捧着，把那些白色的洗发液的泡沫捧起来，然后丢到洗手池里，几下就捋干净了，然后，继续往你的头发上倒了另外一种感觉很清凉的洗发液。似乎是薄荷的洗发液，你的鼻子还闻到了一股清香。然后，像刚才那样，她那双宛如十条小蛇的手，在你的脑袋上，在你的头发间，又开始了新一轮的嬉闹和追逐，你的头皮，又经受了新的一番触摸，你感觉到很舒服，麻酥酥的感觉再次在你的身体中涌现。你不说话了，你就慢慢地、仔细地享受着这片刻的舒服，这种感觉对于你来说，太难得了，你已经好久都没有享受到这样的体验了，你需要把这种感觉放大，拉长，拉长到和你的生命一样长才好。你的眼睛闭着，但是，你可以感觉到，眼皮是一块幕布，在幕布上，颜色在不断地变化，赤橙黄绿青蓝紫，什么颜色都有。为什么心理的感觉会和眼皮上感觉到的颜色有关呢？你也不知道，你就那么感觉着，等到她第二次把那些洗发液一把把地捧到洗手池，然后，让你到洗手池那里，把脑袋埋到池子里，她把胶皮管子从上水桶那里拿过来，给你冲洗。这是热水冲洗，是最后的工序了，你感到有热水顺着你的头发流了下来，把刚才的麻酥和清凉感都洗掉了，把你的头发里的污垢、晦气和一切不舒服的感觉，都洗掉了。

然后，她让你重新坐到座位上，用毛巾擦你的头发，然后给你按摩头部。你再一次感觉到刚才的放松和惬意又回来了，你要充分地享受这一刻。你继续拉长这一刻，希望它直到永远。可是，10 分钟，这种舒服就最后结束了。你的头发也基本干了，她给你梳了梳头发，镜子里，你看见了一个全新的自己。真的，一个全新的自己。她说，要不要给你的头发喷一点发胶？不用，那样你们就太亏了。你笑了笑，你说，多谢了小妹，你的洗头技术好得简直没有办法说了。你把手伸进裤兜去掏那 10 块钱，但是你忽然脸色一变，僵在那里了，因为，你分明记得你的右裤兜里有 10 块钱的，但是，现在，口袋里什么也没有了，真的，那 10 块钱不翼而飞了。你的脸绿了，怎么会这样呢？那 10 块钱到底到哪里了呢？你这下子真的傻了，像一个呆子那样站在那里，在几个口袋里到处翻找，急得像热锅上的蚂蚁一样，可是，你的口袋里一分钱都没有。

约翰·凯奇说："我开始对噪音发生兴趣，是因为噪音不受和声和对位规则的限制。联系到法律和黑人问题，法律是白人为反对黑人、保护自己而制定的，其中最主要的是保持黑人受白人奴役和使白人变得更有权力。现在，假如黑人变得和白人一样有权力，正如让噪音变成音乐一样。权力不是问题所在。那是指在和声和对位中，有好的、坏的东西，所以便制定规则。那正是白人对黑人所做的事情。我们需要的一种状况是我们没有规则，没有某些东西比其他东西更有权力的原则，是要使每样东西就是它自己。这种状况，我们在音乐里已经有了。”

当然，概念音乐走得更远，和传统音乐更加的疏离。概念音乐家们认为他们理想中的音乐就是没有任何声音，有一个音乐家，他的一首曲子其实是一首诗，内容如下 :“弹奏一个音 / 继续弹奏它直到 / 你感到 / 你应该停下来为止”；还有一个音乐家做了一首曲子，叫作《石头》，在整个曲子演奏的时候，就是以石头来碰石头，让石头自己发出声音，或者，用拉小提琴的弦子来拉那些石头，发出什么样的声音，那就任凭你自己去想象了。这也许已经把音乐搞成恶作剧了。有人会这么说。德国一个音乐家，名字叫作施托克豪森，他是一个大师，他还搞出来一种宇宙音乐，他认为，一切的震荡都会产生音乐，因此，小到夸克、中子、原子，大到可见的事物，一直到星球和宇宙那么大，都会发出音乐，而他相信，音乐和人类一样，不是地球自己诞生和进化的，而是来自宇宙深处的某个不知名的地方。于是，他就用新的作曲法来写他的宇宙音乐，他企图通过音乐来使地球上的居民和其他星球的居民之间建立关系。但是，正因为这一点，他的作品的专场音乐会，那些复杂的电子音乐竟然没有地球人听得懂。吴音想，我比较喜欢他的一首叫作《片刻》的曲子，这首曲子长 50 分钟，由一个女高音、四个合唱队和三十件乐器发出的主调构成了曲子的主体，一开始，你会听到观众鼓掌的声音，接着，呼噜声、呼喊声和人的脚步声，间杂着嘟囔、叽叽喳喳和孩子的哭闹声，都在曲子里出现，让你摸不着头脑，这是不是一场公众集会和大会的录音呢?

其实，走得最远的，是那些“危险音乐”家们。这些人，实际上把音乐当成了人生观的表达工具，甚至置观众于危险的境地，有时候演出现场会出现流血事件。比如，有一个音乐家的曲子叫作《狼人》，这是一首把噪音扩大到让听众的耳朵受不了、几乎要癫狂的作品，人人听了这首曲子都想发疯，都想杀人，或者想先杀掉那个音乐家。有的危险音乐家在现场喜欢和听众们开一些善意的玩笑，有的危险音乐本身是很政治化的。比如，有一个音乐家就在作品演奏的过程中，朗诵阵亡在越南战场中的美国士兵的名单。那么，音乐就是自由，就是没有边界的自由，只要是你有想象力，那么，就会有什么样的音乐产生。比如，还有一种音乐叫作“生物音乐”，音乐家把相关的仪器戴到自己的脑袋上，根据仪器画出来的脑电波来作曲，这就叫作“生物音乐”。生物包括了微生物和可见生物，包括了动物和植物，都是音乐家作曲的时候的灵感来源。有一个英国音乐家不知道从哪里搞到了座头鲸的声音，那是一些海洋生物学家在大海里和座头鲸接近的时候录制的，他来了一个大改造，把座头鲸的声音写成了曲子。有的音乐家打算从植物那里获得声音，他们长时间地和植物待在一起，观察花朵，观察植物，在树林里和花草间流连，去倾听植物的叶子、花朵发出的声音，加以录制和改造，就是上好的“生物音乐”了。

甚至，还有更绝的，有一个以色列音乐家，他的名字我忘了，他写了一首很有名的《臭虫曲》，在演奏中，让一只甲虫、一只蜈蚣和五只蚂蚁担任了作曲家和指挥，让它们在乐谱上自由地爬，爬出来墨迹，音乐家就写成曲子。这很有趣，也很搞笑，不过听众听到了这首曲子还是感到了满意，因为，他们发现那些甲虫、蚂蚁和蜈蚣的作曲与指挥的能力比人强。于是，18 世纪以来的古典音乐和现代音乐中，比如那些巴洛克音乐、巴赫的宗教神性音乐、浪漫派音乐、民族音乐、印象派音乐、新古典音乐、表现主义音乐和新浪漫派音乐，在后现代主义音乐面前，都遭到了破坏。于是，一种新的音乐，就在这些破坏者的手里诞生了出来。那么，它们是怪胎吗？它们是早产儿吗？它们是恶魔吗？它们是弱智吗？它们是反音乐吗？随便你怎么说吧，总之，这些音乐就这么出现了，人类的音乐史又往前走了一大步，这就是一个新的现实。他满意地想到了这里，好了，很好，现在，我要演奏约翰·凯奇的《4分33秒》了，这不是我的作品，但是，是我的精神导师的作品，我马上要演奏这个著名的作品了，中国人，你们还没有人听到、看到这首著名的作品的演出，现在，我，吴音，让你们骄傲的华人音乐家，来了，我来给你们表演这个著名的音乐作品了。

你傻眼了，你摸了半天自己的口袋，你暗自说，王强！你这个笨蛋，怎么关键的时刻，你就这么倒霉呢？你摸了半天，一个子儿都没有掏出来。小妹刚才的和颜悦色，忽然就变冷了，热脸就变成冷屁股了，怎么了？没有钱？没有钱洗什么头呢？我有的，我至少还有10块钱，难道，是刚才在公交车上被人偷了？奇怪了，我觉得奇怪了。你感到非常的窘迫，你恨不得找个地缝钻进去，但是地面很结实，根本就没有地缝可以让你来钻。正在这个时候，门帘一挑，进来一条壮汉，小妹一看见他，就喊：堂哥，你回来啦！是啊，怎么了？我看你不高兴啊。你看，堂哥，这个人，他洗头不给钱！什么？不给钱？壮汉冲到了你的跟前，你小子洗头不给钱？不是不是，我本来有钱的，但是，不知道怎么丢了，我我我可能丢了，真的很不好意思。你结巴起来，但是，你已经结结实实地挨了一个嘴巴子，过来，我搜，你小子一看就是贼眉鼠眼的、想赖账的家伙！壮汉过来了，把手在你的口袋里乱搜一气，确实没有搜到钱。他想了想，你小子看来一向如此，你喊我一声爹就滚吧，好不好？快，喊一声爹，你就走，头白洗了，不要你的钱，你就可以滚了，好不好？壮汉得意地笑起来，小妹也很得意地笑了起来。就在这个时候，你的脑袋突然嗡的一声响。你感觉自己发怒了，你觉得自己的自尊心全部崩溃了，你感觉自己的头发都竖起来了，你感到头皮着火了，你猛然抓起在旁边桌子上搁着的一把水果刀，你一把把小妹拽了过来，用左胳膊搂住她，用右手拿着水果刀，你你再废话我就扎她！你闪开让我走！这一下子，陡然发生了变故，壮汉一下子没有反应过来，这时你就连拖带拽地把小妹往里屋拉。壮汉猛然扑过来，被你一刀扎中了前胸，他惨叫一声退开了，你挥舞着刀子，大叫，快点让开，让我走，否则，我就杀了她！小妹这个时候也尖叫了起来，但是壮汉退了出去，他一下子出去了，立即把门锁上了，他说，你他妈的，我才不放你呢，我告诉你，我报警，警察马上就来了！

你明白，现在你突然地处于一种十分不利的境地了。壮汉报警了。而你现在拿着一把刀，劫持了一个人质，就是刚才给你洗头的这个小妹。现在，小妹尿裤子了，你可以感觉到她的尿不仅弄湿了她的裤子，还把你的裤子搞湿了。小妹尖叫着，哭闹着，撕咬你的胳膊，你火了，拿刀柄猛地击打她的头，把她的太阳穴那里弄出了血。你威胁她，再叫，我杀了你！她害怕了，开始求你了，哥哥，求求你，把我放了吧，现在你把我放了，我堂哥一定会把你放了。但是你已经怒火中烧了，你感到你已经无法控制自己的火气了，你发现你的火很大，大到可以烧死很多东西，包括你自己，你感觉到，很久以来，你都憋着一口气，你发现，很多人都欺负你，村长、他的儿子、包工头、地霸、工厂主、列车员、保安，都在欺负你，你一直忍气吞声，最终，你弄得连口袋里的最后10块钱都不见了，你的自尊心没有了，你被别人一步步地搞到了这个地步。现在，你来了一个总爆发，你要撕破脸，不管是谁，现在都是你的敌人了。你听到了警车的警笛响，而且，警车不止一辆。警察来啦，好，来就来！你想，你忽然想起来了黄汉刘，那个右手残疾了的工友，现在，你终于明白了黄汉刘当时那种鱼死网破的感觉了，本来，谁都不想走这么一条路，但是不知道怎么回事，各种机缘巧合，就把你引到这条死路上来了，你感到你是死路一条！你把心横下来，随便吧，我就这样了！你听到了警车的声音靠近了，你听到小妹恐惧到极点的哭泣，你很厌烦眼前的这个女人了，都怪她，要不是她刚才的清纯甜美的感觉，你还不会进来洗这个该死的头，可是现在，一切都变了，忽然之间，你成了警察马上要抓的人，这个女人现在让你非常厌恶。好了，我完了，那么，等待我的是什么，我已经变成持刀劫持人质的罪犯了，你一直在告诫自己，头脑一定要保持冷静，你继续拿刀柄击打小妹的脑袋，让她感到你完全控制了局面，然后，你拖着她，把大门用一个桌子顶住了。在桌子上，你又放了一把椅子，你不想让警察冲进来把你立即抓住。你现在想的是如何能安全地逃跑，因为，警察来了，你的手里有一个人质，你拿着一把刀架在姑娘的脖子上，随时都有可能杀死她。你把门顶好，然后把屋子里的灯全部关上了，你又拖着小妹躲到了里屋的门口。你的情绪很激动，你感到已经失去了对自己的控制，你的大脑里一片空白，虽然你在不停地告诫自己说，要冷静，要冷静，可是这个时候你怎么可能冷静下来呢？不可能！因为，有一个人质在你的手里，你必须要讨还你的尊严。可是，你还有尊严吗？你的尊严早就像一块烂布一样，被丢掉了，你什么都没有了，你现在要面对的就是那些蜂拥而至的警察了。

> 约翰·凯奇说："文艺复兴时代推崇的那种作曲家、演奏家与听众之间的差别，也不再在各地继续保持了。科学技术模糊了作曲家、演奏者和听众之间的差别。就像每个人都认为自己能够使用照相机拍照一样，现在和将来，会有更多的人认为，而且会越来越认为，自己能够使用录音或其他电子手段，将过去明确地由作曲家、演奏者和听众进行的活动，全部集中到自己一个人身上。不过，这种把数种活动集中于一身的做法，实际上取消了音乐的社会性。正是音乐的社会性，音乐在表演时所需要的分工不同的一群人来完成它的实践方式，使它有别于视觉艺术，将其带入剧院，使音乐与社会建立了联系。"

他想，我的第一部作品是钢琴协奏曲《天地人》，我让声音和人的表演一起出现在舞台上，我追随约翰·凯奇，我想走得比他更远。我要走得更远。他在1979年才22岁的时候，就天才般地写了第一部交响乐《李白》，他把鼓、箫和其他乐器，都运用到交响乐中，来了一个中西大合璧。接着，1982年，他推出了无法命名的音乐作品《天籁》，把自然界和人类，主要是中国人发出的各种声音都录制下来，然后编制成了音乐。那来自宇宙的、上天的、大自然和人类社会本身的声音，似乎传达出了禅的意境。他还自己制造乐器，包括打击乐、弦乐和钢琴。他把棉花和石头发出的声音混杂成作品，他在水里弹奏钢琴，他完全改变了中国民乐的感觉。我们每一次听新年民乐演奏会的时候，都会发现，我们的民乐是农业社会流传下来的，主题都是一种丰收后的喜悦，粮食归仓，大雪兆丰年，明年更有盼头，以至于年年有余的那种欢快感。但是，这种欢快感是肤浅的，苍白的，物质的，没有什么思想的，尤其没有自己的感觉，没有个体生命的那种沉思。全是农业社会丰收的喜悦感，这就是民乐。他感到不满，他用民乐演奏复杂、悲苦和一个人的灵魂的独语，他发展了民乐，也遭到了批判，那些保守的人说他是一个不肖子孙，说他搞的东西是艺术自由化，给他扣帽子，给他打棍子，于是，1986年，他负气跑到了美国波士顿的大学去学习音乐了。他在那里拿到了博士学位，开始在世界上崭露头角。很快，他找到了属于自己的路，因为，他搞的一套在美国和欧洲有更多的人喜欢，他们可以懂得他，不给他戴帽子，不给他打棍子，随便他怎么搞，都是音乐，因为，很简单，艺术就意味着自由，或者艺术本身就是自由。他如鱼得水，他感到在美国和欧洲，有他更多的知音，他发现艺术还可以胡搞，胡搞当然不是真正的胡搞，不是男女关系那样的胡搞，而是可以发挥他的想象力，来随便创造，只有在这样的情况下，艺术本身才可以不断地迸射出创造性的火花，艺术本身才不断获得前进。只有胡搞，艺术才可以发现自己的边界到底在哪里。

他还把剧场表演和乐队结合起来，把戏剧性元素放到音乐里，他还把中国本土的京剧，以及古代的楚国曾经流传的一些戏剧和文学、音乐元素，拿出来，糅合到一起。那些东西本来看上去很土，比如瓦罐、编钟、陶盆，以及笛子，这些东西。可越土就意味着越洋，他拿这些东西和约翰·凯奇的那一套想法结合起来，在每件作品中除了有后现代音乐的观念之外，总是有着中国的元素、中国的符号、中国的声音在里面。于是，他就和别的音乐家不一样了。他在独奏、室内乐、电影音乐、管弦乐、合唱、交响乐、音乐剧、歌剧、钢琴协奏曲等各种音乐体裁的创作中，都把他的观念注入其中。他不仅为西方音乐大师的纪念音乐会创作作品，比如纪念巴赫诞生260周年，他就创作了让西方人完全耳目一新的《受难曲》；他还为很多美国和中国的电影创作电影音乐，比如，他给南京大屠杀纪念馆创作的交响乐，听着就让人落泪，三个人，一个男人，一个女人，一个孩子，他们的声音高低起伏，在整个交响乐中成为陪衬音，最终成为人类的真实的呼告声，那声音是受难，也是哀告，是吁求，也是宽恕。后来，他又搞起了多媒体音乐，把声光电色都放到他的音乐作品里，他在音乐里搞拼贴，他在歌剧《秦始皇》里，塑造出一个让我们都觉得匪夷所思的秦始皇。2002年，他为一部华人导演执导的电影所配的音乐，获得了美国奥斯卡金像奖最佳原创音乐奖。现在，他沉迷于网络，他正在搞全球第一个网络协作乐团，他引领了世界潮流，他发现了国际互联网的魅力，他在网上公开招募音乐家、评委，共同来做一场自由的网络世界的音乐会。他把中国古代的金、木、水、火、土，这五大相克相生的元素、宇宙中的基本元素，拿来让它们复活，发出了不同于过去的声音，把《易经》那一套也拿来，让音乐变得更加有意思，变得更加多变。他还在纸上尝试奏乐，在陶器和石头上拉弦，发出来可以称之为音乐的声音。于是，他变成了当代最负盛名的华裔音乐家，华裔后现代派、前卫派、实验派音乐家。而且，2000年之后，国内也更加开放了，更多的人，甚至是一些懂得音乐的领导人，也懂得欣赏他的音乐了，也认为他给华人争光了，就请他回国演出了。于是，这场属于他的专场音乐会，就这么在巨蛋形国家大剧院的音乐厅里，在这个一到了晚上就显得如同梦幻般的地方，音乐艺术的最高殿堂，上演了。

王强，现在你可以听见警车的刹车声都聚集在门口了，警笛声熄灭了。你可以想象警察们荷枪实弹，包围了这间理发店。你透过窗户外面的一点灯光，可以感觉到外面已经是剑拔弩张了，因为，你已经完全被包围了。现在，你已经是插翅难逃了。你觉得需要按兵不动。你没有任何动静，你只是感觉到小妹她在你的臂弯里，变得身体僵硬了。你说，你不用害怕，只要他们不过分逼我，我不会杀你。小妹似乎又尿裤子了，他感到自己的腿上湿了一点。她说，哥哥，你要是放了我，我可以让你动我，你可以动我。你轻蔑地一笑，我才不动你呢，我现在要专心对付警察。我不会上当的。你这个女人，我也看错了，也不是好东西。你拿刀柄磕了一下她的脑袋，让她老实一点。

过了一阵子，你听见门外有人喊，我是医生，里面有没有人受伤？你觉得很奇怪，现在怎么会有医生呢？你笑了，你骗人！你是医生？里面没有人受伤！都好好的！你说。外面的人继续问，里面有几个人？你是谁？你回答，我是王强，里面一共有两个人，我和小妹。你想干什么，王强？你到底想干什么？现在你出来还来得及，你能出来吗？出来就可以从轻。你是不是谈判专家？你猜测，可能外面派来了谈判专家。你看过一个美国片，专门就是讲谈判专家的故事的。好了，这下子我真的牛了，一定有很多人现在在围观呢，也许，还有电视台的人也在拍摄我呢，外面有警察、谈判专家，还有狙击手，他们埋伏在我根本就看不见的地方，想着要打死我。你想到了这些的时候是因为你看过电影，是那些电影告诉你你现在的真实处境。你想，这下子，事情真的被我搞大了，所有的人都冲我来了，好，来吧，我根本就不怕，哪里有光脚的怕穿鞋的？哪里有要饭的害怕开饭店的？我不是谈判专家，我们是救援队的医护人员。那你找警察来，我要和他们说话。过了一阵子，一个浑厚一些的声音在外面说，我是王警官，你说，你有什么要求。你对他喊，我是无辜的！我是迫不得已！我根本就不想伤害别人！我也没有办法！你忽然哭了，你觉得你的确是很冤枉，很倒霉，很失败，因此，你觉得现在你终于成了被别人瞩目和害怕的人了，你强大了。你还想安全脱身，你喊，你们给我准备一辆车子，让我到安全地带，我就放开她！她现在就是安全的！外面那个警官继续说，你让姑娘说话，让她自己说她还好，她没有问题。

小妹，你对外面喊，你是安全的，快，你喊！你对一直在你的左手臂里抱着的小妹说，这个时候，你发现小妹因为害怕已经变得有些痴呆了，你对她说，你快喊，你快喊！小妹有气无力地说，我在里面，我在里面，我好好的——她的声音不大，但是足够让外面的人听见了。好！外面的人说，那我们就给你准备好车子，送你走，到时候，你把人质放开，好不好？你听他这么说，想了一分钟，你答应了，好，这样可以！因为，我本来就不想劫持人质。那你可以出来了，我们早就有车子准备好了。你出来吧，出来吧！他大声喊。

你想，出来就出来，大不了，我就是烂命一条。你来了勇气和蛮力，你把那挡住门的桌子和椅子一脚踢开，然后把门打开，但是你的左胳膊照样死死地搂着小妹，她似乎已经有气无力了，她因为害怕，先前尿了两次裤子，现在已经有些麻木了，但是，恐惧和害怕，一直笼罩在她的脑海里，表现在她的脸上。你忽然又有些怜悯这个姑娘了，虽然她刚才要钱的时候，她的言语和表情也羞辱了你，虽然她刚才也为了逃脱，也想给你献身，让你觉得龌龊。但是，你现在真的想对她说一声道歉，虽然你觉得还不是时候，还真的无法说出口，可是，你觉得你这么一个大男人，劫持这么一个小姑娘，这不是在赌气吗？你抱着她，你把门打开，你走出了大门，你看到，周围有好几辆警车，警灯在无声地闪烁，你看不见他们，但是他们都可以看见你，因为，汽车的几束大灯都打了过来，都投射到你的脸上了。你大喊：把车灯灭了！否则，我就杀人质！哪辆车子是给我准备的？你这么喊，没有人立即回答你，这个时候，你明白你上当了，也许，你就应该待在屋子里不出来，或者，你就应该放弃人质，自己出来，那样的话你才有生路，然后你要等待的就是被审判，被判刑，去坐牢，如此而已，可是现在，你想跑，你是跑不了了，因为，对面有警察喊：把刀放下！立即放开人质！你听到他们这么喊，你苦笑了一下，你后退了一步，你明白这个时候在黑暗中一定有很多枪在对准你，你明白你已经完了，你后退了一步，想重新回到屋子里，就在这个时候，你听到你的右边，有人开枪了，子弹像灼热的铁子儿一样钻入了你的脑袋，而同时，你仿佛是报复似的用右手用力地割着人质的、那个小妹的脖子。你和她一起倒在了地上。

约翰·凯奇说："我发现，我在回顾自己作品的时候，总会想到其他一些人。我在创作《为两架钢琴而写的音乐之书》时，脑子里是罗伯特·费茨代尔和阿瑟·戈尔德。为特调钢琴而写的《奏鸣曲和间奏曲》时，是一幅马罗·阿贯棉的画作。从《变化的音乐开始》，到《第六变奏曲》，这些音乐始终令人记起戴维·图多尔。我现在才发现，许多作曲家在创作的时候想到的不是某人，而是某地的环境。人们经常问我，我对音乐的定义是什么。这就是我的定义：音乐是工作。这就是我的结论。不过，就在我写这行字的时候，门铃响了。邮差送来了威廉·麦克诺顿给我的一份礼物：他编辑的一部《中国文学》。我翻到了121页，读到了下面这段他对《庄子》的译文：'人人知道用的用处，但是无人知道无用的用处。'这句话出自《庄子》第四章，它描述一棵树高大而遮阳，它十分古老，却未遭到砍伐，只因为人们认为它的木质派不上任何用场。那棵无用却能遮阳的大树，对艺术家来说是好消息。因为，艺术并不为物质的目的服务，它只与改变思想和精神有关。人的精神与思想正在改变，不仅在纽约，还在其他地方。变化不是破坏，它是快乐的。”

其实，最终，音乐这种最为纯粹的艺术，是没有国界的，是东方和西方都可以交流的，因为，只要是人类有耳朵，人类彼此之间就可以懂得对方的音乐，就比如约翰·凯奇的《4分33秒》，你们看，很简单，我坐在这里表演，他想，你们都可以看见我，聚光灯打在了我的身上，我什么都没有动。音乐厅里这个时候非常的安静，没有声音，大家以为我要演奏了，当然有些人知道这是一部什么样的作品，好了，我听到一点人的声音了，对，是人的咳嗽声，人走动带动了椅子发出的声音，低语，以及咕噜声。好了，4分33秒，你们看，就是这么一个作品，我什么都没有演奏，我就坐在钢琴的前面，你们大家都看着我，可是，这个时候，你们是不是可以听到自己内心的声音呢？你们看，我没有弹奏钢琴，我什么都没有做，我只是坐在这里，你们现在可以听到你们内心的声音，你们可以听到周围发出的声音，你们还可以听到别的，只要你们有耳朵，只要你们现在在听，那么，你们听见了什么就是什么，这就是《4分33秒》要表达的意思，这就是这部作品的真实的含义。这就是约翰·凯奇从东方的智慧里，比如禅学那里获得的启发。好了，4分33秒到了，我该下台了，这场音乐会就这么结束了。谢谢大家，马上，就该我谢幕了。

现场响起了经久不息的、雷鸣般的掌声。

你感觉血脉贲张，你要发狂了，你想退回到屋子里，就是在这个时候，子弹来自你的右边，那子弹非常准，正中你右边的太阳穴，一定是训练有素的狙击手开的枪，你感到灼热的一个很小的东西，进入到了你的脑子里，你觉得很生气，他妈的，你们所有的人都在耍我，你的右手不自觉地、报复般地使劲刺了几下小妹的脖子，但你感觉右手迅速没有了力气。同时，你的大脑里，看到了一些绚丽的颜色。起初，你的脑袋里是一片空白，那完全是一张白色的幕布，上面什么都没有，是纯白的，后来，突然，有红色的血溅到了上面，一片殷红，那颜色慢慢地洇开，如同一朵血红的大丽花，你感到脑袋里很挤，别的东西按说已经进不来了，可是，有颗黑色的小东西，是瓜子吗？是甜枣吗？它进来了，把你那海绵一样的脑袋给钻了一个洞。你觉得喉咙干燥，但是你的右手还搂着小妹，你听见她发疯一样地在喊叫，可是，你就是不松手，因为，他们都要你，你不想再受欺骗了，你们就那么倒在了地上，你感觉在你大脑的白色幕布上，洇开的颜色开始由红色逐渐地变黑，变得漆黑。与此同时，你似乎飘升了，你的灵魂飞起来了。别人告诉你，人死了是没有灵魂的。可是，你是有的，现在，你看见了你自己的灵魂，他飘起来了，像烟一样，无色无味，飘起来了，飘离了你的身体，你看见你的肉身躺在那里，小妹还被你牢牢地搂在胸前，她的脖子上有一道血痕，在往外流血，有更多的人围了上来，他们都是警察，他们夺下了你手中的刀子，他们把小妹抬走，他们发现你已经一动不动了。是的，你的烟一样的灵魂看见，你的肉身已经不动了，你正要高兴呢，你以为你的灵魂可以逃跑了，可是不，就在这个时候，你发现，你的灵魂也开始消散了，原来，灵魂是存在的，但是存在时间却是这么短呀。你的灵魂消散了，在消散之前，你看到一个警察从暗处走出来，对着对讲机说：报告首长，完成任务，4 分 33 秒，结束战斗！

然后，你的灵魂就一下子也散开，彻底不存在了。

约翰·凯奇说："我想讲一讲梭罗放火烧树林的故事。我认为这和当今的音乐有些关系。首先，梭罗并不想放火，他在烧烤他捕到的鱼，当火势失控后，他为了求救，白白跑了两英里，因为他一个人救不了火。他爬到费尔黑文悬崖的最高处，然后坐在石头上观察火势，景象壮观，而他是唯一一个看到的人。他在高处听到村子里响起了报警的钟声，村民赶来扑火，梭罗也参加了。几个小时之后，火被扑灭了，火烧掉了一百多英亩的林地。梭罗观察村民们都很兴奋，除了林地财产遭到毁坏的人家。后来，梭罗认识了一个穷苦的家伙，那家伙是个醉鬼，但是烧灌木的本领很强，观察醉鬼放火，加上自己的研究，梭罗后来制定了一套灭火的有效方案。他还倾听火在呼啸和爆裂时制造出的音乐：'有时，你在壁炉里的燃烧木头上能听到这样的音乐。'他在听到火创造的音乐之后，又和朋友讨论了他的灭火方式。他最后说，火并非全是坏的，火是大自然的扫把……因为此后，大概在两三年的时间里，一片越橘田会为鸟群和人类而再度出现。"

《新京华报》头版报道：

（记者汤正宇）昨天，在国家大剧院音乐厅，著名华裔音乐家吴音先生专场音乐会隆重上演，整个音乐会持续了3个小时，受到了首都观众的追捧。这场音乐会是1988年吴音作为中国音乐家在美国首次举办的专场音乐会之后，在国内第一次举办音乐会。3个小时的时间里，听众领略了吴音从1979年到2009年30年间创作的作品，有协奏曲、交响乐、管弦乐、歌剧选段、室内乐和独奏等代表性作品。吴音本人还表演了他的精神导师、美国后现代音乐巨匠约翰·凯奇的代表性作品《4分33秒》，受到了全场观众的热烈欢迎。

《新京华报》第16版社会新闻版报道：

（记者陈国华）昨天晚上，在通州和朝阳区交界的一条巷道内，一个歹徒闯入一家理发店，劫持了一名理发店的女员工，警方接警后迅速赶到。歹徒要求安全离开理发店，没有获得允许。经过了4分33秒的紧张对峙，在警方判断歹徒在情绪激动中可能要危及人质生命的情况下，下令事先埋伏好的狙击手果断处置，开枪击毙了疯狂的歹徒。人质受重伤，经抢救之后已经脱险。事后调查发现，歹徒原系在广东打工人员，准备到北京投靠亲友，一念之差，成为了劫匪。而果断处置该劫持人质事件的警察，受到了市公安局的表彰。

（注：本文“约翰·凯奇说……”部分，摘引自1996年广州博尔赫斯书店自印本《音乐的未来》，译者申慧辉。）

塑料男和简单方便女

1. 锦鲤

最近，我感觉我的身体有些不适。有一天，朋友请我和妻子在一家供应各种野生菌类的餐厅吃饭，这家环境幽雅的餐厅叫“俏云南”。饭菜很好，我、妻子和几个朋友都很开心。就在我上厕所的时候，我刚要小便，忽然看到，在小便池里竟然游动着几条非常漂亮的鲤鱼，就是学名叫作“锦鲤”的红色带些微白花的鲤鱼。鲤鱼竟然可以在人的小便里生存得那么悠然自得，却让我产生了一种很不好的感觉，因此，我无法在那个小便池里小便，跑到了里面的马桶边，在那里匆匆行事之后，突然产生了呕吐的感觉，就对着马桶吐了半天。

我神色灰白地回到了座位上,好久都没有说话。妻子觉得我有些不对劲儿，就问我，你怎么了？是不是哪里不舒服？我就告诉她我看见锦鲤游走在小便池里的情景。我说，我看见鲤鱼之后，不知道为什么，就呕吐了。妻子就说，我看见了，也会呕吐的，要是你感觉不舒服，我们可以早点离开，回家休息去。

这个时候，坐在我旁边，关切地听到了我和妻子的上述对话的画家阎力插话了：这有什么稀奇的呢？我告诉你我的故事吧。我在日本留学的时候非常穷，主要精力都在琢磨艺术上，没有怎么去打工，有时候连吃饱饭都困难，除了上街给行人画像外，我还想了很多歪门邪道，来生存下去。比如，用细绳吊着一枚硬币，在电话亭里的投币机上往国内打电话，等电话打完了，再把绳子一拽，那枚硬币就重新回到了我的手里。等于说我在日本经常白打电话不花钱。谁让那个时候咱穷呢。

诗人兼出版家龙冬说，你说的是上世纪80年代中国出去的留学生的情况吧，现在可不一样了。我告诉你，上个月，我去德国参加法兰克福书展回来，发现在飞机的头等舱里坐着的，都是一身名牌的中国毛孩子留学生。他们是中国的新贵和“富二代”，那个牛啊，一副满不在乎、态度傲慢的样子，坐姿也是斜仰八叉的，一点不在乎西方人侧目的神情。倒是那些面目含蓄、谨慎的欧洲人，一个个谦和地、老老实实地把自己那庞大肥胖的身体，塞到了经济舱的小座位里而沉默着。我看着，觉得世道真变了，真解气啊。现在，该轮到我们中国人爽一爽了。

阎力说，你不要为那些没有教养的骄横之徒唱赞歌。欧洲人骨子里还是看不起我们的暴发户。

龙冬说：随他怎么看，反正现在我们至少占领头等舱了。

阎力说：我的故事还没有讲完。在日本，我有时候没有钱吃饭会断顿儿。我饿得不行的时候，偶然发现，在东京城区的一些人工河里，游走着一些很漂亮的金色大鲤鱼，就是刚才你说的那种锦鲤。我就动了偷鱼吃的心思。为了能吃到那肥大的鲤鱼，我细心准备了好久，还买了钓鱼的用具。第一天里，我早早地起来，假装去跑步锻炼，到了河边，看看周围的人很少，就往河里甩了鱼钩。那鲤鱼个个都很傻，有一条立即上钩了。可是，正当我往上拽的时候，一个老头儿跑步经过我的身边，我一紧张，加上钓鱼线很滑，我就松手了，那大鱼就带着鱼钩鱼线跑掉了。我不甘心，第二天一大早又去了。这一天很适合作案，因为起雾了，50米开外什么都看不见。我十分顺利地钓上来一条大鲤鱼，并用事先准备好的一件旧衣服，把钓上来的鱼包起来，为了不让人瞧见之后生疑。我兴高采烈地把鱼拿回家，准备按照日本人吃生鱼的方法，大吃一顿生鱼片。我很兴奋，因为，那条鱼太大了，要是在餐馆吃，至少要花4万日元。我一激动，还打电话叫来了另外一个留学生画家刘波。他来了，也很兴奋。我准备好了芥末、酱油、清酒、饭团、酱汤，把鱼仔细地切成了细片，啊，鱼肉很多，肉质看着也不坏，我和刘波都很高兴，早就开始流口水了。等到我们坐定，拿起筷子夹住一块新鲜的鱼肉往芥末上一蘸，往嘴巴里一送，登时就傻眼了。你们知道我嘴里那鱼肉是什么滋味吗？

我们都看着阎力，摇了摇头。

阎力说：我告诉你们，和橡皮的滋味差不多，完全不能咀嚼和下咽。我硬嚼了半天，根本吃不下去，真把我恶心坏了！我们都立即把鱼肉吐了出来，也不知道到底是怎么回事——那么好看的金色大鲤鱼，肉质怎么这么糟糕呢？味同嚼蜡！我想不通。后来，我碰到一个日本好朋友，他是一个万事通，我告诉他我的尴尬和疑惑——我不明白为什么人工河里的鲤鱼肥大漂亮，怎么就不能吃呢？他哈哈大笑，他说，你们中国人是聪明反被聪明误啊，这一次，栽了吧？那人工河里的鲤鱼，就是为了清理水中的化合物和垃圾专门放养的，因为，城区的人工河水里，有大量的洗涤剂、人的排泄物和其他化学制剂。鲤鱼在这样恶劣的水里生存，时间长了，就慢慢习惯了那些有毒化学品，反而变得更加肥大和漂亮。可是，肉是完全不能吃的。因为，那鱼已经不是鱼了，它已经变成化学鱼了。我说到这里的意思是，我们现在的食品也很有问题，这些年，什么毒奶粉、毒平鱼、毒蘑菇，诸位，你们看看你们眼前的盘子里的东西，追究起来，哪一样不可疑啊？不过，也许我们人类适应性很强，可以适应那些有毒的食品，也许，人类也会像东京的人工河里的鲤鱼，或者和你刚才在厕所小便池里看到的锦鲤一样，会通过变质和异化，而改变体内的肌理，继续顽强地生存下去。所以，我们不会被毒死，但是我们会变成非人。

阎力说完，我们都对眼前的食物感到了担忧。看着眼前的一桌子菜，大家忽然就没有了食欲。停了一会儿，我妻子拉着我的手说，走吧，我们走吧，我什么都吃不下去了，我觉得恶心。我觉得特别恶心。

于是，我们就很快离开了餐厅。在回家的路上，我的眼前总是游动着在小便池里的那些漂亮的锦鲤的影子。

2. 焚琴煮鹤

我的妻子因为怀孕，她最近经常呕吐，不过，是正常的孕期呕吐。因此，我格外关心食物、环境和电磁辐射的安全。必须要对她施行保护措施，要把胎安好。因为，她是大龄产妇，38 岁了，这还是我们的头胎，因此，我们就格外注意。为此，我专门给她买了防辐射的背心，这种背心是由很细的金属丝与棉花织在一起的，据说，可以防止任何电磁辐射。但是，我又听说这类背心假的也很多，我就把我买的拿到了防辐射检测中心，专门做了一次测试，效果很好。比如，要是把我的手机放到背心里，电话都打不进去。

但是，对于我们吃的食物，怎么应对，我就没有什么办法了。我曾经听到一个人说：“城里人气死农村人，农村人毒死城里人。”说的就是一种现实。我妹夫来自四川农村，在他老家里，他父母亲自己吃的猪，和往外面卖的猪，喂的饲料完全不一样——往外卖的猪吃的饲料里掺有瘦肉精、洗衣粉等，这样猪长得又快又出膘，瘦肉还比较多。我妹夫大学毕业后，在一所中学当数学老师。但是，他有时候喜欢站在农民的角度说话：“你们城里人不是高人一等、喜欢排场、什么都吃吗？好，我给鳝鱼喂避孕药，让鳝鱼变得又肥又大，我用硫黄熏白木耳，让它更白更好看，我给牛打抗生素，让你们城里人吃了，连感冒都连着一起治了。其他的招数，还有很多，比如，往油条里掺洗衣粉，少用面粉，还能把油条炸得又肥又大，颜色还好看；往猪、驴、西瓜里注水，让水也能卖出肉价、水果价来；给羊注射阿托品，羊会觉得口渴，大量喝水，结果分量大增，而且，羊的肉质显得更鲜亮；在劣质米粉中掺入甲醛次硫酸钠，米粉就变成洁白晶亮的'上等'货了；在面粉里掺上滑石粉或大白粉，面粉就又雪白好看；用工业酒精直接兑上水当白酒卖；给陈大米抛光、涂工业油，给陈小米和玉米面染色；用墨汁把黑木耳染得更黑；给猕猴桃注射'膨大剂'；用牛血兑洗衣粉和味精做成鲜嫩的'鸭血'；用化学添加剂把劣等茶叶炒出顶级绿茶；给鸡大腿涂上丰乳膏，让鸡大腿肥大、鲜嫩；从阴沟里提炼食用地沟油，这些都是成本低、赚头大的好买卖。最后，往牛奶里掺三聚氰胺，往奶粉里掺东西，制造大头娃——既然你们城里人什么都吃，那就有你们好吃的。谁让城里人欺负农村人的？你看，城管欺负的，不都是小商小贩吗？警察欺负的，不都是民工和小姐吗？工商欺负的，不都是收破烂、卖劣酒和假药的吗？医院欺负的，不都是卖血的、得艾滋病的？后者都是农村人，他们到城市里来，不都受欺负，连孩子上学都很艰难吗？所以，这就是互相报复。”

我听得目瞪口呆。我的妹夫有时候显得很激烈，但我知道他说的都是实情。另外，我还知道，造假文物的用大粪、经血沤瓷器、铜器、玉石器，可以卖出文物价；劣质棉被床单最后成了呼吸道杀手，报废汽车鼓捣鼓捣就可以重新上路，成为“马路杀人机器”；据说，在秤杆子上做文章缺斤短两，有 200 多种花样。我感到，眼下，我被道德低劣的人包围了，他们每时每刻都在企图欺骗我，伤害我。那些人没有底线，都在追逐金钱，却忘记了自己是人。于是，想到这些，我汗如雨下，很担心我的妻子和她肚子里的孩子。为此，我必须要保护好我的妻子，保护好她肚子里的胎儿，不能让她乱吃东西。每一次，我从外面买菜回来，都要用醋仔细地清洗，对各种肉类，更是要产地明确、渠道清楚的我才买。我妻子在一家国有企业工作，平时非常忙碌，而我也很忙碌，自从她怀孕之后，我就承担了厨房里的事，经常做饭。可是，在厨房里，我的精神会高度紧张，不时地会割破手指，或者忘了给菜放盐。可少吃盐一定是好的，在北方，人们吃盐太多，容易得高血压和心脏病。在厨房，我额外敏感，会为越来越多的食品不安全而突然情绪失控，哭泣起来，那个时候我会拿着菜刀在屋子里狂奔片刻，直到闻到了阳台上绿萝的清新气息，情绪才会慢慢稳定下来。而这个时候幸亏屋子里就只有我一个人。

我和妻子的食物越来越简单，因为我们都害怕乱吃东西。可是，在这个社会里，食物的安全与否是你防不胜防的事情。我忽然想起来，上周我去南方出差，当地的《东南城市报》副刊主笔张美女士请我吃饭的情景来。洗了从化温泉之后，我们一行人来到了一个风景秀丽的地方吃饭。在那家餐厅里，我们吃的全是野味，比如，蜂蛹、穿山甲、果子狸、大蜥蜴、野鸡、蛇、野猪、娃娃鱼、中华鲟，等等。我在主人的盛情邀请下，都尝了尝，觉得味道还可以，但是心理上依旧经受了巨大的考验。其中，还有一道汤，是拿鳄鱼、鹤、人参、当归等一起煮出来的，颜色是淡褐色的，味道很怪异。我一开始不知道是什么汤，等喝到嘴里之后，才看见那大汤盆里，赫然有一只尖利的鹤嘴伸了出来，搭在汤盆的边沿。

这是焚琴煮鹤啊，我有一种很惊讶的、尖锐的痛苦感。这样的汤，我是无论如何喝不下去了。看到我面有难色，张美说，吃吧，这没有什么的，我告诉你吧，我们把两广和西南地区的蛇都快吃完了。现在，我们又开始吃越南和泰国的蛇了。现在，海关每天都会查禁不少走私进来的野生动物，那都是要被送到这样的餐馆里来，让人们吃的。

我看着鹤的喙尖利地对准了我。我忽然感到恶心，抑制不住要呕吐的感觉，就跑到厕所里呕吐了半天。

从那天开始，我感觉我的身体开始有些怪异，就是脑子使唤躯体的时候，躯体经常不听话。我的肌肉出现了局部的僵硬，用手摁的时候，感觉像塑料一样硬。我跑到医院里去检查，医生也看不出我有什么毛病。大夫说，可能是你工作过于紧张，疲劳导致的肌肉紧张，休息休息，可能就会好的。

可我感觉我的肌肉在发生一些微妙的变化。我妻子和我做爱的时候，虽然我倍加小心，但是她却觉得我的身体十分僵硬："你的身体怎么越来越凉，越来越僵硬呢？你的那个东西也是，不再热乎乎的像个电棍了。"

我不知道是为什么。

3. 声音

上班的时候，我经常从大落地窗户望出去。对面就是电视台那幢形状怪异的大楼。四周都是中央商务区的玻璃幕墙大厦，每一幢都高耸云端。我在一家网站工作，这家网站是一家综合性门户网站。12 年前，我在一家纸介媒体工作，后来，报纸越来越不景气，2000 年，我就到一家获得了风险投资资金的网站工作了。可等到风险投资花完了，网站就倒闭了。我当初是辞职的，没有办法再回到体制内，几乎流落街头了。

其实，说到我流落街头，不过是一个夸张的比喻。我后来在民营图书出版公司、地铁广告报和商业地产直投杂志都干过，可是却越来越不开心。因为，上述媒体，没有一家不是为了赚钱而存在的。而为了赚钱，媒体就要去讨好他们认为存在着的那么一种消费者和目标读者，而这么一群人，实际上是品位低俗、目光短浅的人。书籍、报纸和杂志，都为了赚钱而存在，其负载的内容就越来越娱乐，越来越没有文化价值，我就越来越感到不舒服。我想，我的皮肤和肌肉变得紧张和僵硬，和那段时间里我的工作状态是有关系的。

而且，我还可以听到一种音频固定的噪音，一种让我感觉接近崩溃的嗡嗡声。那可能是一种广泛的噪音，是从结构越来越复杂的城市的内部发出来的。我仔细听了，那种声音，不是汽车喇叭、地铁的呼啸、自行车的铃声、人的走路声和树枝的摇曳声，不是楼厦之间的峡谷风、下雨声或者零星的鸟叫声，都不是，上述这些声音，都是有突然增高和变化的分贝曲线的。我听到的声音，类似宇宙中的背景音，是一种广谱的、无处不在的声音。我坐在我的小格子座位上，在网站工作没有多久，那声音就开始在我的耳朵边回响了。起初，我以为是附近发出来的，我就开始寻找声源。比如，某个巨大的变压器，再比如，附近工厂的某个巨大的冲压车床，或者纺织厂的那些几十米长的编织机器，在工作的时候，都会发出固定频率的声音。但是，这些东西在我们这幢大厦附近都不存在。

也许，是我内心的一种声音？我开始疑惑了，我觉得，这种白噪音一样的声音，如果不是发自外部，那么，就一定发自我的内部，我的心或者大脑。想到了这一点，我的脑袋就开始明显地疼痛了起来。

我们的网站占据了这幢40层大厦的5层。每一层都是由大开间组成，大开间又被隔离成很多一米多高的小格子，蚂蚁一样的员工就在每个人的隔断后面，露出了脑袋和工作电脑的上半部分，以便让主管透过他的落地窗，随时可以看见员工是不是在偷懒，在那里干着什么。有时候，下班后走过大厦旁边的环路，我在汽车里还可以看见灯火通明的大厦里，那些忙碌的人们在四下走动。这是一种蔚为大观的景象了——人们都像生活在橱窗里一样，别人的注视下，在玻璃大厦里上上下下，忙忙碌碌，既表演给自己看，也是表演给管理方看，更是表演给这座物化的城市看的。

4. 脑中话语

我们网站的总裁程诚先生是一个表面看上去文质彬彬的人，也许，他还像他的名字显示的那样，是一个诚实的人。可能他对上级是诚实的，但是，他骂起员工来，则十分凌厉，什么脏话都可以出口，一旦你不认真工作，加班不努力，或者公司在美国纳斯达克的股票价格下跌，都是引起他雷霆震怒的契机，都是他可以大发淫威的时候。比如，就在今天，他脸色阴沉地出现在我们的楼层，忽然，就开始骂了起来。他从美国参议员联名要奥巴马逼迫中国人民币汇率升值开始，从人家的总统骂到了我们的管经济和金融的行长、部长，然后，就开始骂我们这些员工了。他还会揪住一个人的生理缺陷来骂我们，什么扁耳朵、尖脑袋、平原下巴和狐狸眼，什么酒糟鼻、水蛇腰、溜肩膀和兔唇嘴，他都骂到了，于是我的脑袋就更疼了。

这个时候，那些对话声，就又出现在我的脑袋里。说起来话长了，多年前，我在一家报社工作的时候，专门跑社会新闻。那个时候，我比现在有正义感，年轻气盛。在 × 省曾经发生了这么一件事：一个地级市的领导，为了迎接国家领导人的视察，专门搞了一个假喷渗灌项目。胆大妄为的书记市长说，这个喷渗灌项目是学习以色列而专门引进的技术，花了好几亿民脂民膏。可是，领导人看到的喷渗灌区，实际上完全是假的，是一个面子工程，没有里子——你要是往农田里走几十米，管子就没有了，没有管子，那水根本就喷不出来，也渗不下去。当地报社记者童大林就写了一篇报道，《× 省 × 市搞假喷渗灌浪费巨额资金》，随后，很多国内媒体一路跟进，做了大量报道。我也是跟进者之一。那个时候，我二十多岁，血气方刚，觉得这样的事情是不可忍受的，也去做了很多采访。可是，后来，事情的发展出人意料，不仅 × 省 × 市的领导们没有被追究，相反，一年后，记者童大林以“诈骗、受贿和介绍卖淫罪”的罪名，被 × 市的地方法院判了 12 年有期徒刑。

这样的结果，是我们所有人都没有想到的。我知道童大林是一个很倔强的人，从来都不通融，疾恶如仇，得罪了当地的官员和政法系统的人，他就这样被收拾了。童大林被宣判后，一些人为此奔走，甚至上书到最高法院和全国人大的领导人那里，最终，都没有回音。后来，各种小道消息传过来，说是 × 省的书记准备到北京当更大的官的，他上面还有人，是一条链条上的人。童大林这么一报道，不仅省委书记无法升迁，而且市委书记和市长也无法提拔了，省委书记的压力也很大，他被中央领导点名批评了。为此，市委书记和市长恼羞成怒，一定要收拾一下这个“败坏”了 × 省名声、破坏了他们官路的童大林，这个不知道天高地厚的记者。于是，他们巧妙地设立了圈套，将童大林圆满地送进了监狱，而且证据确凿，无法抵赖——童大林帮弟弟的朋友办事，弟弟收受了酬金，最终成为受贿事实。

如今，九年过去了，童大林已经出狱了。我一直惦记他，我很想去 × 省 × 市看看他，可是太忙了，我一直没有成行。但是，我的脑子里可以听到一些说话的声音：

“你来吧，我很好，经过多次减刑，我待了九年就出来了。你来看我，我会很高兴的。”

“他要出狱了你知道吗？不能让这小子好受。你派两个人去收拾他一下，就在监狱的门口，让他们都看看，咬别人的人的下场。”

“童大林，你小子这么快就出来了啊，给我打！看他还老实不！”

“狱警！救救我！三个人拿棍子打我！”

“他妈的，你坐了九年牢，记性不好了，忘记了？可有人忘不了，因为，你坏了别人的财路和官路，给我打！”

“住手！再打我开枪了！住手！”

“行了，他们跑了，哎呀，打得不轻，送你去医院吧。你说说，刚刚出来就挨打了。这些人也太嚣张了。他们一定是有来头的。”

“大夫，这个人被打了，一定要好好治疗。”

“要赶紧拍片子，看看颅骨、胸骨、肋骨损坏没有。皮下出血倒没有什么大不了的。”

“老童，你好好养伤，我们会继续报道你的情况。我们是《南方新闻报》的人。你是权大于法的受害者。我们一定会支持你。”

“你们支持我，我很感激。可你们又能怎么样呢？那么多政协委员、人大代表为我呼吁，我照样坐牢。他们官官相护。”

“再怎么样，大家的心跟明镜一样，都知道是怎么回事。那些整你的人在历史上会发臭，可是你，你留取丹心照汗青。”

“你还年轻，记者同道，你把话说大了，什么留取丹心照汗青啊。现在，我只想安静地生活，我要好好休息。但是，对于我做的事情，我是无怨无悔。”

“是的，这就是你令人尊敬的地方。你是有骨头的。”

“要是能给我平反就好了，这样，我就可以重操旧业了。我还想当记者。新闻媒体是社会公器，你们看，现在 × 省很多地方因为乱挖煤，都成了沉陷区，煤老板赚了大钱走了，他们在北京、上海、青岛、大连、海南买房子，却把一个千疮百孔的土地留给了我们，大多数老百姓要承受环境恶劣导致的后果，我还要调查，还要写文章！”

“老童！别那么激动，你蹲了九年监狱了，怎么还没有记性啊？还想着捅娄子啊？再这么傻，我不跟你过了！你在监狱里九年时间，知道我这个老婆的日子是怎么过的吗？”

“老童，嫂子说得对，少管闲事吧。再说，现在情况变了，书记省长都换了，煤也不让私人老板挖了，都要收归国有了，这下就好多了。”

“对呀，老童，你的情绪不要那么激动，这样会伤身体，你的血压、心脏都不太好，再说，现在和过去不一样了，情况还是好多了。”

“好什么好，陷害我的那些人，一个个都还好好的，省委书记后来到北京去了，现在还是人大代表。市委书记和市长都退休了，可他们的儿子继续在当官和经商。好什么好！”

“风物长宜放眼量。向前看吧，老童，你看你，孙子都老大了，你应该享受生活了。”

“享受生活？我要好的环境、不受污染的空气和大地，我要好的心情，可是，你们看看，这是我画的地图，× 省的地图，到处都是沉陷区和危险尾矿库，占了全省七分之一的面积！环境恶化到如此的地步，不赶紧治理，我们就完了！”

“老童！你再别管闲事了！你再管，我就和你离婚！”

“老童，你看，你老伴都生气了，你就先想点别的，好不好？咱们说点别的。”

“好吧，说点别的，就说点别的。可是，别的，又有什么好说的呢？”

又有什么好说的呢？我脑袋里听到的千里之外的说话声，就此结束了。我想，有时间，我一定要去看看童大林。

5. 小人国

为了准备孩子的降生，我和妻子在路过社区幼儿园的时候，突发奇想，决定进去看看。生孩子、养孩子是一项巨大的工程，必须要早做准备，未雨绸缪。

社区幼儿园建筑一看就像一个游乐园，尖顶的屋子，带有北欧风格和童话色彩。在院子里，滑梯、防滑毯、玩沙池等等，设施很多。我们看到很多孩子在幼儿园老师的带领下，在院子里玩游戏。白天，这里是不能参观的，我们进去的时候，门卫看到我妻子是一个孕妇，同意了，笑着打开了门。

我看到，幼儿园建筑内部是三层楼的格局，中间是一个大天井，每一层按照不同的功能分区，第一层是教室、餐厅和游戏室，第二层是孩子们的宿舍，第三层也是教室、游戏室，还有一条通向一座瞭望高塔的天桥。

我们在第一层来回转，看了餐厅、菜谱、游戏室，我感觉所有的东西都是小的，有程序设计的。比如，孩子们的饭菜由星期一到星期五，每天不一样，每天都变花样，但到下一个星期，将继续重新来一遍。也就是说，每个星期一的菜谱都是一样的，你只要看一下今天是星期几，就知道今天会吃什么。不过，整个菜谱每个季节一轮换，春天、夏天、秋天和冬天的菜谱还是不一样的，会根据季节的轮替而变化。

我对妻子说：对孩子的教育，肯定是有严格模式的，不管是孩子们的课程设置、食宿安排，还是课外游戏的设定，都应该有一定的严密设计。

我和妻子看到孩子们所用的东西全部都比成人小几号，桌子、板凳、玩具和活动场所都是如此，感觉到我们来到了一个小人国。这是一个小人国啊，我妻子也这么说，一边幸福地抚摩着自己的肚子。

我们为要这个孩子花了很多心思，在要孩子之前，我们购买了排卵温度计、叶酸、强肾护精丸、早早孕试纸等，后来，妻子怀孕了，我又买了胎教音乐、防辐射背心、母婴感应器（据说母亲可以用那个玩意儿和孩子对话）等等。为了预习她要做妈妈的感觉，我们已经开始购置相关的书籍，预先去商场看各种孩子用的商品。平时，我们的谈话已经被尿布、母乳喂养、奶粉喂养、进口奶粉品牌、摇篮、手推车、玩具等主题所环绕。看着眼前这个小人国的世界，我们对孩子的降生充满了期待。

在一间很大的屋子里，有着一项微缩的景观游戏：一列电动火车，将穿越平原、沙漠、草原和城市，来到一座城市。在城市里，有高楼大厦，也有游乐场、立交桥、环行高速路，有商场、机场、出租汽车站、公交车，还有超市、垃圾站、弹子房、幼儿园、学校和医院，有体育场、地铁、广场和古代的宫殿群，有各种小人儿在这些场所出入。火车呼啸着，在这个微缩的世界里穿行。我把两个塑料做的小人——一个男人，他戴着一顶蓝色的帽子，一个女人，她穿着漂亮的裙子，象征着我和我妻子——放到了小火车的驾驶室里，我摁动电钮，火车就出发了，带着我和妻子的化身，还带着蒸汽机车的那种有力度、有节奏的声音开动了。火车穿越广袤的大地，穿越了平原、沙漠、草原，进入到城市之后，速度减缓，在一些站点还停靠了。

我们两个大人在一边饶有兴味地观看。我想，孩子们在这么一个不大的空间里，玩这种微缩景观的游戏，会让自己的视野和感觉放大。火车前行，男人和女人奔走，孩子们欢呼和雀跃，老人们休憩，少男少女们恋爱。微缩的这个世界，就是人的世界。但是，这个微缩的世界却充满了一种假想的完美，这是成人的世界里没有的。在成人的世界里，酒吧、饭店、洗浴中心、性商店、火葬场、政府机关，这些东西，孩子们的世界里没有。孩子们的世界里都是有趣的、被童稚化的东西。

我们在小人国里心满意足地待了两个小时，参观了小人国里所有的设施和用具。后来，我们作为大人，还饶有兴味地和孩子们玩了老鹰捉小鸡的游戏。小人国带给我们一种返回了某种记忆的感觉。

在小人国里，我感到我的骨骼似乎恢复了一些弹性。但是，我的肌肉的钙化，或者莫名其妙僵硬化的程度，继续在增加。

6. 简单方便女

不仅我的肌肉在变得僵硬，说起来，我的感情也变得很有角质层了。在和女人的关系上看,我属于一个橡皮男。也就是说,现在,你最好不要和我谈爱情、感情这些词汇。这会让我觉得很别扭。别别扭扭是我经常有的一种心态。因为,我过去前后曾经交了一打的女朋友,最后都没有成。和女人来往,我就经常显得很别扭。我给你说说我那没有成功的女朋友的情况吧。

第一个,是一个疯玩女。在我和她都很不成熟的时候碰上的。那个时候,她还想玩,还想疯,根本就没有想到要结婚成家,我对于她来说是一个搜集物,是她要搜集的男孩子中的一个。我是到后来才明白,我是她的搜集物。我才知道,还有女人上了男人也觉得自己占便宜了的人。于是,我走开了。不过,她也无所谓,因为,她就想疯玩。

第二个,是一个黏人女。她把我看成了她口袋里的一件东西。她有着彻底的拥有权,同时,她非常黏人,整天黏着我,我到哪里,她都要跟着,我每时每刻在做什么,她都要了解,并且一不遂心,就和我吵闹,歇斯底里的时候,她就乱砸家里的东西。我好不容易摆脱了。谢天谢地。

第三个,是一个独立女。她很好强,觉得女人和男人一样,地位一样,收入一样,其他任何地方都应该一样。她不花我的钱,我也不花她的钱,按说,这挺好的,可是,和她在一起,你会感觉没有很亲热的感觉,你觉得,她好像随时准备要离心离德一样。一个女人过于独立了,就会让你觉得,你和她没有牢固的关系,是两块无法合榫的木头。比如,和她做爱,今天我在上面了,那明天她一样要在上面。她还说,要是结婚了,那我们的屋子也要每人一个书房,卧室内是两张单人床,做完爱要马上到各自的床上去睡。我感到很不适应,后来,就分开了。她去了美国,现在已经是三个孩子的母亲,据说,后来她也改变了生活态度,成了一个居家母亲。我纳闷这个女人到了美国,怎么就成了居家太太了呢?

第四个,是一个文艺女。她是学音乐的,西洋音乐和民族乐器都懂,还会写诗、画国画，是一个典型的才女，非常多愁善感和情绪化，来情绪的时候又无法控制，沉浸在自己的世界里，使我像一个局外人。好的时候很好，但糟糕的时候就等于把我一同拽进了地狱。我是一个拘谨保守的人、一个媒体文字匠，不大懂得文艺，这个文艺女的世界对于我就显得过于缥缈和复杂了。她忽而悲戚，忽而欢欣。下大雨，别人都要在家里待着，她却要拉着我外出狂奔；下雪了，她就喜欢去雪地里走，踩脚印玩，还冷不丁把雪往我的脖子里塞。文艺女对各个门类的艺术都很在行，每天奔走在各种艺术表演和展览场所，生理周期也就是月经周期则十分紊乱，有时候会突然发情，把我放倒立即消灭我，有时候我怎么磨缠她，她都像一个贞女那样坚决不从。怪异啊，不过，我和她分开了，有时候会很想念她。

第五个，是一个物质女。物质女在今天比较常见，物质女就是对物质疯狂迷恋和占有的女人，她的眼睛里只有对物的占有。男人对于她来说，也是一种物，或者是占有更多的物的中介。因此，和这样的女孩子打交道，你的钱包和心理承受能力，都要受到考验。物质女很疯狂，她喜欢流连的地方，就是商场和品牌专卖店。物质女对性也持有一种很物质的态度，认为和男人上床不能白上，也是要有回报的，因为她长了一个男人迷恋的东西。物质女只有对物质占有时才能够感到开心和高兴。自然，我和这类女孩子的热情一般维持不了三个月。

第六个，是一个娘家女。她人倒很好，很善良、诚实、可靠，但性格也很倔强。她在生活上很照顾我，对我很好，对家庭也有信赖感。但是，她有一个很大的家族，亲戚非常多，和她在一起，我才知道了什么叫作七大姑八大姨，才知道结婚是你不是和一个女人结婚，而是要和一个家族结婚，这个家族的任何风吹草动，都要影响到她和我的心情与生活。她娘家的事情很多，哥哥做生意要借钱啦，妹妹要找工作啦，舅舅陷入法律纠纷要找律师帮忙啦，妈妈住院没有钱要我掏医药费啦，侄子在北京找了个工作，周末要到你家里来住啦，等等等等，经常有类似的事情让我招架不了。后来想想，算了，何必呢，我又不欠你们家的，那都是你们娘家的事情，还是你自己管去吧。

第七个，是一个驴友女。驴友是旅游的谐音，很巧妙，把驴在野外的吃苦耐劳和长途跋涉的气质体现了出来。驴友女就是喜欢徒步旅游的女人，她喜欢整天在路上，背着背包和山野做朋友。做这样的女人的男朋友，你首先要身体好，其次，要有很好的野外生存能力，要吃苦耐劳，你才有资格做她的男朋友。有那么一个驴友女友，对你锻炼身体自然很好，但是，对你的体质也是一个巨大的考验。我跟着她每个星期都要爬山，身体真的是得到锻炼了。可是，后来，她在网络上联系了一些驴友去内蒙古沙漠探险旅游，在旅途中，因为天气炎热、准备不足，大家迷路了，最后因为缺水导致了她的死亡。这个女朋友是我很喜欢的一个女孩子，天性活泼可爱，好动，但是，现在她已经死了。

第八个，是一个机关女。机关女就是在机关里工作的女人。机关女属于很中庸的、面目十分模糊不清晰的、很难描述的那种女人。机关女很规范，机关女很准点。机关女很正点，机关女很有保障。机关女很平稳，机关女很祥和，机关女很机关。机关女让我觉得没有感觉，后来，我们就不再约会了。

第九个，是一个花痴女。和这样的女人相处，一开始你会感到惊喜，接着是刺激，然后是害怕，最后是想逃避。按说男人会比较喜欢花痴女，男人可以把性和感情分开，因此，男人可以和妓女做爱，照样回家爱老婆。但是，花痴女属于性亢奋，要随时榨干你的精液，这简直是敲骨吸髓，很快会让你形销骨立，成为一个骨感男人。花痴女喜欢探索性爱游戏，比如，她喜欢锻炼肌肉，有时候会使劲夹你，让你的小弟弟无法逃脱。因此，我经常做噩梦，梦见她长着阴齿——把我的小弟弟咔嚓一下子给咬掉了，半截子留在她的体内，半截子还在我身上往下面滴血。另外，她还喜欢玩“驴拳”，就是要我用拳头猛击她的脖子，这样她的括约肌就会猛地收缩，然后产生妙不可言的快感。打驴拳会让她有窒息死亡的危险。可是，再危险花痴女也喜欢玩。我后来害怕了，加之我身体被她快掏空了，我就赶紧逃开了。

第十个，是一个学历女。学历女就是疯狂地追求学历的女人：大专毕业了要考本科，本科毕业了要读硕士。我是在她读硕士的时候认识的，结果，她还要读博士。我问，那你博士读完了，你还要读什么？博士后啊，她回答我。那你读了这些学历，干什么呢？不干什么，我就这么一直读下去。她生活能力很糟糕，近于白痴，什么都不会，不会打扮，不会买东西，经常受骗上当，不会和人交往，只知道考试考试，连导师打算潜规则她，她都听不明白，最终碰巧逃脱魔掌。她就是这么被学历异化了。对于她来说，追求学历本身就是最终的目的，因此，我走了，让她继续追求学历吧。

第十一个，是一个洁癖女。洁癖女对肮脏的东西十分恐惧，她干任何事情，都要先掂量洁净不洁净。吃苹果，要用酒精棉仔细地擦拭；在和我做爱之前，会认真地给我的龟头消毒，直到我再也硬不起来了才作罢。和这样的女孩子同居，对于我是一个巨大的挑战，因为，在她看来，我简直就是一个浑身都带菌带毒的人，我肮脏到了她感到十分害怕的地步。我和她接吻之前，必须仔细地刷牙，我们一起外出，对于我来说也是一个灾难，她会对宾馆房间里的所有东西都不信任，都要仔细地再三擦拭。在她的眼睛中，世界是不洁净的——这在某种程度上当然是对的，可是，世界本来就弄不干净啊，你再怎么样都不会使世界变得洁净的，她杀死的细菌会比她杀它们之前繁殖得更快。人不能用放大镜和显微镜来看待一切。

第十二个，是一个沉默女。我还从来没有见过话这么少的女人。和她在一起，我犹如和一团黑暗的物体在一起。她话太少，有时候，我感觉她仿佛不存在，可是有时候，我感觉她无处不在。她的存在对于我来说，又是身边的巨大压力和威胁。她是一团雾，她是一块石头，她是一个沉默的影子。女人话多和女人话少，都让我觉得没有办法容忍。那么，什么是既不多也不少呢？分寸很难掌握。最后，我只好离她远一些，因为和她在一起，我自己也会逐渐地变成一块沉默的石头。

最后，在 39 岁的时候，我交了第 13 个女朋友。她是一个简单方便女，我和她成了，结婚了。

她就是我现在的妻子。简单方便女的意思就是，这样的女人，你和她生活起来比较简单、方便。简单方便女不是头脑简单，而是她看问题一律尽量简单化，生活起来也很简单化。和这样的女人相处，男人觉得不累，没有压力。简单方便女对男人没有压力，适合做老婆。我的老婆就是这样一个女人。你说，今天，我们吃面好不好？她说，好啊，就吃面吧。你说，我们今天去看电影好不好？她说，你想看的电影，我都给你下载了，为什么不在家里偎在沙发上一起看呢？简单方便女，就是简单、明快、清晰、不麻烦。简单方便女不歇斯底里、不情绪化、不平庸、不激烈、不悲愤、不喜欢复杂的事物，简单方便女的社会关系和亲戚关系也简单，简单方便女话不多也不少，刚刚好。简单方便女对待爱情和家庭很认真负责，简单方便女是女白领，工作认真积极，还能挣钱，帮助男人分担经济压力。简单方便女对待性生活自然而不过度，无论你是不是早泄了或者有些硬度不够，她都会安慰你说，这根本就不要紧不重要，于是，你就立刻又硬了。简单方便女也不追求学历，本科毕业就很好了。简单方便女不喜欢肮脏的东西，但是不会用酒精棉仔细地擦拭一切。简单方便女喜欢旅游，但是她喜欢和心爱的男人一起去。简单方便女对物质的欲望不强烈，但是似乎从来都不缺钱，因为她，觉得一切都要顺其自然。简单方便女，既简单，又方便，不麻烦，很省心。

有一个简单方便女做老婆，是我的福气。我必须承认这一点。

7. 影子蛛网

我很想去看看童大林。自从他出狱之后，他的说话声，总是在我的耳朵边回响。我不能不去看他，正如我在多年以前，在北京奔走，希望能够洗刷他的罪名，营救他出来那样。但是，当时，包括我在内的很多人，比如一些人大代表和政协委员，最终都没能营救他，他被设计的圈套套住了。地方势力太强大，那些县长、书记和商人之间，形成了一条复杂的利益和权力的链条，而且还和更高层的人有着千丝万线、丝缕不绝的联系，有着你根本不能说却可以感觉到的联系。如果你伤害了这样的利益链条，那么，你就会被报复性地打击。

比如童大林，很显然，他揭露假喷渗灌工程是个政绩工程、虚假工程，不仅使当地官员背负造假的巨大压力，还威胁到人家的升官路，大家都是一条绳子上的蚂蚱，一个牵一个，一个拽一个，倒一个就牵连一大片。童大林触动的，就是这么一个蜘蛛网一样的东西，有弹性的人际网络。所以，他就被关进监狱了。再说，他这个人实在是一个很倔的人，一个绝对不低头的人。坐了这么多年牢，童大林的骨头还是很硬。他的说话声，隔着上千公里，还会传到我的耳朵里：

“我不会善罢甘休的。他们欺负人，陷害我，我不会善罢甘休的。”

“我在和影子蜘蛛网作战，我一定要和他们斗到底。”

“你来看看我吧，朋友，谢谢你当年支持我，正是有你们这些人的支持，我才没有在监狱里倒下去。”

有一天，在梦境中，我踏上了去 × 省的快车。现在，高速铁路通车了，从北京到 × 省的省会只需要三个多小时，一千公里的距离被拉得这么短。梦中，我下了车，又转乘汽车，走了两个小时，就到达了童大林所在的 × 市。那是一座比省会城市要逊色很多的城市，就像县城没有办法和地级市相比一样。从北京到西北地区最偏僻的山村，你感到你是由一个富丽堂皇的宫殿，来到了原始社会，从后现代社会，来到了刀耕火种的时代。这就是我看到的景象。在梦中，一切都很清晰，只是我不会飞。童大林的声音在不断地传来：

“你下了车，你就会看到，在这座城市的郊区，又矗立起很多高大的烟囱。那是一些高污染的水泥厂、焦化厂、磷肥厂的烟囱，正在往外面排烟。”

我看见了，焦化厂排出来的烟是硫黄的颜色，还带着刺鼻的味道，扑面而来。

“你还能看见猩红色的河流。那是磷肥厂排出的工业废水，污染了整条自尧舜以来就存在的大凉河。大凉河现在成了一条猩红色的河流。那还是河流吗？”

我也看见了那条猩红色的河流。

“我所在的 × 市，刚好在一块盆地里，污染空气不容易被风吹散，市民就长期生活在呛人的有毒空气里。”

是的，我刚才就闻到了。可是，我注意到当地的居民，久闻其气，已经不觉得有什么了。他们安之若素了。我不知道这是不是很可怕？难道，人也将变成在小便池里安之若素的锦鲤？他们表面健康，实际上，肺已经成了黑灰色的铁肺？这里的人的皮肤，有一天会不会变成和那条猩红色的河流一样的颜色——猩红色？

梦境中，我终于见到童大林了。尽管我感觉有人似乎在跟踪我，监视我，但是我找到他了。他现在还在床上躺着呢，因为刚出狱，就有人守在监狱的门口，殴打了他一顿。不过，现在好多了，他似乎可以下地活动了。

听说我来了，童大林很高兴，他竟然站立在房门口等待我。然后，我们握手了，我很长时间都没有说话。他的妻子扶着他。

梦境中，我感到有些哽咽和难过。一个说真话的人，我眼前的这么一个人，家徒四壁，十分寒碜。我来了也不知道能给他带来什么。

“你来得正好，现在，我正在搜集新的污染源的情况。我调查了 × 省的土地、大气、山林，以及河流的污染，我生活的这座城市，在我坐牢期间，成了世界上污染最严重的十大城市之一。他们告诉我，这是为了发展经济。可是，要命，还是要钱？现在，已经是要好好回答这个问题的时候了。”

童大林五十多岁了，可是他的眼睛里还闪烁着理想的光芒。他是不会轻易认输的。

梦中，我说：“我很想和你一起进行调查。我就是这个目的。当地的朋友，将为我们准备好越野车，我们需要几天的时间。”

他兴奋起来了：“好，我们明天就出发。先给你看看我自己画的地图。”他抖抖索索地取出来一份地图让我看。这是他绘制的 × 省污染情况地图。我首先看见了标着沉陷区的地方，像一块块牛皮癣一样，布满了 × 省的很多地方。这些沉陷区，显然都是因为采挖煤炭所造成的，分布在不同的地方，像疮疤一样醒目。一些造成污染的化工厂，则以红色的圆点来表示，类似一个健康的男人得了梅毒，× 省的全身都被这样的红点所覆盖，就像处于全身溃烂的梅毒三期的病人。还有一些黑色的圆圈，标明了受到污染的地下水所造成的一些癌症村的分布，像黑痣一样显眼。

“现在，我注意到，媒体能报道污染的真实情况了，因为领导人强调科学发展观，这是对的。”他说。

“是啊，高层意识到发展付出的代价太高了。很多媒体都开辟了这样的栏目。你画的这些地方，我都想去看看。”我说，“我们网站要做一个绿色网页。有的刊物还专门创办了绿色周刊。再不关注这个问题，我们都要被毒死了。”

梦中，此时他握住我的手：“是啊，我们都要被毒死了。我们明天就出发。”

我们还有明天吗？他的话让我陷入了深思。后来，他忽然从我的眼前消失了，我醒了过来，发现还躺在北京的床上。我妻子已经去上班了，家里只有我一个人。而网站给我的新任务，是要我去调查一家垃圾焚烧厂的环保问题。

8. 熵的世界

从“封山育林”的戒烟戒酒、锻炼身体，到检测排卵期、给老婆吃叶酸和维生素，到她怀孕之后选购防辐射背心，注意食品安全，以及进行胎教（音乐、美术和文学），我们对孩子的降生做了详细的准备。我们满怀期待，希望孩子能够顺利地、健康地降生。当然，等到孩子降生，要到秋天了。

在苏家屯镇，有一家垃圾焚烧厂，每天，那里的居民都可以闻到一股很刺鼻的垃圾焚烧的气味。我去看了看。垃圾处理已经成了城市人一个不可回避的问题。苏家屯的居民想让政府把那个垃圾焚烧场迁走，采取了上访、小区游行、堵路和静坐等行动，引起了政府的高度重视。但是，如果垃圾焚烧厂是有害的，把垃圾焚烧厂迁移到任何地方，都是有害的，即使不有害于人，也有害于某地的环境、水土、空气，会影响到当地的鸟类和兽类。所以迁移也不是说迁移就迁移的。

热力学第二定律告诉我们，物质与能量只能沿着一个方向转换，从可利用到不可利用，从有效到无效，从有秩序到无秩序。它描摹了一种景象，那就是，宇宙万物在不可挽回地朝着混乱与荒芜化发展。这是因为，在地球上，人类如今的活动越来越多，人类的活动日益地影响到了环境，地球变暖，南极和北极、喜马拉雅山脉等的冰川都在缩减，人类借助现代化的交通工具，可以深入很多过去人类无法抵达的地方，并开始影响那里的环境。人类还把大江大河拦截起来，建造电站，为了人类的生存而发电，可是，发电产生的功是无法逆转的，最终，改变了江河的自然流向，同时，也影响了一个地区的小气候。现在，人类的任何一个行为，都到了牵一发而动全身的时候。人类做任何一件事情，对自己有利的同时，也对自己有害。而往往有利是短期的、眼前的，有害则是长期的、未来的，是当下人们可以不去直接面对的。

在我看来，热力学第二定律，即熵的定律，按照一种说法，“最终控制着政治制度的兴盛与衰亡，国家的自由与奴役，商务与实业的命脉，贫困与富裕的起源，以及人类总的物质福利”。

就比如垃圾焚烧厂，每天都在施放有毒的气体，可是，如果垃圾不焚烧，也很难利用。从有用到无用，就是各类垃圾的总命运，这就是我们平时活动的结果。我到达苏家屯，一些人正在小区门口静坐。在那里，一个抗议活动的组织者，给我一张地图，在地图上，是环绕城市郊区的垃圾填埋场的分布图。我可以清楚地看到，那些巨大的垃圾填埋场，密密麻麻地分布在郊区，像一个个正在吞噬健康人体的癌细胞的病变部位那样，围拢了、渗透了我们居住的城市这个巨大的肌体。我感到了恐惧。

“你们知道城市的地下水汞超标、铅超标的问题吗？”一个人问我。

我说，我不知道。

“那你要调查的可就多了。”

我还想到了我在广东东莞看到的电子垃圾处理的盛况。整个镇上的人，都是从事电子垃圾处理和回收的，他们面对着山一样高的电视机、手机、收音机、电冰箱、洗衣机、电脑等各类电子和电器，进行拆解，并把其中有用的金属，再重新回收。焚烧是非常重要的把橡胶、塑料和金属分开的一种手段，于是，一下车，我的鼻子里闻到的，就是那种橡胶、塑料被焚烧后的强烈气味。

最让我触目惊心的一个景象，是我有一年在后沙峪镇边上的一个练车场学习驾驶汽车的时候见到的。那里有很多驾校。摸完车，我在附近的农田顺便走走，刚好走到了一片空地上。我发现，在这片闲置的、被卖给地产商人的土地上，被风一吹，就会飘动一些长条状的白色物体。我仔细地一看，竟然发现它们全部都是使用过的一次性卫生巾。我明白了，这块土地曾经施肥了，而肥料就是来自公共厕所的人粪肥，里面裹挟着大量一次性的女用卫生巾。当人粪肥被土地吸收之后，残存在地面上、不可能被吸收也很难降解的，就是那些卫生巾了。眼前浩浩荡荡的卫生巾，覆盖了整个农田，使我看到了末日的某种景象。

从那个时候起，我很少再用一次性的东西，比如一次性的筷子、一次性的写字笔、一次性的牙刷、一次性的拖鞋等。我觉得这些一次性的东西，日益地对我、对我们的未来环境造成了伤害。而那种伤害是不知不觉的，就像温水煮蛤蟆一样把我们最终伤害。

9. 家庭生活

什么是家庭生活？家庭生活，就是一个男人和女人，组建了一个家庭，就是这两个人的衣食住行。然后，这两个人有父母和其他亲戚，就形成了一个社会关系网络。有的家庭复杂一些，有的则关系简单。有的夫妇喜欢和亲戚们在一起，有的夫妇不喜欢和除了父母亲之外的更多的亲戚来往。家庭生活总是琐碎的，如果有了孩子，那事情就比较多一些。家庭生活中，处理好双方父母、亲戚的关系，是很重要的。现代家庭在逐步缩小，比如421家庭的出现。4，就是双方父母一共4个；2，就是夫妻双方是独生子女结婚的；1，就是这对独生子女又生了一个孩子。

我和妻子的关系简单，我们各自的父母喜欢独立生活，不喜欢和儿女在一起掺和。我有一个妹妹在广州工作，她有一个弟弟在英国，我们的社会关系不复杂。结婚之后，我们过上了幸福的平稳生活。和简单方便女在一起，很多事情就很简单方便。我们在衣食住行方面，都没有什么好说，各类家庭矛盾都不存在，因此，一切都很好。

我的爱好是收集一些壶，各个年代的壶，军用水壶、紫砂壶、钢瓷壶，收集了二百来个，这些东西摆满了我家的博古架。我还喜欢收集邮票，喜欢收集蝴蝶标本，周末的时候，我们就到山上去，一起追捕蝴蝶追捕昆虫。此外，我就没有别的喜好了，就是打扫卫生，收拾房间。因为，我的时间多一些，她的工作比我忙，周六日，主要是她给我们做饭。

她则喜欢运动，打羽毛球、网球，练习瑜伽，把自己的腰肢练习得非常柔软。我的体力不如她，因此，有些运动，我是没有兴趣的。我们每个星期做两到三次爱，一般根据情绪、身体和感觉的情况。她怀孕之后，我就比较注意这一点，以免导致流产。我们的生活按部就班，一切都很正常。

我们平时住在离上班近的一套公寓里，周末的时候，开车到郊区的一套低密度的住宅里休息，在郊区的房子里，有一个花园，花园里有我们种的花草，和石榴树、山楂树、枣树等等。我们想养一只狗或者一只猫，可她觉得等孩子降生了之后，长到上小学左右再养小动物比较好。因为，孩子接触动物，会培养孩子的情商，但是孩子太小就接触动物并不很好。

在我们城内的公寓里，房子的装修和设计是比较现代和简洁的，而郊区的大房子，则装修得比较复杂，家具也有不少是我们从旧货市场上买回来的东西，书比较多，这是一套复式的房子，二楼是一个很好的书房，是我很喜欢待的地方。

除了居家和外出采集蝴蝶昆虫标本，我们其他的生活，诸如逛商场，去游乐场，坐海盗船、过山车，玩蹦极这类事情，都是我们所不喜欢的。她是比较少见的，并不很喜欢逛商场的女人，她总是目的明确，喜欢什么东西、缺什么，就直奔目标去购买。我的胆子比较小，并不很喜欢玩比如过山车之类危险的游戏，她看我这样，就比较顺从我。顺从我很好，这样我们就不会有争执。和简单方便女在一起，生活就简单方便。

没有孩子的夫妇是不健全的，我们想。因此，我们盼望有一个孩子，而家庭生活的巨大变化，将来自孩子，我们正在耐心地等待孩子的降生。眼看着妻子的肚子一点点地大起来，我们精心地做了准备。如果孩子降生了，那么，家庭生活就会有些波澜，有些变化起伏，有些热闹起来了。

10. 彩色的美丽世界

我又进入到梦境中。在梦中，我和童大林出发了。我们驱车前往那些环境被损害的地区。但是，出乎我们意料的，我们来到了一个彩色的美丽世界。在这个世界里，一切原先的东西都改变了颜色，变得比过去漂亮了。

比如，在这座世界十大污染城市的街头，还有不少柿子树，柿子树上挂着的柿子，很多不是黄红色，而是黑紫色。黑紫色的柿子，你们谁见过？我在 × 省 × 市的街头就见到了。那些柿子没有人去摘，在灰绿色的叶子的衬托下，显得十分醒目。

“蔬菜呢？绿色的蔬菜都变成什么颜色了？”我问童大林。

“绿色的比如青菜，变成了黄色，红色的比如西红柿，变成了白色，蓝色的变成紫色，黑色的变成灰色，青色的变成橘黄色。什么都变颜色了，也不知道是为什么。”

“绿色的河流变成红色的河流了？”我问。

“对，变成了猩红色的河流，变成了棕黑色的河流。”

“蓝色的天空呢？”

“变成了灰黑色和橘黄色天空。”

“那看上去也不错。”我说。

此外，那些化工厂的巨大的烟囱往外面排放的烟，也是有着各种美丽的颜色。童大林对我说：“那些烟囱，可不可以算作是美丽的火炬呢？可不可以算作人类向天空举起来的森林般的手呢？我很浪漫地想过。烟囱在过去是工业化和城市的象征，如今，却如同人之将死而向天空伸出的枯干的手臂。”

我说："你的比喻很奇妙，枯干的手臂。× 省真的很奇妙，什么都变颜色了。那黑色的煤炭呢？"

"黑色的煤炭，变成红色的了。是人的血染红的，过去，每年，× 省的煤矿里要死几千人，把黑色的煤都染红了。"

"那人的肺呢？人的心呢？"

"原先是粉嫩的红色，被染黑了。黑肺和黑心，据说，一些因为肺心病死掉的人的肺和心脏，都变黑了。"

"一个颠倒了自然界给我们赋予的颜色的世界啊。"我感叹。

他说："是啊。你看，烟囱在冒白色的烟，在冒黑色的烟，在冒灰色的烟，在冒棕色的烟，在冒橘黄色的烟。要是浪漫主义诗人来了，肯定会赞美这样的烟囱的。可是，这是带来慢性病和死亡的烟囱啊，他们知道不知道？"

他说："你看到的那些排放黄色烟尘的工厂，那是焦化厂在往外面排放烟尘。"

他说："橘黄色的烟，看上去又狰狞又美丽。要是现在一些摄影家来拍照片，不知道会不会把它们拍得非常美丽呢。你说，这些摄影艺术家，算不算破坏环境的人的帮凶呢？我有时候会有这个疑问。"

"当然是，现在的艺术，绘画、摄影和文学，还有音乐，在环境恶化的情况下，很多人的作品都是不道德的，不符合新的环境道德。"

我们来到了那条猩红色的河流边上，察看里面有没有鱼的存在。刺鼻的气味熏得我们没有办法站立。可猩红色的河流十分美丽的，也很吓人。还有绿色的河流和粉红色的土地，以及棕黑色的河流，布满了我们的周围。

"你说，在这样的河里面，还有没有可能有鱼呢？"童大林问我。

"除非我们自己变成鱼。"我说。

"那我们就变成鱼吧。"他兴奋地说。

我感觉，忽然之间，我和童大林变成了两条鱼，跳到了那猩红色的河流里开始游动了。我们在河流里游泳，感到河水的气味像硫黄，又像绘画用的黏稠的颜料，把我们浑身裹紧了。我们呼吸急促，感到了窒息。在这猩红色的水中，在这棕黑色的水中，没有什么视觉经验可以描述了，我们的眼前实际上是一片黑暗，什么都看不见。

我们又上岸了。

童大林说："在这里做一条鱼，只有一条路：死亡。"

"我们去别的地方看看。"

我们继续驱车前进，但是，我感觉有人在跟踪我们。在我们的车子后面，有一辆白色的丰田越野车跟着我们在走。我们快，它也快，我们慢，它也慢。

"要小心一些，这里不是北京，这里的一切事都很难说。"童大林警告我。

11. "极多主义"展览

我的妻子是一个简单方便女，令我省心而快乐。有的女人是天生要给男人增加负担和麻烦的，可是，简单方便女就不会。怀孕之后，我妻子对自己的照顾和对我的照顾从来都不顾此失彼。现在，除了担心腹内的胎儿的安全问题，我们不关心别的。因为，我只要看新闻，就会看到什么癌症村、铊中毒、血铅超标之类的字眼。而她关心的就是胎教了。为此，我要每天晚上在睡觉之前给她念童话，可我念童话不是给她听的，而是给她肚子里的孩子听的。我们还要一起听音乐，主要听西方的古典音乐，后现代音乐之前的那些音乐，有秩序的、有结构的、旋律优美、结构对称的音乐，这样孩子生下来之后，耳聪目明，不会变成像后现代派音乐家约翰·凯奇那样的捣蛋鬼。

我们还一起去听音乐会，看话剧，看画展。我妻子认为看画展，会让她肚子里的孩子天生对颜色敏感，情商会比较高。比如，最近，有一个叫作“极多主义”的绘画展，我们就去看了。

画展是在中华世纪坛画廊举办的，来了很多时尚达人。“极多主义”展览上的画家作品所呈现的世界，正是我最关心的景象，那就是，现在，什么都多，什么都是供应充足的，只要人的欲望需要的，都非常多。在我们国家，到了一个什么都在增熵的时代。我们的工厂每天都在生产大量的产品，外销不了就会内销，因此，我们进入到一个物质财富空前多样和丰富的时期。每天，包围我们的都是推销各类产品的广告。东西太多了，而不是太少了。只要你有钱，你就什么东西都可以买到。

那么，参加“极多主义”画展的几个画家，都画了什么呢？

我跟着我妻子的脚步和兴趣走。她喜欢什么，我就喜欢什么。她走到一个画家的作品跟前了，她看到，这个画家的画布就像是各类做衣服用的花布，只是图案更加的复杂，隐形的十字架和圆圈连接起来，传达出宇宙的信息，那就是，什么都是多的，复杂的，一个事物和另外一个事物之间，是有联系的。这些花布一样的画布，如同某种电脑做出来的效果，以褐色、棕色、绿色、紫红色等颜色作为基调，让你感觉很崩溃。

她还喜欢另外一个艺术家的作品，这个画家的作品叫作《我的东西》，他把自己所有的东西都压到玻璃板上，然后从下面拍摄了照片。他的东西多到了你一定会感叹“真多！极其多！”的地步，比如护照、人民币、卷筒纸、橘子、胶条、鼠标、棉球、钥匙、避孕套、硬币、易拉罐、遥控器、湿纸巾、维生素、手套、冷冻食品、烟、起子、名片、电池、手机、苹果核、存折、照片、牙膏盒等等，以紧密的方式聚集在、挤压在玻璃板上，被拍摄成照片，形成了一个现代人蔚为大观的生活物品和内容。这组图片一共八幅，有长条形物品集合在一起拍摄出来的，也有圆形加方形物品集合在一起拍摄的，十分壮观。

“这个人的东西真多。和你差不多。”我的简单方便女妻子如此简单评价。

其他的画家，还有在纸上写满了字的，这些字我们一个也不认识。还有的画家的作品先表达了多，然后才表达了少的意思。这是一件视像作品，首先，出现在镜头里的是一堆米，这堆米呈圆形，数量不少。接着，两只黄色母鸡出现了，它们开始欢快地低头啄食那些大米粒，整个作品展现的，就是两只母鸡把大米逐渐吃光的过程。

“你看，这不是极多，而是极少了，现在，没有大米了，母鸡吃完了。”我的妻子笑着评价，她感到开心了。

还有一个艺术家，他把很多人的脸部照片放到一起，一排排的，让你看。另外一个画家在画布上不断地用毛笔涂抹，那些黑色的条块渐渐地弥漫了整个画布。这也是“极多”，我看明白了。

“多比少更可怕！”我感叹，“现在的东西太多了，可是，味道都变了。”

“是的，你看现在的苹果那么多，可还有苹果味吗？没有了。”她说。

“什么都多，有时候，不是好事情。”

“还是少些好。”

以上是我的简单方便女妻子的感叹。

12. 飞机与汽车墓地

我写了一篇关于垃圾焚烧厂的长篇报道，在这篇文章里，我采用了两条线索，一条是梦境中和童大林在 × 省调查污染源的经历，另外一条线索，则是我实地调查城市的垃圾焚烧厂和垃圾填埋场的情况，写得虚实结合，文采飞扬。

我兴冲冲地拿给网站的总裁看。十分钟之后，他把我叫过去冲我大吼：“这是什么狗屁文章！我要你如实报道，你却在里面虚写一个什么梦境！在梦境里，你竟然和一个劳改释放犯一起，去调查所谓的污染源！你的才气到哪里去了？这就是你所谓的想象力？你在给我写小说呢，你是记者不是作家，笨蛋！把梦中的那条线索全给我删掉，这样长的文章，这样的报道，我们的网站不需要！”他大喊大叫起来。

总裁的脾气非常大，他发起火来是要天崩地裂的。好在我的心态好，大不了，此处不留爷，自有留爷处。我本来就喜欢当一个自由职业者，我怕什么？我耐心地、笑眯眯地看着眼前的这头叫驴继续在叫。他所在的办公室是本大厦最大的一间，透过全景式落地窗，可以看见周围的中央商务区那种钢材、水泥、金钱、玻璃和欲望结合的气息。

我知道，其实总裁的压力也很大，他需要赢利，但是现在风险投资快用完了，网站每天都需要依赖更多的流量，比如微博、游戏、动漫、UC 等东西来支撑。我还记得，2000 年北京就经历了一场网络的生死大潮，当时，很多网站就死掉了。网络是和资本密切结合的新媒体，离开传统的纸媒，我来到了网站，我才发现这里更不是人待的地方。这里的一切规则都是资本在背后作祟。任何一个频道，任何一种网络的评奖，都和资本有关。比如说，有网络，有文学，但是，从来就没有什么“网络文学”，全是垃圾，甚至是垃圾中的垃圾。网站经常搞大赛，可那些获奖作品的作者、得奖的人，都是网站的客户或者和资本有关的人。没有公平可言，没有艺术可言，只有权力、金钱的规则在决定一切。

骂完我了，看我无动于衷，总裁忽然消气了，他笑了：“我蹂躏完你了，你的脾气不错。你把文章中的虚写的那条线索去掉，就很好了。然后，我再给你交代一项任务，你看看这张报纸。”他递给我一张报纸。

我看到，报纸上有一个通栏文章，文章的标题是“飞机墓地惊现美国沙漠”，有一幅巨幅照片，是俯瞰着拍摄的。画面上，有大大小小 4000 多架退役飞机，全部都是 1945 年第二次世界大战之后不再使用的美国飞机，按照型号和大小，整齐排列在一片荒地上。据说，这片飞机墓地位于美国亚利桑那州的沙漠里。

我仔细辨认这些机型，我对军事机械的知识很丰富，这些机型，我辨认出有 B−52 轰炸机、F−14 战斗机、A−10 攻击机和 B−1 轰炸机，此外，还有大量小型飞机的型号无法辨认。这片飞机墓地，占地面积有 10 多平方公里，也就是说，有 1500 个足球场连起来那么大。

“飞机墓地，飞机也会死啊，我以为飞机不会死呢，我想，干吗不拆卸掉废物回收呢？”我说。

“笨蛋，我不是让你发出这样的感慨的，我想——”总裁的话没有说完，我打断了他：“让我去实地采访这个飞机墓地，对不对？”

总裁的笑容凝固了：“真是笨蛋。是要你去采访，但是，不是去美国，而是去河北北部的一个地方，那里有一个‘汽车墓地’。我再给你看一张照片。”

他又递给我一张照片，果然，这是一张蔚为壮观的汽车墓地的照片，大量报废的汽车，如同连绵的山峦一样，一堆堆地拥挤在一起，像古代的巨大甲壳类动物的大面积死亡。

“刚才你问得很好，干吗不拆解掉它们呢？带着这样的疑问，你去这个汽车墓地看看，写一篇有分量的报道。”总裁摸着他那光滑的下巴，对我下令。

我回到了我的座位上。我要尽快出发，去离北京不远的这个汽车墓地去。为什么他们不把这些汽车全部都拆解掉呢？为什么要搞这么大一个汽车墓地呢？

我忽然看到，在我眼前的晚报上，报道说最近在北京出现了一个住在纸盒子里的男人。他是一个公司白领，因为公司裁员，失去了工作，本来每个月的收入还够用来支付房屋的银行贷款，但是，失去工作之后，他就无法再继续支付贷款了。银行最后拍卖了他的房产，他无家可归了，于是，他就决定住在纸盒子里了。照片上，可以看到，他所居住的纸盒子有半人长、半人高，可以移动，里面是简单的铺盖。也许，这是一个噱头，是为了引起人们注意的举动，目的在于引起人们对房奴的关注。

“我也想住在纸盒子里！”我大声说，引来了周围同事的诧异关注。他们不明白我为什么像发神经一样这么说。

我去了那个汽车墓地，果然蔚为大观，我是带着问题去的，那就是：“为什么你们不把这些汽车拆解开呢？”

答案是：“这里就是拆解场，因为报废的汽车太多了，拆解的速度赶不上报废的速度，被拉到这里来的汽车，数量要大于被拆解开来的汽车，所以汽车越来越多。”

我参观了他们的拆解流水线。我曾经参观过一家机械化的屠宰场，在那里，我看见了一头头活猪、活牛是如何进入流水线，被清洗，被电击，被放血，被扒皮，被摘取内脏，被卸骨，被分段切割，被一个个部位地零碎包装成排酸肉，然后进入冷藏环节，最后，通过快速运输通道，被运到各个商场、超市去，供人们挑选和购买。同样，这家汽车拆解厂规模大，机械化水平高，一辆汽车上了流水线，就跟当年它们上了生产线那样，怎么被装配起来的，就怎么被拆解开来。如同一个人怎么穿上了衣服，就怎么脱下来，不仅脱光了，而且被拆解成一大堆零件了。在屠宰场，我看到过这边一头活牛进去，那边就出来一盒盒、一包包的牛各个部位的鲜肉，在这里，我同样看到了一辆整个的汽车进去，出来的，则是一大堆各式各样的零件、电线、铆钉和螺丝帽。

理解了汽车的生死，我也就明白了这个疯狂的世界的生死。

13. 煤井

我继续在梦境中和童大林相会。我们一起坐在我开着的一辆白色的越野车上，在 × 省的大路上奔跑。说实话，我看不出那些沉陷区的沉陷，但是童大林比较专业，他会告诉我哪个地方沉陷了，如何沉陷的，以及是如何影响到了附近居民的生活。

“你看，那幢楼房的墙体开裂了。就是因为这里沉陷了。”他指给我看。

我看到了一道闪电一样的裂纹，像树根的形状，分布在一幢楼的墙体上。“那这栋楼就是危楼。”

“就在去年，这里的一个尾矿库突然崩溃了，结果，里面涌出来的泥浆，把附近正在赶集的几百人，都给淹没在里面了。”

“啊，那人就成了泥浆里面的琥珀了。多少年之后，你说，这几百人会不会变成石油？我们现在用的石油，就是当年的海洋生物遗体变成的啊。”

“不会，地面上，泥浆里的尸体，已经被清理出来了。”他说。

沉陷区比较大，从地面上你是看不出来的，这需要专门的人来看才可以。沉陷区是一块块地沉下去的，面积广大。这都是因为挖煤造成的。× 省因为对资本开放了煤炭开采权，因此，有很多老板来投资煤矿，也造就了一个依靠煤矿开采而暴富起来的“煤老板”阶层。

“都是煤老板干的啊。”我指着一片沉陷区说。

“其实，这个煤老板阶层被一些媒体给妖魔化了，说他们为富不仁、纸醉金迷。我认识的大部分煤老板，都是头脑精明的企业家，有一部分人的生活还非常简朴，并不像外界传说的那样，什么一下买 20 辆悍马车、一下买一个亿的金银首饰等等。关键是一些煤老板大都抱着捞一把就走的想法，在安全生产方面的投入就严重不足，因此，才会死那么多人，才会有带血的煤炭出来。”

“在 × 省当官也很难啊，利益和矛盾很难协调。都换了几个省长了，你的意思是，现在的煤矿开采政策，收归国有是对的？”

“当然是对的，国有煤矿最起码在安全投入上就会有长效机制。”他说。

“我想到煤矿里去看看，我想下井，你有没有办法？”

童大林说：“有，我有个亲戚在一家矿上当经理，我给他打电话。”

他打电话联系，我听了几句，他再三保证我不是记者来采访的，就想到井下看看的，是一个当年帮助过他的北京的朋友。

我们向一处煤矿进发。我们到了，他的亲戚带我们下井。我们是坐小火车下的井。这是一口深达几百米的井，小火车咣里咣当地斜刺里往地底下冲，速度很快。在不同的作业面，都可以看到有煤矿工人在劳作。有浪漫主义诗人说地底下像地狱，其实地底下很平常，无非是蕴藏了很多危险，比如瓦斯爆炸、塌方、冒顶等等。在地底下的黑暗中，到处都是煤，这些远古留存给当世的人们的馈赠，如今成了人类赖以生存的资源。我想起来很多关于煤矿的故事，比如，有人竟然在井下杀骗进来的人，来勒索矿主的金钱，这个社会里处于每个阶层的人，都有着自己的活法。如同食物链一样，你最好处于上端，就没有人可以奈何你了。要是你处于食物链的下端，你连基本的生存都困难，生命也谈不上会有保障，也没有多大的价值。关键是社会要给那些下层的、下端的人一个流动到社会上层的通道和渠道，教育尤其是大学教育很关键，可是，教育的腐败和沦陷甚至比 × 省的煤矿沉陷区还要严重。

我闻着煤炭那黝黑的气味，觉得有一种亲切感。我们还在一些作业面停留了，那里，戴着安全帽但上身赤裸的煤矿工人正在用钻煤机在突突地工作着，煤块会被运到传送带上，然后传送带上的煤会通过小火车或者更大的传送带运送到地面。这些场景被我想象了很多次，但是亲眼看到，还是觉得很震动。

我们继续在沉陷区溜达，但是，我老是感觉到有人在跟踪我们。通过后视镜，我总是感觉有车子在跟踪我们，但是跟踪我们的车子很狡猾，是在不断换车型的。我告诉童大林有人跟踪我们，他观察了半天，说："可能是你的错觉，没有人跟着我们。"

可我还是觉得有人在跟踪我们。在 × 省，你要是陷入一些当地的利益纠葛之中，你就会倒霉。我当然不怕，可是，我是一个要做父亲的人，我要是在这里被害了，谁会管我的孩子呢？我紧张地观察，觉得有人在接力一样地跟着我的车。再说了，我的车子上还拉着童大林，这个当年被当地的官员和政法系统的一些人当作眼中钉、肉中刺的人，虽然他们把他搞进监狱待了几年，可是他现在又出来了，因此，他的一举一动，都是威胁，何况童大林很硬气，一直扬言不会善罢甘休。

于是，我不断地转弯，试图甩掉那些可能的追踪者。可是，就在一个急转弯处，迎面来了一辆大货车，我的后面还跟着一辆黑色的轿车，我转弯转急了，结果我的车子一下子滚落到了路基的下面，一时间，天旋地转，我失去了知觉。

我惊醒了，我发现幸亏我是在梦中翻车，我现在还躺在家里的床上，我是安全的。我出了一口长气。

在我的耳畔，我忽然听到童大林在遥远的 × 省对我说："你不要来看我了，你来看我，我可能也不是过去的那个我了。因为，我现在只想过安稳的日子。"

"我不怕他们，可是，我忽然明白了，那些一个个的坏人，我和他们单打独斗，这个事情是永远都没个完的。关键是从制度上，能不能想一些法子。"

"我很好，我现在开始养花、种草、打太极拳了，我还练习书法。"

"我还准备到山东威海买房子。我想离开污染严重的 × 省 × 市，既然煤老板能赚了钱走人，在北京、上海、广州、海口、青岛买房子，那么，我也要走，我要到山东威海买房子，那里有我需要的新鲜空气，我还能看见大海。"

"谢谢你当年为我的事情奔走，现在，我自由了，我也想休息了。每天看看大海，是我后半生的理想。再见了，朋友，听说，你要当爸爸了，提前祝贺你。”

然后，他不再在我的耳朵边说话了。我也听不到了。

14. 盒子里的男人

我决定跟踪那个在盒子里生活的男人。我对他感到好奇，因为，从某种程度上说，我也是想住在盒子里的男人。我很快就找到了他。白天，他在中央商务区的一家公司上班，晚上，他就住到盒子里。盒子可以移动，可以折叠。他是一个比较削瘦的男人，戴着一副深度近视眼镜。

我一开始和他保持一段距离来观察他，但是他很警觉，被他发现了，他反而向我走了过来。他盯着我说：“你为什么要跟踪我、监视我？”

我有些紧张：“没没有啊，我就是好奇，我——”

“滚开，你们都不是好东西，滚开。”他推搡我，他感到恼怒。我猜测他自从住在盒子里之后，可能遭遇了不少不愉快的经历。

然后我们扭打起来，可是，他打到我身上，我一点都不疼，而我还击的时候，他就像被钢铁工具击打了一样。

他感到了惊恐，我也有些疑惑。他说：“你的拳头怎么那么硬？你的身体也是，你是一个怪人！”

我笑了：“你才是一个怪人呢。”

“可是你不疼。”

“我的确不疼，因为，我的肌肉发生变化了，塑料化了。”我承认。

现在，轮到他好奇了，他上前来，研究我的肌肉和躯体，摸，用手指头弹，戳，捶打，我都没有痛感。“你他妈的异化了，你的确是一个塑料人。”他兴奋地尖叫。

我感到很沮丧，我的妻子没有发现的事实，被他发现了。我捏自己的肌肉，感到自己的确是一个塑料人。我是塑料人！我疯狂了，我难道还不如一个住在盒子里的人吗？

我说："我对你的生活感到好奇。你住在盒子里，是想表达什么不满吗？"

"我当然有不满，可是，我被银行拍卖了房产，没有地方住了，我只能住在盒子里了。"

我感觉他很有意思，就和他一起待了几天。在公司里，他的工作比较自由，只要他完成一个定额就可以了，薪金够他有饭吃。"但是，这点钱肯定没有办法让我买得起房子，因此，我只能住在盒子里。再说了，我为什么要买房子？房子那么贵，房子是政府和开发商合谋起来，榨取市民生命和血汗的东西，我就不买，不上他们的当。"

"那住在盒子里，你感觉如何？会不会没有安全感？"

"安全感？住在有防盗门的公寓里，我看才没有安全感，住在那样的房子里，来人了我都要用门上的猫眼来看看外面的人到底是谁。即使是收水电费的、送纯净水的、送报纸和快递以及快餐的，我都觉得我可能会遭到侵犯。所以，你说的安全感，在没有墙、只有一个隔板的盒子里，我觉得反而增加了。而且，我晚上睡在盒子里，从来没有遭到流氓地痞和抢劫犯的骚扰，他们觉得我比他们还可怜，干吗来骚扰我呢？"

"你是不是感觉和过去不一样了？"

"是啊，的确是这样，我感觉我的世界观发生了变化，你看，现在，我可以自由地移动在城市里，我不需要交物业管理费、水电费和垃圾处理费，我只要这么一个盒子就可以了。在白天的时候，盒子还可以折叠，连空间都不占。我体验到了一种全新的感觉，我不需要交买房子的各种费用，我成了一个城市游牧民，我自由了。我觉得，我虽然被银行从我的房子里赶了出来，但是，我现在才呼吸到了一种自由的、新鲜的空气。我一个人，多么的随意而自在，多么自由而舒展。有时候，我感觉我是一棵植物，比如一棵会移动的树，有时候，我会觉得我是一片云，在自由地漂浮。或者，我就是一个背着房子走的蜗牛，或者是一个赶着羊群的牧羊人。你体会过城市游牧民的感觉了吗？”

我羡慕地说：“没有，我只在草原上，看到过牧民放马。”

“在城市里，现在，我也可以当一个自由的牧民。一人吃饱，全家不饿！我不用管什么别的规则，城市的规则在我这里变了，我像一个自由人。”

“可是到了冬天，你的这个盒子不保温，没有暖气，会很冷的。”

“冬天？没有问题！冬天我会住到城市的肚子里去，老兄！你可能不知道，在城市的地下，有很多可以利用的空间，城市的地底下有很多涵洞、管道、排水系统、秘密地铁和隧道井，有过去的人防工事和地下仓库，有停车场和地下贮备库，有很多空间的。冬天来了，我就进入地下了，这样就暖和了。”

“那城管的人有没有干扰你？”

“有，城管的人曾经骚扰我，所以，你说的安全感的问题，对于我，恰恰是来自这些执法部门的人，才是最大的坏蛋。他们曾经摧毁了我的盒子，使我不得不重新去找新的盒子。我一开始要躲避他们，有时候，我和他们理论，他们对我很好奇，觉得我不和那些他们认为是老鼠一样讨厌的无照商贩一样，觉得我是一个知识分子，对我尊敬里带着不解，好奇里带着轻蔑——既然你知书达理，你怎么就没有混到社会的上层去？你怎么就没有去住到公寓里？我就给他们讲道理，我从现在的房子的商品化和市场化的失调，到城市人成为房奴，最终导致幸福感的下降，到物业费这么一个莫名其妙的费用的收取，告诉这些年轻人，人，完全可以采取另外一种生活方式，来实验，来取得新的生存经验。当所有的人在做加法的时候，也许，做做减法也很好。他们后来被我说服了，加上媒体后来也报道我的事情了，他们就不大管我了。”

我觉得很羡慕他的智慧。我说："那么，地下是冬暖夏凉了。可是，这是长久之计吗？你要病了怎么办？"

"我买了大病保险，反正，很奇怪，自从住到盒子里之后，我得病的次数都减少甚至是没有了，相反，我抵御病菌的侵入，我的抵抗力和免疫力，都增强了。环境恶劣，反而会增加人的适应性。我觉得很好。"

"媒体报道你之后，是不是很多人觉得你很奇怪？是一个现代病人？"

"我看城市里的很多人都是灵魂和肉体得病的人，他们才是病人。"

我就和这个盒子里居住的人一起生活了几天，当然，我不是全天都和他在一起的。我只是有时候和他在一起，每天几个小时，有时候是白天，有时候是夜晚。我觉得这是奇妙的经历。他可能是我看到的新时代的犬儒主义者，而且，他还觉得这样很好。

甚至还有女孩子慕名来看他，而且，他还收获了爱情。

有一天，我发现，在他的盒子边上，又多了一个盒子，我觉得很好奇，就过去看。原来，是北京的唐家岭那边的一个女大学生，一个"蚁族"，看了报道，来找他了，两个人一见钟情了。这是一个喜欢穿红色衣服的女孩子，很年轻，只有 23 岁，大学毕业一年，在北京工作，一个月两千多元，在唐家岭租房子，看到关于盒子人的报道，就来找他，一下子喜欢上了他。

现在，他们两个盒子并列在一起，就像是鸳鸯一样，看着就那么靠谱，就那么合适，就那么动人。盒子男和盒子女，两个人有了伴，共同生活在这个城市，彼此有了依靠，这是很有趣的结果。也就是说，虽然盒子男失去了房产，但是，他又获得了新的爱情和房子。看着他们幸福的样子，我也很感动。

不久，他们就结婚了。婚礼很热闹，就在大运河的尽头的一处水闸上举行的，附近很多流浪汉、商贩、卖盗版光盘的妇女、流氓地痞、片警、城管、公司同事等等，都来祝贺他们。我也去了。而就在附近，我看到，中央商务区的高楼大厦，富丽堂皇，直入云霄，玻璃幕墙反射着强烈的、刺目的物质之光。

我最后问他们："有一天，你们忽然觉得不想住在盒子里了，怎么办呢？"

盒子男回答我："那我们也许还会选择到偏僻的地方定居的方式。也许，我们就一直住在盒子里，再弄一个更小的盒子，里面住着我们的孩子。盒子会随着我们家庭成员的增加而增加。无论如何，我们现在还不想改变生活方式。请那些对我们有异议的人，尊重我们的生活方式吧。"

15. 我的变化

我感觉我在不自主地发生变化。我并不抽烟，可是，上次体检的时候，我的肺呈现出金属的反应，把机器都吓了一跳。医生仔细地检查了我的肺，说我的肺里布满了阴影，需要进行彻底检查，结果并没有发现异常。但是，我明白，我的肺一定是有问题的，很可能就是有金属化的倾向了。

对我的肌肉的检查，也显示是有些问题的。我的肌肉的弹性很差。我走路开始变得僵硬，就如同一个机械木偶那样，有些不对劲儿。可是，我尽量隐瞒这一点，无论在公司里，还是在家里，我都尽量掩饰这一点。我清楚地知道，我的身体机能在发生变化，就像那小便池子里的锦鲤一样，我处于整个社会的小便池里，或者说是大便池里也不过分。这可能和我每天吃的食物，每天呼吸的空气、穿的衣服和活动的环境有关。现在，食品的生产、加工、储存、再加工、包装、运输、销售等环节，都有着被污染的可能性，有很多机会食品被添加一些别的东西。虽然我很注意新闻，比如，牛奶里检测出三聚氰胺之后，我就不再喝牛奶了，可是过一段时间，新闻说牛奶安全了，大家好了伤疤忘了疼，就又开始喝了，可是里面有没有三聚氰胺或者别的东西，谁都不好说。因为新闻不再报道，我就不再了解了。

我自己的身体似乎非常敏感，可以吸收和接受到各种我周围加给我的毒素，这些毒素，在我体内不断积累，我的心肝肾的排毒能力不断下降，因此，我的头发脱落，我悄悄地买了假发，不断地使用生发剂，头发又顽强地长了起来。而且，再长出来的头发十分刚硬，感觉就像钢丝一样。也许我体内的一些无法消化和降解的东西，变成了构成头发的元素了？有时候，我的身上、脸上出现了一些色素沉积和色斑，这也是身体机能发生变化的征兆。于是，我就到美甲中心去给指甲做美容，到美体中心去给身上的皮肤和脸做美容。去掉了那些斑点，我变得浑身雪白和滑溜，但是肌肉依旧很僵硬。

慢慢地，我吃的食物开始有了新变化，这是静悄悄地发生的。比如，我吃纸，趁着别人不注意，开始吃复印纸和报纸，办公室里属我用纸最费了。因为，我把那些纸都吃到我的肚子里去了，没有人发现这个秘密。我吃了纸张之后，还喜欢舔油墨，把打印机里的油墨都悄悄地吸干了。我还准备了湿纸巾，去把一些墨水和油墨吸出来，然后悄悄地吮吸掉。我还喜欢用吸管直接吸墨水瓶，就像别人用吸管吃牛羊腔骨的骨髓一样，味道好得很。

接着，我的胃口大开，我开始吃别的东西了。除了纸，我能吃玻璃，能吃铁钉。我最喜欢吃的东西，是订书机用的那种成排的订书钉。我不喜欢吃各种布匹，软的东西我都不爱吃。因为软的东西，我的胃口没有兴趣。而硬的东西就可以，就很好。软的东西里有棉花和其他纤维，我都不喜欢。

我还喜欢吃木头，木质的铅笔是我的最爱。我吃起铅笔来，就像吃香肠一样香。没有人注意到我吃这些东西，我的妻子也不知道。我不能告诉她，如果告诉她，我会被她认为有病，可是，我知道我没有病，我的身体不过是在发生变化罢了。

我偷偷地吃这些东西，我的身体可以消化这些东西。过去，我看到新闻说，有人吃玻璃、吃铁钉、吃异物，觉得很不可思议，现在，我自己也这么干的时候，我就明白，这是可能的了。当我逐渐变成了可以消化任何过去我不可能吃的东西的人时，我起先想象的我会感到难以接受自己、我会很不平静，可是，我发现，我安之若素。我并不觉得这有什么，我甚至觉得别人一定也出现了我这种状况，可是，他们就是不说罢了。

我的身体变硬，自然和我吃进去的东西有关。而且，这种影响开始在我生活中的一些细节上体现出来。比如，我和妻子做爱，会做很长时间，原因是我很硬，就像是一根发热的铁棍子一样，很难射精。我的老婆一开始感觉很享受，但是后来感到这是一个折磨。即使拔出来，我躺在了一边，还挺立在那里，像一个卫兵一样守卫着我的身体，把被子顶起来老高。

另外，我比过去更加容易饥饿了。我的消化能力惊人，因此，我的办公室耗材很大，部门经理、总裁都很生气，但是他们不知道是怎么回事，因为，那些东西都进了我的肚子。在家里，我也尽量控制住自己不要吃掉老婆带回家的一些东西，这些东西的消失会让她疑心自己的记忆力有问题。比如，她的公司的一些文件，连同文件夹都进了我的肚子，而这不过是我在晚上起夜的时候的加餐，到早晨的时候，她一脸疑惑地到处翻找，但是，她哪里知道，文件夹在我的肚子里呢？

我感到我的承受能力在增强。我不再接听来自远方的童大林的说话声了。后来我才知道，他搜集整理当地的污染状况的材料，上告国务院，再次被一些官吏罗织了罪名，以精神不健全的名义，给关到精神病院里了。可是，现在，我感到我的同情心和正义感，都变得麻木，我的心灵也在塑料化，我再也听不到童大林的声音了，他从我的生活中消失了。

在工作中，我也感觉到，我不再对很多事情敏感了。我适应了周围的空气、尾气、钢筋、玻璃、水泥、复印机、传真机、电脑、光辐射、噪音和白噪音，适应了人的脸色的变化和凝固，适应了信号灯、地铁的节奏、点钞机的速度，适应了街头小广告、城管和商贩、井盖的丢失和垃圾分类法，适应了很多东西，然后，我变成了一个塑料男人。

16. 梦

到后来，我感觉我不再会做梦了。很奇怪，我的梦就此消失了。一个不会做梦的人，他的生活会多么的无趣？好在我的妻子还会做梦，白天的时候，早晨醒过来给我做早餐的时候，我们一起吃早餐的时候，她会给我讲述她的梦境。

“我梦见了整个城市都在焚烧，我和你在奔跑，我看到城市里，那些楼厦就像巧克力融化了一样，在坍塌下来，我们到处躲避，可是，你一点都不惊慌。”

“亲爱的，那不过是梦。”

“我梦见我们在黑暗的街上走，可是，街上没有一个人。可是，忽然之间，不知道从哪里出现了大量的老鼠，吱吱叫着向我们扑过来，我们跑啊跑啊，老鼠就在我们后面追。”

“亲爱的，那不过是梦。”

“我梦见我们的邮轮失事了，大邮轮沉没了，我和你坐在救生筏上，周围都是死人，只有我们还活着，可是，鲨鱼的背鳍在我们身边浮动。”

“亲爱的，那不过是梦。”

“我梦见我和你在雪山上攀爬，忽然，前面发生雪崩了，出现了一条大冰缝，我的绳索连着你，我们一起掉进去了，四周又冷又黑暗，可是我们继续往下掉，往下掉。”

“亲爱的，那不过是梦。”

“我梦见我们在一个地下停车场里迷路了，可是，有一辆黑色的轿车一直在尾随我们，我们到处找出口，可就是出不去，而那辆跟踪我们的轿车使劲撞我们，要谋杀我们。”

“亲爱的，那不过是梦。”

“我梦见我们在一座森林里的一间黑屋子里被抓住了，有人把我们两个用麻药迷翻，然后把我们捆在两个皮椅子上，周围全都是人的残肢和断臂。”

“那是你美国恐怖片看多了。”

“我梦见你变成了一个杀人的魔鬼，在一个别墅里面突然发狂了，开始追我，要杀我，我尖叫、奔跑，你一把把我抓住了。”

“我怎么可能杀你呢，亲爱的？”

“我梦见我生了一对双胞胎，可是，你知道吗，这双胞胎，竟然都是死胎，我生了死胎！”她哭了起来。

我赶紧安慰她，并抚摸她的肚皮。在她的肚子里，我们的孩子正在茁壮地成长，并且经常胎动，使劲地踢腿，没有迹象表明孩子有问题。而就在这个时候，胎动又开始了，她感觉到了，我的手也感觉到了，她破涕为笑了。

17. 塑料婴儿

有一天，我的妻子在家里，忽然给我打电话，说她的肚子很疼，可能要生产了。我纳闷，怎么预产期还没有到，就要生产了？

“是不是惯常的阵痛呢？”

“不是，是子宫收缩的阵痛。”

“那真的要生了。”我赶紧回到了家中，这个时候，我的妻子已经跌倒在地毯上，救护车也到了，医生检查了一下，说：“宫缩了，要生产了，还要防止大出血！快到医院！”立即把她拉到了医院。

我也跟着来到了医院。据说，女人生孩子是一件很恐怖的事情，如果一个男人在女人的两腿之间注视了孩子的降生过程，那么，今后他就很难再和这个女人做爱了。我想这是一种很娇气的说法。男人待在产房里，和女人一起体验她分娩的过程，是很重要的。因为，这是男人插入女人导致的一个结果，是男人和女人共同营造的一个过程，因此，男人在现场体验、鼓励、经受女人分娩的过程，应该说是责无旁贷。因此，我选择了在产房里和妻子一起，迎接我们的孩子的降生。

我在妻子的耳朵边鼓励她一切都不要紧，因为，她是勇敢的，马上要做母亲了，是高兴的，是令我极其兴奋的。她生孩子的过程比较顺利，但是，等到孩子生出来，所有的人，医生、护士，连麻醉师都跑过来看，都觉得异常奇怪。

我的妻子生出来了一个不哭不闹的塑料婴儿！

的确是一个塑料婴儿，还是一个男孩儿，睁着我那样的一双眯眯眼，脸蛋很圆，还有一个酒窝，眼睛很黑，很亮，显得很漂亮，可是，他/它就是一动不动，他/它浑身邦邦硬，但是，他/它却是塑料做的，没有生命，因为，他/它不呼吸，不心跳，不眨眼，不哭闹。

我的妻子生出来一个塑料婴儿，这到底是怎么回事呢？

“怎么会是一个塑料婴儿？是你们夫妇在和我们开玩笑吗？是你把这么一个东西塞到产妇的肚子里的吗？”大夫吃惊到癫狂地这么想，这么问我。

我不知道如何回答他，因为，我的吃惊和震惊、沮丧和崩溃是同时到来的。难道是我的问题？我感到我的大脑就是从那时起，开始了塑料化。我呆呆地看了半天我的塑料儿子，在大家的一片惊愕中，大喊一声，狂奔出了医院。

我跑，虽然跑不解决问题，但是，我必须要跑。因为，我生了一个没有呼吸、没有心跳的塑料婴儿。我使劲跑，跑着跑着，我跑到我的骨节都发出了塑料的声音，我自己的确就是一个塑料男人。

那个不哭不闹的我们的塑料儿子，他/它被我们带回家了。我想，尽管是塑料儿子，也是我妻子生的，我们就不能遗弃他/它。我就把他/它摆放到早就准备好的摇篮里，尽管他/它非常安静，一点声音都没有，令人恐怖和疑惑。我妻子因此而变得不再简单方便了，她变得多疑、歇斯底里、情绪反常，忽而抱着塑料儿子哭泣，忽而又狂笑不已，忽而要给孩子喂奶，忽而又用剪刀猛戳塑料儿子的身体。但是，不管她怎么癫狂，我们的塑料儿子就是一声不吭。

一个月之后，我的妻子和我离婚了，因为，我告诉她，我现在是一个塑料男，我们生了一个塑料儿子，可能和我有关。她惊讶地抚摸我的全身。从她的表情看，她的确感觉到我，她的丈夫，已经塑料化了。而她的皮肤、肌肉、阴道都还是有弹性的，还是一个肉身女人，一个活的、美好的女人。她后来提出离婚了。为了她今后的幸福生活，我同意和她离婚。

离婚之后，我离开了家，住在了一个半人高的纸盒子里，在城市里流浪。但是，我没有再找到我曾经造访过的那个盒子里的男人，据说，他已经离开了这座城市。我逐渐地可以不吃不喝了。我逐渐地习惯作为一个塑料人和盒子里的人的生活了。

我曾经被流氓袭击过一次，他们用棍子打我，用刀刺我，我竟然都没有反应，流氓和歹徒非常吃惊，逃之夭夭。

我继续在城市里流浪，在大地上流浪，却没有什么可以毒死我，因为，我自己就是不坏金身，我自己就是这个环境的产物。

后来，我感到厌烦了，就在一个垃圾填埋场附近，挖了一个坑，然后，我自己躺进去，并用土覆盖我，我自己把自己埋葬了。我不知道，我在大自然里降解为颗粒物或者最终不存在，是不是需要至少一百年。

大鱼、小鱼和虾米

一 擂台

1

我流浪到徐州的时候，正好赶上那里的一个摆擂的黑拳比赛。

在徐州郊区一个很不起眼的地方，说不上是一个村镇，还是一个集市，总之，是有些闹哄哄的一个地方，一对从山东来的师徒两个人，跟着一个表演杂技的草台班子，前来摆擂台，可以接受任何人的挑战。

当然，他们除了卖门票，还有当地有势力、摆得平的人做庄家投注。这个时候我想起来，我曾经学过多年的那些格斗和拳击招数。

那个时候，我还有些懵懂，没有想好自己到底应该到哪里去，应该干什么。我特别想念我的女朋友，可是，我不能再回去找她。我在徐州给她打了一个电话，告诉她，一旦我安顿下来，我就让她过来，只是现在我还没有着落呢。

我过去在部队当了几年特种兵，转业的时候，因为和领导关系不好，找不到好的工作，只好到北京郊区的一个别墅社区当了保安。

我在那里干得很卖力，而且，我就是在那个社区里，认识了我的女朋友。她叫吴双玫瑰，这个名字有点奇怪，是不是？她 19 岁，比我小几岁，是从内蒙古额济纳旗来北京的，在社区的美容院当美容师，经常进出社区，路过我的岗位。一来二去，我们就认识了。我站岗的时候，就盼望她来社区美容院上班，后来，我们就好上了。

我问她为什么有这么一个古怪的名字，她说，这个名字是她妈妈给她起的，她是蒙古族，所以名字就比汉族人多一两个字，再说，叫玫瑰总是很好听的吧。

吴双玫瑰长着一张满月般的脸，她走路似乎稍微有些慢，人很丰满，可是，我看着她哪里都很好。

她租住在社区外面的一个村庄里的民房中，是那种红砖盖的平房。北京的郊区有很奇怪的现象，别墅区的旁边，往往就是农民的村落。

我们经常在一起了。我叫韩柱，她就叫我憨柱子。

在一起的时候，除了给我做饭吃，除了亲嘴，吴双玫瑰总是喜欢给我讲她家乡，额济纳旗下属的一个小地方。

她说，那个小地方风景特别美丽，有美丽的千年胡杨树，沙漠，也有很多传说和古怪的事情。比如，在城外的草原上有一条河，河水里出现过龙的影子，有人亲眼看见过的，还有，就是在晚上的时候，在郊区的坟场里，有很多鬼火在飘荡。

“那一定是萤火虫，或者，是磷火罢了。”我告诉她。

但是，在她讲述她美丽家乡的时候，我实在不忍心把她想念家乡的那种情绪，给破坏了——在这种情绪下，家乡什么样的风景，一定都是好的，是无可挑剔的。

另外吴双玫瑰喜欢跳舞，她过去一直是中学艺术团的团长，到哪里都表演漂亮的舞蹈。她也给我跳过，看她单独给我表演，我很沉醉。

不过，后来发生了一件事情，使得我不得不离开了那里，没有来得及给吴双玫瑰说一句话，我就逃跑了。

在那个社区当保安，是让我深受刺激的日子，因为住在那个地方的人，都是有钱人，他们出来进去都坐在车里，你很少有机会能够看见他们的脸。

但是，只有一点，我总是不习惯，就是这些家伙出来进去的，我总要给他们敬礼。我为什么要给他们敬礼？仅仅是因为他们有钱吗？他们的钱，有多少是脏钱？所以，我就是不喜欢给他们敬礼。过去，在部队的时候，给首长敬礼，我愿意，毕竟将来打仗的时候，要这些人带兵出生入死。可是，给这些大多为富不仁的家伙敬礼，凭什么？

一天，我值下午班的时候，结果，有一个很胖的家伙，头很大，特别像是一个胖头鱼，据说他原来是一个肉食批发商，做大了，现在是一个地产商，他从外面回来。我递给他一张出入卡的时候，他发现我没有向他敬礼，就摇开车窗对我说："给我敬礼，小伙子！"

我抱歉地一笑，没有理会他。回到了我的位置目视前方。

"给我敬礼！"他低声地咆哮着。

我现在笔直地站在那里，目视前方。

"你他妈的，你他妈的——"他摇起奔驰车的车窗玻璃，走了。

我立即被物业管理公司警告了。物业管理公司的经理冲我大发雷霆，他认为我故意和业主为难。"告诉你，你们的薪水，都是要靠他们交纳物业管理费，才能发下来的！你这样不遵守门卫的规定，还对业主无礼，再发生一次，就会开除你！"

两天之后，又发生了一件蹊跷的事情。

我们是24小时值班的社区，保安都要轮流值夜班的。发生了我和那个胖头鱼地产商冲突之后的两天后，那天晚上是我值夜班。值夜班需要我在社区里按照值守的范围，连续不断地巡逻。

我一向很敬业，但是，那天晚上，也许因为我太敬业，也许这里面压根就是一个圈套，我因此惹了麻烦。

深夜两点钟的时候，我巡逻到了一幢别墅的门口。可是，我发现别墅的门虚掩着，里面的大门也虚掩着，而房间没有一盏灯是亮着的。

我觉得有情况。因为社区里任何一幢别墅，从来都没有发生过大门和房门虚掩的情况，现在，我判断这套房子最大的可能就是失窃了。

要是失窃了，或者里面正有一个贼在偷东西，那我的责任就大了。可是，按照规定，我们保安绝对不允许没有明确打招呼，就走进业主的院子和房子。

我有些矛盾，也非常紧张。这个时候，一定是我最为难的时刻。我犹豫着，忽然听到了房间里，似乎有很轻微的走动声。

我说过我当过特种兵，受过几乎是非人的魔鬼训练，我的听觉是所有的感官感觉中最好的。我听到了房间里有人活动的声音。可是，假如是房主在自己的房间里活动，是应该开灯的，那么，现在正在活动的人，就一定是窃贼！

我立即冲了进去，小心快步跃上了台阶，先蹲在虚掩的门口，等着里面的动静，又听到了里面有动静。

我想，窃贼正在行窃，这是毫无疑问的了。我蹑手蹑脚地走进了房间，正要打开手电，可是，房间里的灯光忽然亮了，然后一个穿着轻纱睡衣的女人，大声地尖叫了起来，她发现了我，以为我是入侵的凶犯！

后来，怎么解释都不行，我立即被解雇了。按照规定，我们门卫，也就是我们这些看门狗，是一定不许进入业主的院子和房间的。

而且，后来，让我觉得奇怪的是，那个尖叫的女人，恰恰就是那个让我敬礼不成投诉我的胖头鱼地产商的老婆。可是，事发的时间，胖头鱼并不在家，他是第二天才回来的。

但是我越想，越觉得这里面有问题。我想，就是因为我不给一个开奔驰的家伙敬礼，这个家伙设了一个圈套来收拾我，我被物业管理公司解雇了?!

我的饭碗被砸了。是一个人不给我活路，不是我自己不仁义。我认定这一点了。于是，我决定在离开这个社区的时候杀了他。

起了这个可怕的念想之后，我就开始详细地谋划。我买了一把很好的刀，我看好了他家住的房子，我观察好了他的作息时间。

这个家伙总是在很晚的时候才回来，而且时间很不定。就在我要离开这里的那天晚上，我找到机会下手了。

翻进他家一楼的花园很容易，从开满了玫瑰花的小花园，再打开他家的后门，也很容易，因为有一棵很茂密的、开着好看的粉红色花朵的合欢树，遮蔽着整个花园。我得手了。我说过我当过兵，从来没有机会上战场，可是，我过去学过的各种招数，这次我都用上了。用不着仔细地讲述我是怎么进了他的房间。可是，当他跪在我面前的时候，我突然有些心软，下手就留了一些分寸，没有要他的命，我只是挑断了他的脚筋，让他残废了。

我确定给了他一个终生难忘的教训之后，就离开了那里。来不及带走我的吴双玫瑰，也来不及给她说什么，我就走了。

我连夜赶到河北承德，又乘坐长途汽车离开了那里，一路往南走。因为现在我多少已经有案在身了。

不过，好在不是命案，一旦出了这里到了外省，就没有人再来注意我了。

我就这样来到了徐州，碰上了摆擂台的师徒两人。

2

这师徒二人是从山东来的，跟着一个表演各种杂技的草台班子一起走江湖。师傅已经五十开外了，名字叫梁壮，身形瘦长，操着十分浓重的胶东口音。过去我在部队的时候，有个同班的战士是胶东人，和梁师傅说话的腔调是一样的。所以，我先和梁师傅聊起来，和他们相识了。

徒弟叫黄连，好像是山西人，年龄接近三十岁，比我大一些。他牛高马大，但长着一副很苦的脸相，怪不得叫黄连。

我和他们套近乎，很快我们就熟悉了。

黄连告诉我，他十八岁从嵩山少林寺旁边的一个武术学校毕业，就跟着梁师傅走江湖，到处打黑拳，已经有快十年了。

“我打了三百多场比赛了，很少输。我的功夫是当年跟梁师傅的师傅学的，在江湖上，我的外号叫‘苦瓜脸’，很多人都知道我。”

“你打死过人吗？”我问。

“打死过一次，是打成了重伤，后来对手才死了。”

“警察会来吗？”

“这种时候，为了不叫警察介入进来，我先避开，藏起来，躲几天，等到死者的家属和我们的师傅一起商量个结果。因为打黑拳，有一个规矩，就是打死了不能报警。这种时候，我赢的奖金就不能要了，要全部给死者的家属。”

我问：“那，要是你被——”

黄连看着我，坦然地说：“要是我被打死了，师傅就把我安葬了，再找一个徒弟，继续走江湖呗。”

我不说话了。

3

他们在那里摆擂台的时候，我买了门票进去看，门票最便宜的是 10 块钱一张，靠近前面的座位是 100 块钱一张。

大约有两百多个观众，我挤在最后面，观看他们演练。这样的擂台，无论拳击、武术、散打，或者摔跤，都是可以用上的。你只要是把对手打倒了，打死了，或者对手认输了，这场比赛就结束了。

梁师傅身穿长袍，先练了一套很飘逸的杨式太极拳，一看就知道很有功力。我在部队当了几年特种兵，谁在我面前练几手，一般一看就知道，你是有多大的本事，练了多少年的。

这个梁师傅的功夫，应该在 30 年以上了。

黄连表演的都是硬功夫，表演单掌劈砖、喉咙顶枪、飞脚碎石等等，还是有些功夫的。很快，这两个师徒，就开始接受挑战了。

“打死不偿命！打死不偿命！”梁师傅大声地喊着。我知道，这个擂台属于那种打黑拳的，就是挑战者和摆擂台的人谁被打死了，都可以不偿命的，都是可以私下了结，不需要警察介入的。这是规矩。

这就叫作黑拳。也就是,不是公开组织的地下黑拳比赛。很多道上的朋友，就是靠这个吃饭的。

一个当地的壮汉上来挑战了。黄连和对手一交手，我就可以看出来，黄连还是技高一筹。

上场的这个家伙，练的是南派的功夫，骑马蹲裆步，扫堂腿，主要攻击黄连的下三路。黄连躲闪了几下子，摸准了这个家伙的动作与速度，然后，猛然出了几个刺拳，都打在了壮汉的头上。

如果你可以用慢镜头来看，黄连是胜在身体的灵巧和速度上。我看见对手摇晃了几下，本来还要挣扎几下，结果倒在地上了。人群中发出了呼喊和尖叫，大家被如此刺激的场面给撩拨起来了。

黄连继续接受挑战。我看见他的师傅——梁师傅，正蹲在台子上的一边，抽着一杆旱烟。他没有吱声，显然对眼前的场面是司空见惯。后来又有几个人上来挑战，但是都被黄连给打败了。

这个时候，我忽然听到了血液里面的召唤，我知道我该出头了。

我跳上台子。黄连看到我，有些吃惊，因为昨天我们还聊了很多，已经算是朋友了，可是，现在轮到我来和他决战了。

“黄连大哥，我来挑战你！”我说。

“你这是真的来和我打？”他有些不相信。

“当然是真的，还能有假？”我笑了一下，他就相信了。他不太清楚我的底细，也不知道我的功夫到底如何。

黄连向我拱手相让，我点了一下头，摆出来拳击的架势。我左右跳动，寻找着出拳的最好时机。

多年以来，在特种部队里面，我都在练习散手和技击，全部都是实战训练。从来都是摸爬滚打，我最大的本事，是扛过对手前面凶狠的攻击而不倒，这样我一旦喘过气来立即还击，我就可以制胜。

黄连用重拳，左勾拳、右勾拳和快速的刺拳，对我展开了进攻。他的下部很稳当，看不出来什么破绽。

我连连被他打到，身体上到处都中了他的拳脚。可是，我是很能挨的。一般你要是不能挨，是肯定扛不住黄连这个久经沙场的老练家的拳头的。我感觉我的脸肿了起来，我的一只眼睛看不见东西了。

轮到我反击了。这个时候，我已经被打趴下了，有些要完蛋了。

黄连看着我的目光有些怜惜，他不忍心痛下狠手杀我，但是场子外面的观众已经疯掉了，在大喊大叫："杀了他！杀了他！"

他犹豫了一阵子，突然出手直接打向了我的肋骨。与此同时，我使出了最为拿手的一个招数：撞拳。这是我自己练习的，要在短兵相接和对手近身互搏的时候使用，短促地猛力出击，震撼对手的心脏——我正是这样一拳就打在了黄连的左胸部，他的左胸部是有心脏跳动的地方，他闷声惨叫了一下，就立即倒在了地上，不动了。

当医生前来诊治的时候，黄连已经气若游丝了。嘴里开始流血，血流了不少，而医生也来得太晚。

我重伤了他，我知道我几乎震碎了他的心脏。可是，奇怪的是，黄连并没有立即就死去，他的命够大的，但是，不过多延长了几个小时。

我直觉我应该跑掉，应该离开这个地方。在北京的时候，我已经陷身于一个麻烦里了，可是，我却惹来了更大的麻烦，这到底是怎么一回事？

但是，我没有跑，我也没有地方跑，开办擂台的草台班子班主说，我跑到哪里，他们会追到哪里。我必须等着他们商量一个结果。现在，我得罪了一个人——压赌注失败的当地一个有势力的人十分生气，因为我让他输了很多钱。

那天，我握着躺在那里垂死的黄连的手，有些遗憾，有些愧疚，也有些难过，但是说实话，还有些自得。我看得出来，他的目光在逐渐黯淡，但是，这好像是他准备已久的一个结局，一个命运，他认了，满意地叹了口气，很奇怪地仿佛有些欣慰他终于被打死了似的。

然后，他就昏迷不醒了。一天之后，黄连死了。

我决定把我赢得的 3 万块钱奖金都给黄连的家属，他们也从河北一个乡下赶来了。他们默默地拿到了那笔钱。

这个事情，从始至终，警察都不知道，也没有介入。

事情了了，我准备告辞，梁师傅沉默了好久，对我说："你打死了我的徒弟，我要再去找一个徒弟了。"

"对不起梁师傅了。"

"那，你想当我的徒弟吗？再说，我听说北京方面有警察找你。"

我知道他知道我的身份了。我不清楚为什么他们什么都可以打听到。"我……我可以。"

"好，那你就当我的徒弟吧，跟我一起去打黑拳。不过，从今之后，就是你养我了。徒弟是要养师傅的，怎么样？"

我点了点头，成了他的新徒弟。

在被黄连打倒在地的时候，我的好胜心起来了，我觉得，也许我可以打遍天下无敌手的，我要吃黑拳这碗饭了。

黄连死了，押宝在黄连身上的当地人中间的头儿，十分不高兴。为了给当地那个有势力的人捞回来他的损失，我在徐州那个村镇又待了一个星期，接受别人的挑战。

黄连换成了我，我的外号叫"一招鲜"。

我打败了不少挑战者，拿到了不少钱，当地有势力的人要我们留下来一直打拳，而且放风说，假如我们不留下来，就不放我走，把我交给警察。他已经得知，我是北京警察通缉的一个刑事案件的犯罪嫌疑人。

我知道麻烦来了。

他们果然不会放过我。也许当初把那个家伙杀了，更干脆一些，否则我总要被报复。何况，毕竟打死了黄连，我身上还有一条人命的。

梁师傅说："别着急，我等一个朋友来，他来解决这个问题。"然后，我们等了三天，当地那些家伙看守着我们。

一个神秘的人从南方来了。他先找当地的家伙谈了，然后他来找梁师傅，两个人谈了一个下午。当地的团伙就不见了。

梁师傅说：“你跟我往南走吧，人家在找你呢。”

我说：“好，再说，我也没有其他选择了。”

晚上的时候，梁师傅带着我离开了徐州，坐火车向南走了。假如人是可以选择的动物，而我又没有别的选择，那么我就不是人了。我已经是一个只有肉体的鬼魂了。我觉得自己已经走上了一条不归路。

不知道为什么，我觉得黄连最后拉着我的手的感觉，现在还在我的手上，而他的灵魂和勇气也注入了我的身体里，现在，我和黄连的灵魂在一起了。

二　渡海

1

梁师傅带着我，来到了广州，待了几天。这里并不是我们最终的目的地，我们从这里渡海到澳门去。

去澳门，梁师傅说，我要在那边的一个赌场里打拳。

于是，我们就渡海了。渡海的时候是在晚上，天色黑暗，根本就看不见大海的颜色。我从来没有见过大海，可是这一次，我可以闻到大海的潮湿咸腥的气味，但是我却无法看到大海的脸。

我要在澳门做一个职业黑拳手了。

来到澳门，我发现这里的赌场很多，有的是黑社会组织控制的。但是，很多赌场，似乎都和澳门一个赫赫有名的老大有关，很多年来，他就靠经营赌场，成了这里的富豪。梁师傅告诉我，前些年，他把赌场的经营权出让给了不少的帮派，结果帮派之间经常发生火并。街头也经常发生枪战。这个老板在泰国、越南和其他东南亚一些国家的一些地下拳击馆也都有股份，势力很大。

现在，澳门收回来了，这个混乱的局面似乎好多了。但是，仍旧是那些赌场的后台老板控制着一切。他们是大鱼，而赌客们大都是小鱼，我，不过是一只虾米罢了。

来到了澳门，我就决定不要做一只小虾米。假如我是一个小虾米，无论大鱼还是小鱼，都是可以吃掉我的。

为此，我只有靠拳头来打天下了。

“当最好的黑拳手，是很难的，”梁师傅对我说，“你的基础特别好，可是仍旧需要对你进行严格的训练。有没有信心？”

“有信心。”我说。

“现在，有另外的师傅专门训练你打黑拳的技术，我们一起，还要教你一些中国功夫，你就好好练习吧。”

我开始了非常严格的训练。请来的师傅是一个香港师傅，姓白，所以我叫他白师傅。白师傅是专门训练黑拳手的。他人很瘦，但是身形却特别的灵巧。

他端详了我很久，最后满意地点了点头，说：“你是可造之才。俗话说，天有三宝，日、月、星，地有三宝，水、火、风，人有三宝，精、气、神。跟我学，你要外练身手眼，内练精气神。”

“明白。”

“你今后打拳，唯一的目的，就是快速地杀伤对方，让对手立即失去任何反击的能力，这是最重要的。”

“明白。”

“黑拳手强调一击必成，一击必杀，强调拳脚的力度和速度。”

“明白。”

我开始了训练。每天，我要像举重运动员一样，进行深蹲训练，深蹲的重量在三四百公斤才合格。每天，我还要进行各种有氧训练，各种短跑、快速和慢速变速跑、长跑，以及蛙跳、爬楼梯等等，训练出强度很高的体能。因为一旦你上场打黑拳，必须达到高强度对抗对手至少在 20 分钟以上的水平。

我知道，虽然黑拳手比赛的时候，一般时间很短，但是，需要进行的训练，却远远大于国内的很多竞技项目。再说，黑拳手上场的频率很高，有时候一个晚上，要连续进行两三场比赛，没有很过硬的体能，是一定会被淘汰，甚至立即丧命于对手的拳下的。

我每天早晨训练四个小时，晚上训练四个小时。白师傅教我，最好在任何时间里，通过任何方式，随时进行训练。

梁师傅负责给我教习静功，和禅修。他给了我一本讲各种技击大师的书，里面收录的全部都是高手们的故事。

比如，有一个韩国跆拳道高手，每天要踢各种硬物，在任何时候、任何地方都进行训练，把自己的腿练成了铁腿。在一次比赛中，对手扫向他的腿的腿，立即断了。

而泰拳是技击中最为凶狠的功夫，泰拳手们从小就进行的训练，完全达到了人体所能承受的极限，和人的潜可能发挥出来的极限。

有一个很有名的泰国拳手，从小就踢石头、表皮很硬的棕榈树，后来，他的腿部硬到了任何木头和他的腿相撞击，木头立即断裂。

还有日本空手道中的一个有名的流派“极真会”的创始人大山倍达，一个人隐居在大山里苦苦训练，他每天所干的事情，就是用拳头拳击岩石。而且，在雪地里裸体进行负重训练几个小时，使自己的身体达到了某种无法超越的状态。后来，他巡回表演的时候，可以让观众用铁锤击打他的手掌，手掌却不受伤。他可以一掌砍断一个玻璃瓶子，使这个瓶子成为整齐的两个部分。

“你的下盘功夫不行，所以要从扎马步开始，开始是 3 分钟，最后一扎就要在 10 分钟以上。”白师傅教导我，“马步桩是中国武术中的基本功，可以通上下气脉，提升丹田阳气。下盘功夫练好了，就是半条腿金鸡独立站在悬崖上，有人推你都推不下去的。”

经过了两个月的训练，我的下盘功夫练好了，梁师傅和白师傅一起，开始对我进行中国功夫中最为高超的特殊训练：

梅花桩功。就是在梅花桩的木头桩子上来回跳跃、行走与格斗。这个项目训练的是人身体的轻灵与反应能力。

沙包功。当你同时打八个沙包的时候，你就知道敌人是四面八方的了。这是练习躲闪的。

排打功。这是练习身体各个部位的抗击打能力的，要用木头和铁条，拍打身体的各个部位，并且用专用的药水浸泡。

翻腾功。这是专门练习身体的柔韧程度的，就是在绳索上来回翻跟头。

拈花功。这是练习指头的捻力的——我要用手指随时捻碎一些黄豆，后来，就要捻碎一些小石头块儿了。

打水功。练习这个功法，需要每天用手掌空击一盆水。刚开始我觉得这个功夫没有什么用，可是，据白师傅说，两年之后，我可以在水面击打出涟漪，而五年之后，就可以击人于十步之外了。

轻功。这个功法是最难学的。刚开始的时候，我要在七个装满了水的大缸缸沿上行走，这叫作跑缸边，背上背着装满了铁砂的布袋，然后逐渐地把大缸中的水去掉，身上的铁砂布袋却要不断增加重量。一个月之后，就要在七个装满了沙子的大簸箕边缘上行走了，然后逐渐地减少簸箕中的沙子，一直到剩下了空的簸箕。

白师傅讲："你要是仍旧能够在它的边缘上行走，就接着练习下一步。用一尺厚的沙子铺成一条道路，在这条道路上铺上几层宣纸，刚开始从上面走过去的时候，还可以看见脚印，经过长时间的训练，脚印就渐渐地没有了。"

龙爪功。这是练习擒拿所需要的指头上的力量的。

最后，我还要训练空手入白刃的功夫。这个空手入白刃，是专门练习眼法和身法的。练习眼法的时候，需要凝视各种东西，以最快的速度，数出固定物体的数量，然后再练习数各种活物。而且在大街上和商店里，要以最快的速度数出来你一眼看到的人群中人的数量。眼法练习完毕，还要练习身法，要在密集的竹竿搭成的竹林里快速地穿行，而不许身体和竹竿有任何的碰触。

练习这些功夫的时候，梁师傅专门给我配置了中药，每天浸泡和清洗练功的部位，使我的肢体恢复状态。渐渐地，我感到了我的身体痛感在消失，我正在由一个血肉之躯变成一个钢铁或者是橡皮的躯体。

然后，我就正式出师，可以参加比赛了。

2

我开始在这家赌场里专门打黑拳，我需要一场场地打，我的"一招鲜"的外号，已经改成了"小旋风"。

这是我的艺名，即使是虾米，也应该有自己的一个好听的名字。

是我亲手打死了黄连，因此，从那以后，我自己就随时准备好了去死，在擂台上被打死。这种状态，使我打起拳来，特别的冷漠和凶狠。每一次上台打拳，我都抱着必死的决心，这样我就所向披靡。

我每打一场，一般可以得到几万港币的酬金。这是一个小虾米的血汗钱啊。

说实话，我不知道我是怎么走上这条路的，似乎有一种无形的力量逼迫我走上了这样一条不归路。你看，我仅仅因为不向一个家伙敬礼，结果，我就有了这样一个更大的结果。

有时候，我非常想念我的吴双玫瑰，我给她的手机发短信，可是，我却得不到她的任何消息。

她现在还在那个社区美容院里吗？她现在怎么看我？她还喜欢我吗？是不是，她又喜欢上了别的人？

或者，她一时糊涂，当了小姐，开始胡混了？确实，在正规的美容院里挣钱少的女孩，是很容易下水的。她要是下水了，我怎么办？我要杀掉所有和她上过床的男人吗？我杀得过来吗？我需要去干这种事情吗？

一旦真的是这样，我不会去干这样的事情。这样一想，我忽然觉得，我不用那么想念吴双玫瑰了。

昨天白天，我没有事情，在赌场里转悠，看见了一个“北姑”——澳门称呼大陆来的小姐，赢了一大笔钱。

那个钱的数目，是一个天文数字。中午的时候，她拿到了所有的现金，然后，按照她的要求，被直升飞机直接护送到香港了。

我看到了她因为被这么大的好运当头照所激动得脸色煞白的样子。换谁，换我，换吴双玫瑰，一定都是这个样子。那些钱多么多啊，多得几乎可以干任何事情了。而且，她甚至可以按照双倍的钱，把过去所有嫖过她的男人们反过来嫖一次，也才花掉一个很小的零头吧。

有时候，我也很想赌一赌，这里很多大陆来的各种赌客都在赌，我的心有时候有些痒痒了。

但是，梁师傅特地给我下了一个死命令，就是一旦我赌一次，就立即让我回去，回大陆，再也不管我了。

那我就不赌博了，看别人赌钱赌我，赌我的输赢，而我专门赌生死吧。

和我在一起的一共有好几个拳手，都是这家赌场从内地招来打黑拳的。大家都是刚刚入道的，其中一个叫小榔头，他在广东沿海一带打了三年黑拳，参加了八十场比赛，我们很快就特别谈得来。

“小旋风，你才入道，不知道这个行当的究竟。”

“有什么究竟啊？”我问他。

“什么究竟？告诉你，三年前我认识的二十个打拳的，十个死了，四个残废了，还有八个永远退出比赛了。你想想，这死亡率有多高吧。”

“我看你的的样子，好像受过伤。”

“对呀，你看，我的脾脏都被打碎了，做过手术，肋骨也断了五六次呢。”

“那你还要打拳？”

“没有办法，挣钱呗。告诉你，过两天，咱们赌场要来一个厉害的角色，名字叫夏侯杰，我要挑战他。”

“你挑战他干什么？”

“傻瓜，要是总待在咱们这个最低的级别里比赛，不挑战更高水平的拳手，就不能发财啊。我打拳，一场最多也就一两万，很快就花完了，这次，我要挑战夏侯杰，赢了，我就挣五十万，可以回家休息了。”

果然，两天后，那个叫夏侯杰的中级黑拳手来了。

我没有任何他的资料，只是小榔头挑战他的时候，我也在场。那场比赛速度快得惊人，一共只进行了四分钟，夏侯杰就已经把小榔头给打倒了，小榔头因此瘫痪了。小榔头五十万没有挣到，却被打瘫痪了，被送到了医院，要在那里待一辈子了。

这么快一个活生生的小伙子，就成了大鱼嘴里的小鱼，被吃掉了，真是叫我浑身出冷汗。

我知道，假如小榔头不想去挣那50万奖金的话，那他还可以再打几年，因为，在初级黑拳手这个级别里待着，你有两条路可以走：第一，假如你不主动地挑战更高级别的拳手，那么你基本很安全，能够保住自己的生存，可是，也挣不来大钱；第二，假如你想去挑战更高更强大的对手，那就会得到更多的钱，可是却因此甚至会赔上性命。关键看你自己的抉择了。

那天晚上，我自己决定，要向夏侯杰挑战。

3

梁师傅和白师傅支持我的这个想法。他们看出来了我的那种可怕的火焰，在我的眼睛里燃烧的模样。假如不让我上场，那么我眼睛中的火焰会把我自己烧死的。

再说，那天，当我看到，仅仅是上场几分钟之后，我的伙伴小榔头就被抬出了比赛场地，再也不会回来了，我是很难过的，也是很想复仇的。我觉得，我的两个朋友，黄连和小榔头，他们一死一伤，现在，他们的勇气和魂魄，都聚集在我的身体里了，我确信自己能够赢。

但是，没有人包括我的师傅，也觉得我一定能赢。

我很快就迎来了一场艰难的比赛。对手夏侯杰的资料出来了，他是一个参赛五十八场，打死对手六个，而自己从来没有被打败过的拳手。

夏侯杰是福建泉州人。他四岁的时候，就跟着祖父学习南派的拳法，像咏春拳、梅花拳、地龙拳、南少林五祖拳、鹤拳、虎形拳等各路南派武术拳法，十来岁，就开始在泉州的一些民间械斗中脱颖而出。而福建地下赌场中，也经常举办各种黑拳比赛，夏侯杰就是在这样的比赛中，积累了很多声名。后来，他还专门在武警部队当过几年的教练，非常厉害。

前些年，一个被武警部队保护的政府重要官员，一天晚上，因为发现了警卫在偷窃自己的东西，阻止了这个警卫之后，竟然被自己的警卫所杀，所以，很多担任护卫的武警人员都被整肃了，他也连带被从部队里清理了。再后来，不知道怎么样，他就专门在沿海一带打黑拳了，现在，他来澳门，和我相遇了。

我和夏侯杰的比赛，被梁师傅看成是我的最关键的一场比赛。我到底是虾米，还是一条小鱼，很快要见出分晓了。

而我也知道，今后，我能不能真正获得大赌注，就看这场比赛了。

我知道赌客们都不看好我，他们给我下的赌注很低，都压夏侯杰胜利。也难怪，在中级拳手里面，夏侯杰的名气太大了，我“小旋风”又算什么呀。

可是，我准备拼死一战、背水一战了。我知道他已经打死六个对手了。我不想成为第七个。我才不想死呢，我要垂死挣扎。

在晚上，我和他在擂台上见面了。夏侯杰也是比较壮实的，不过就是稍微有些矮了点。但是，从他的目光中，我可以看出来，他是志在必得的。他似乎有些谨慎，因为他根本就不知道我的来历，而且，我看上去也有些瘦，并不是那种特别需要从庞伟的体形上重视的对手。

我们互相观察，周围的赌徒们在喊叫，场面开始激昂了起来。这种时候，一定需要冷静再冷静，我对自己说，现在，你要注意他的眼睛。

我看着他的眼睛，就知道他出手的动作和方向。我知道，他的底盘功夫一定很好，因为从小就练南派拳法，比如咏春拳的人，底盘功夫简直好得没有办法说了。他的破绽，或者那些胡说八道的武侠小说里经常说的命门，都在他的上半身。可是，这个命门，在具体什么位置呢？我没有找到。

而且，对付夏侯杰，必须以最快的动作制服他。这对于我是十分困难的，我必须一招制胜。

忽然，我看见他脖子上的青筋动了几下，我知道他来情绪了，血流加快了，要不然，他的脖子上的血管不会鼓起来。

他先来了一个骑马蹲裆步，然后做了一个请拳的动作。我围绕他小心地转圈，我们的目光在互相纠缠着，较量着。

我忽然看出来了，他要袭击我的腿部。谁都知道，他的地龙拳是非常厉害的，只要叫他扫到，我就腿断筋折。我刚刚想到这里，他就已经出腿了，就是扫向我的腿，一股冷风使我的小腿立即感到了寒冷。

但是，一瞬间，我侧身飞起来，然后以迅雷不及掩耳之势，横扫他的颈部，他扫向我腿部的腿轮空，我踢向他颈部的横扫正中。

这个瞬间是极其快速的，他已经飞了出去，我也因为无法控制平衡而倒在了地上。但是，我迅速地翻身起来，却看见他，夏侯杰，已经再也起不来了。

就在他的颈部的青筋大暴露的时候，我就知道，我必须攻击他的颈部，那里正是他的命门。我得手了。

我们开始交手的时间，一共不超过四十秒，出腿的时候，只有一秒钟。夏侯杰昏迷了两天之后，死了。

我赢了。

三　赌命

1

赌命赌来了一笔巨款，五十万，我心里很踏实。不过，我还要养我的师傅，梁师傅，是他带我出来的。

我把赢来的钱给了梁师傅一半，梁师傅又给了白师傅一半，这样，大家都有些钱了。我现在也成了梁师傅的摇钱树了。

不过，我也才刚刚迈入了中级拳手的大门，在我的前面，有更多的机会和金钱，当然也是更可怕的命运在等着我。我似乎不能停下来了。

这个时候，我加倍地想念我的吴双玫瑰，也不知道她到底怎么样了？我试着给她写了一封信。

没有过多久，我收到了吴双玫瑰过去的一个朋友，现在还在那个社区美容院工作的小荔写来的一封信。

信上说，自从我挑断了那个地产商的脚筋一走了之之后，警察上门来调查了吴双玫瑰好一阵子，结果发现她根本就不知情，就没有找她的麻烦。可是，美发店老板阿汤觉得她惹了麻烦，把她给辞退了。没有过多久，吴双玫瑰就离开了社区，听说到南方的城市深圳去了。

我立即觉得十分愧疚，我没有想到，最终，我的事情，还会连累到了我心爱的女人。而她离开北京到达南方的消息，让我心乱如麻，我可以想象到她到了深圳，在那里举目无亲，会是一个什么样的状态，很难不走上卖身的道路。

所以，虽然我赢得了这场比赛，拿到了巨额的奖金，但是，一想到吴双玫瑰在离我不远的城市里，以可能是最坏的方式在生活着，我心情就很坏。

我给小荔写了回信，告诉她我的联系方法，包括地址和电话，说假如吴双玫瑰一和她联系，就立即告诉她我的联系方法，我好去和她碰面，或者去接她来澳门。发出去这封信，我的心情仍旧十分忐忑不安。

我打败了夏侯杰，在这家赌场算是扬名立万了，我知道，从此，我将不会再过安宁的生活，那些我不知名的挑战者，正在从四面八方，赶来向我挑战，我隐约看到的，就是这样的场景。

其实，我并不是害怕挑战者，但是，当我被挑战者盯上的命运被确定之后，我就很难受了。

俗话说，山外有山，天外有天。谁也不知道你最终会鹿死谁手。就像黄连和夏侯杰，他们怎么知道，最后会死在我的手里？

因为现在我是没有选择权了，只要我的对手的庄家要支付和我决斗的出场费，我就必须要迎战了。

我忽然有了过去所没有的那种胆怯感。

这种宿命的感觉笼罩了我之后，我到手的钱就忽然地变成了冥币，这使我感到了一种前所未有地恐惧。

我害怕得到这些钱，于是，我要疯狂地把它花出去。很简单也很便利，我就在赌场准备花掉或者说赌掉这些钱。我先玩角子机，发现输得太慢。好吧，那我玩 21 点。可是，他妈的，我总是压对了点，我又赢了很多钱。那天，我茫然地在赌场中来回转，尝试各种办法，可是奇迹诞生了，我总是赢，总是赢，有时候虽然一开始输了，可是马上又开始赢钱了。

最后，我还是赢钱了。

我不知道这是怎么一回事，事情变得复杂了，变得令我惶惑和害怕了。

我难道真的遇到了特别好的运气？或者，我是大祸临头了？怎么我要去输钱都输不掉呢？总是我赢。但是我完全知道，总有一天，我会输得一塌糊涂。

梁师傅发现我在赌场乱赌，就非常生气，把我叫去臭骂了一顿。可是，我仍旧无法排遣内心的苦闷。

2

赌场是一个巨大的销金窟，赌场是人生喜剧和悲剧每天上映的场所，白天，不训练的时候，我就在赌场里面转，看到了太多的欢喜和空欢喜。

可是，当我打败了夏侯杰，我自己现在也成了很多赌客眼中的筹码。我也是我师傅的筹码，就是这样的，当我用手仔细地玩弄那圆圆的、不带任何感情色彩的筹码，我觉得我就是这样一个东西。

现在，我已经属于这个赌场专门的黑拳手了。我要离开这里，必须要付给赌场一笔钱，才能离开这里。

这家赌场附带经营一家武馆，所有的黑拳比赛，都是通过赌博来实现的。

我理解打黑拳的时候，所有赌客的心理，他们花钱就是为了看一个刺激。比赛越是激动人心，说明赌客们下注的钱越多。而短兵相接、直取性命的黑拳比赛，很难有人不在现场下注的，而且，下的都是大注，输赢就特别的可怕了。

在黑拳比赛的时候，观众赌博一般分互相赌和庄家赌两种。观众互相赌，都是在特别熟悉的人之间，而数额不高，真正赌得高的，是庄家的赌博。

一般在黑拳比赛之前，比赛双方的庄家就推出来一个大庄家，这个庄家叫作定庄，由定庄来支付黑拳手的出场费。

现在，我的名气大了，我总是在出场之前就拿到了一半的出场费，等到比赛结束了，我就从定庄那里拿到另外的一半。

我必须在这个赌场里等候着挑战。

我现在成了这个赌场中坐镇的黑拳手了。不过，还有另外四个拳手和我在一起，我们五个都是这个赌场的黑拳手。

我有时候也去捞些外快，就是按照师傅和赌场老板的安排，去别的赌场、健身房和娱乐城打拳。只要是有人找上门来，和师傅谈好了一个出场费的标准，我就偷偷地出了赌场去打这场黑拳。而组织这样拳赛的人，他们往往是这个俱乐部或者健身房的老板，尽管组织了很多人投注，也是为了赚一个吆喝，所以，我们比赛的时候，要尽量地渲染气氛，而不是像真正的比赛那样，一上来就要置人于死地。因此，这样的比赛是十分轻松的，钱自然也赚得少些。

自从打完了夏侯杰那场比赛，我就由一个名不见经传的拳手，变成了一个很有前途的中级拳手了，我现在每场黑拳比赛的出场费，一般都不少于 10 万港币。就这样，半年过去了。

在中级黑拳手这个层次里，我觉得自己变成了一条更大的鱼。但是，我还不是那种特别大的鱼，最大的鱼是不打拳的，他们只是坐收金钱。

我从来看不见他们的脸。

3

我遇到了一个挑战者，这个挑战者过去我没有听说过，只是知道他在缅甸和越南的赌场里面打过拳。

自从我打败夏侯杰之后，找我挑战的拳手就开始出现了，他们指名道姓，就是为了和我决战。他们大都是初级黑拳手，而一旦把我打败，他们就将获得和我从夏侯杰失败中获得的一样多的奖金。

但是，我可不是好惹的。我轻而易举地就击败了不少的挑战者，因为我一直在加紧练功，从来都不敢懈怠。

一般当我面对对手的时候，我从对方的眼睛里是可以看出来他想要什么的。是想要赢得比赛，还是想获得挑战的刺激？是想拼命，还是想打一场两方面商量好的假拳？当然，打假拳在黑拳比赛里也在所难免，这一切都由老板和师傅安排好了的。

而这个对手，外号叫“霹雳腿”，我和他互相对视了很长时间。从他的目光中，我可以看出来，他是想要我的命的。

我们对视了一阵子，他先发制人，上来就是当空一个“劈山救母”，从我的头顶竖着向下一劈，呼呼生风，吓了我一跳。

来这样的动作，有些很不礼貌。我觉得他有些不把我放在眼睛里。不过，这个“霹雳腿”看来确实还有两下子。

我想说，打黑拳是没有任何规则限制的，只要你打败了对手就行了，这是一个只是需要简单结果的行当，所以，既然简单，一切都好办。

我的腿和他的腿在半空中相遇了，我感觉我像是碰到了一块木头。我的拳头打在他的身上了，但是，拳头仿佛是陷到了海绵里。我觉得他的身体，在肚子部位似乎还有某种吸力，竟然使我的拳头发挥不出来威力。

我有些慌乱，难道我刚刚上升到了中级拳手的位置，就要栽到这个家伙的手里？而且，这个家伙的腿法确实非常厉害，上下左右，我的眼前都是他的腿的影子，忽然，我的胸口正中，就中了他一腿，我一下子觉得肺都要炸了。

这个时候，我向后倒了下去。

观看的人群，那些下注的人群，立即开始沸腾了。“杀死他！杀死他！”他们吼叫着。他们要见血！这些该死的看客，我咳嗽了一下，喷出来一些鲜血，我的肺部受伤了。而我的眼前，都是“霹雳腿”的腿影在摇动。

一瞬间我都有些绝望了，因为，我看到了黄连、小榔头和夏侯杰的命运，那些看客和赌客们都在狂乱地呼喊，他们是这样疯狂地要占上风的人取弱者的性命，大鱼一定要吃掉小鱼，这是一个永恒的规律。我是一条小鱼，但是我不想被吃掉。

而这个时候，我忽然看见梁师傅示意我要镇定，我在很短的时间里，躲闪了他几次致命的狠腿，但是，我的拈花功和龙爪功没有白练，我以迅雷不及掩耳的动作，在眼前捕捉到了他的腿的影子，在他的小腿迎面骨上奋力一捻——

我听到了“咔嚓”一声响,对手忽然惨叫了一声,倒在了我的面前。要知道，人的小腿迎面骨是非常脆弱的，我就是在这样的时刻，攻击他最为薄弱的地方，我获得了最终的胜利，赢得了性命。

他的两条小腿的迎面骨都被我弄坏了，需要休养很长时间。而我的肺部受了震荡，也在医院养了半个月。

我赢了。

四　来信

1

我休养了半个月之后，肺部所受到的震动伤害基本上痊愈了。又过了一个月，赢了不少场次的比赛之后，我收到了吴双玫瑰的一封信，这封信使我又得了心病。

就像我所想象的那样，吴双玫瑰在深圳果然做了小姐，她被一个卖淫团伙控制了。我怎么可能不心急如焚呢？

憨柱子：

从小荔那里得到了你在澳门的消息，我知道了咱们相隔并不遥远，心里总算是有些安慰。

你打伤了社区里的那个胖子跑了之后，警察讯问了我好几天，发现我并不知道你的事情和行踪，才放了我。可是社区美容店的老板阿汤，就把我给解雇了。

我没有更好的办法，就听一个在歌厅混的女老乡的劝告，和她一起来到了深圳，在一家美容美发城里面干。在美容美发城干很辛苦，每天要给无数人洗头洗脚，我的手都皴了，很难看了。

你知道我喜欢跳舞，后来，我看到有个俱乐部招聘舞蹈演员，我就去应聘了。我被招录了。结果，这个俱乐部的老板是个坏人，他招来的女服务员都是要跳脱衣舞的，而且，客人要做什么就必须要做什么。我不愿意，要离开，他就强行叫人给我“开了苞”，然后逼着我接客。

现在我在这里已经半年了。在这个俱乐部，我们分为坐台和出台，又叫平台或者高台。所谓坐台或者平台，就是陪客人喝酒、聊天、唱歌，一般是一小时小费 100 元左右。碰到大方的客人，给小费在每小时 200 到 500 元，妈咪抽头百分之三十，高台或者出台，就是陪客人睡觉了。这个价钱，在这个俱乐部比较高，价钱是从 800 到 2000 元不等，要是处女，第一次给得还要多，一般是 5000 块。有时妈咪还要在中间抽三分之一。

柱子，我现在有些放任自流了。也不知道能不能再见到你。现在，我的身上伤痕累累。我告诉你，我的左胳膊上有个刀伤，还有其他的伤口。当客人用刀片在我胳膊上划过，用烟头在我身上留下永远的烙印，你会怎么想？你会不会帮我报仇？不过，人家给我钱了，一条伤痕 200 元钱，我认了。他们的心理很平衡，我却永远很屈辱。

你一定很吃惊吧？像这样的事情，在我接客的过程中，经常会发生。我经常碰到一些心理变态的人，或者有虐待心理的客人，对我拳打脚踢，或者又掐又拧，直到看见我遍体鳞伤才心满意足。我们一些姐妹都受过这样的折磨。唯一能够心理平衡的是，他们给钱，这就是让我觉得能够忍受的原因。

比如昨天晚上，我接了一个汕头的暴发户，他就提出来，在我的胸口和乳房上烫烟头，一个烟头500元，我表面上装作不在乎的样子，就让他烫了。他后来很满足。看着那暗红的两个烟头，到现在，连我自己也很难过，有时候控制不住，就在我的胳膊上用刀片割，来惩罚堕落消沉的我自己。

这个时候，我多么想你，想你能够帮我逃离这里。这是我画的俱乐部的地图，在哪条大街你是可以找到的。我等你来救我。

又及：我被看得很严。昨天，我接了一个看上去像是个官员的客人，人很和善，我央求他，帮助我发这封信给你，我不知道你能不能收到这封信。

吴双玫瑰

看完了这封信，我还有什么话可以说的？我首先把这个事情告诉给了梁师傅。而梁师傅正在和从河内来的一个黑拳手的经纪人，在商量一场很重要的比赛。

梁师傅听我说完了，就点了点头："这个事情，咱们尽力想办法。不过，柱子，现在，她已经是一个小姐了，你还会喜欢她吗？这个，你要想明白。"

我沉吟了一下，说："我还喜欢她。"

梁师傅说："那好，我让白师傅先想办法，你现在需要去河内打一场拳赛。你的对手是出场费200万港币的高手，这场比赛很艰难，你一定要赢，赢了这场比赛，你就有可能回深圳，去找你的这个女朋友。"

我说："好，我打。"

我不得不迎战，因为我还有什么选择？过去，我读过一本书，书上说什么是人？人就是可以选择的动物，可是，我现在一步步的，根本就没有办法选择。

都是别人在选择我。我是无法选择的小鱼，即使我打败了无数个对手，可是，在那些我看不见的地方，总是有更大的鱼，在等着吃我。

2

我们到达了河内，也是在一家赌场。河内乱糟糟的，像很多国内南方的小城市。这个城市还有一种燥热的气息，让我特别的难受。而且，空气中总是有一种水果腐烂的气味，让我倒胃口。

我的对手是一个华人，他的绰号是“追魂手”。据说，他出手特别快，你打出去一拳，他已经打过来五拳了。一些美国职业拳击赛的拳击手和他比过出拳的速度，据说都赶不上他。

梁师傅告诉我，我的对手 29 岁，身高 1.82 米，体重 88 公斤，比我魁梧。他的资料上显示，他深蹲 460 公斤，握推 195 公斤，他的战绩是 133 胜 0 负，66 次击毙对手。

所有的数据，都显示我处于下风。至少，我没有打死过几个对手，而这个家伙，已经打死 66 个对手了。看见了这样的纪录，不知道你会不会胆寒。

“你要是赢了他，你就成了最高级别的拳手了，你的出场费，就和他一样多了。你现在感觉怎么样？”

我说：“我？我感觉不好。你闻闻这个城市的味道，真臭。”

梁师傅笑了：“你还好，还能闻见臭味，我就根本闻不见呢。好好打吧。明天晚上，看你的了。”

我点点头。现在，我也已经是一个体重 85 公斤的壮汉了。在迎战的前一天晚上，我拿着一张吴双玫瑰的照片，亲了好长时间。

然后，我写好了遗书。

和高手进行挑战比赛，或者高手之间比赛，按照规矩，比赛双方的拳手，都是要先写好遗书的。因为观看比赛的人都是有钱人，那些真正的大鱼，他们可不是光来看看热闹，也不光是来看我们流点血的，他们是要看人死在眼前的。只有这样，他们才获得了真正的刺激和利益。在这样的比赛当中，一般有百分之五十的人会当场丧命。

我一边写，一边想念我的吴双玫瑰，我想，那些在她身上拿烟头烫的人的心理，和这些花钱看别人丧命的大鱼的心理，是没有多少区别的。

我站在台子上，觉得心里很紧张，越南人的尺寸什么都小，连拳击台也这么小，小了整整一号。而我的对手，“追魂手”高大林，比我高半个头，他正在冷静地盯着我看。在他的手下,已经被击毙了 66 个对手。66 条人命啊。不过，看不出来这些人是怎么成了他的拳下之鬼。

我和他开始小心翼翼地接近，我们的步伐都非常灵活快速。

有时候，我们像是为了一种默契，也是为了给下注的观众一点娱乐化的刺激，半真半假地在空中对脚。

这个对脚，主要是给别人看的，就是为了发出噼啪的声音。观众果然情绪高涨了。我不知道今天我的赔率是多少，但是，我知道，他们一定都是赌“追魂手”赢。往往这个时候，我就特别能够沉住气。

刚才还在轰响的音乐忽然停下来了，这个时候非常安静，安静得有些不真实，因为有那么多双眼睛在看着我们。

我出手了，而他的手确实快，他看见我出手就已经出手了，然后，我的肩膀和胸部被他打着了。

不过，即使练过多年的铁布衫和排打功，他的重手落在了我的身上，我也感到了一丝刺痛。

我的拳头打在他的身上，发出的声音像是铁锤击打在铁树树干上发出的那样，又脆又响。这样的声音是很奇怪的，很可能，他的身上涂了一种防止受伤的油膏，这样的油膏能够保护他。

我们交手的速度很快，5分钟后，完全没有分出来高下。我发现自己中拳多一些，这个家伙，确实是个“追魂手”，简直是在追着我跑。有时候，在几十秒的时间里，我的眼前全部都是他的手的影子，我屏住呼吸认真应对，才没有出意外。

但是，我发现他的体力肯定比我差一些，只要是能够消耗他10分钟以上，他就有破绽给我了。

“追魂手”高大林有些着急了，看来他没有想到我那么能挨，那么灵巧，即使很多次已经中了他的“追魂手”，我也安然无恙。实际上，假如我不能发现他的破绽，我就只有死路一条了。也许，我真的很快成为毙命于他的手下的第67个鬼魂了。但是，我想，哀兵必胜，当我感到了悲哀的时候，机会就自己走向我了。

果然，10分钟之后，“追魂手”的速度就慢下来了。而且，他防护自己的上半身的能力大为衰弱，这个时候，我发现，他明白我在想什么，我在想他的上盘防护不够，于是，他立即开始用密不透风的腿法攻击我。

这是少林连环腿加上韩国跆拳道的混合腿法，非常具有杀伤力。我几次中腿，情况忽然向坏的方向发展了。

难道我真的要命丧河内了吗？在这个充满了女人潮湿的胳肢窝气息，以及腐烂的热带水果气息的城市，我就要像一条老狗那样，被大家和师傅遗弃吗？这样的命运，是我根本就无法想象的。

“以其人之道，还治其人之身！”忽然，我听到了梁师傅的喊声。他看出来我在下风了，他这是要告诉我，我也必须要出腿了。

那么好吧，我也出腿，我突然精神抖擞了，我在他出腿的同时出腿，我们都是同样的高侧踢。

这个时候，别人看我们就像是两个不规矩的弹簧一样，同时出腿侧踢，第一下，第二下，第三下，对了，就是这一下，我这一腿的高侧踢角度极其刁钻，在他踢向我的同时，我的腿擦着他的腿，踢向了他的脖子。

然后，“追魂手”像一条麻袋那样飞了出去。

我赢了，他死了。

事情有时候就这样简单。

3

我威名大震了，回到澳门，我所在的赌场老板专门给我接风。可是，我的心情总是不好。

我现在击毙了在河内和缅甸打拳五年都没有对手的“追魂手”高大林，成为黑拳拳手中高级拳手之一了，也是目前东南亚最被看好的黑拳手之一了。

可是，我却觉得，这没有什么高兴的。再说，我的吴双玫瑰，还在深圳那个俱乐部里面困着天天接客呢。

在我去河内打拳期间，白师傅专门去了一趟深圳，找到了吴双玫瑰所在的俱乐部的老板。对方不放人。最后，白师傅不得不亮出来底牌，人家也亮出来了底牌。双方都是有势力的人物和大的帮派，事情有些骑虎难下了。

梁师傅明白我的处境，他又问了我一次：“你真的对那个女孩这么上心？你真的对她当了小姐，毫不在乎，还是愿意和她在一起？”

我说：“是的，师傅，我就是这样想的。”

“你的想法有时候很怪。”

“难道就不能通知警察，把她解救出来？”我焦急地说。

梁师傅说：“可不能那样。开办俱乐部的那些家伙，都是心黑手狠的人，你要是想通过警察来找他们，你找到的，很可能就是吴双玫瑰的尸体了。”

我非常着急：“那，那怎么办？”

梁师傅沉吟了一会儿，说：“那好，我亲自跑一趟，看看他们有什么话说。”

我很感激地看着我的师傅。

五 回家

1

梁师傅去深圳了，三天后，他回来了，告诉我：“柱子，他们同意交人，不过，他们要我组织一场比赛，而且，要你必须赢，这样，他们就放了吴双玫瑰。”

我站了起来：“好啊，没有问题。”

梁师傅还说：“到时候，他们会让吴双玫瑰在场看着你打拳，你赢了，他们立即放人，你就和她会合了。”

我立刻欢天喜地了：“那我一定要赢这场比赛。”

梁师傅还说：“而且，你赢了，这个赌场也可以放你走了，因为大家都压你赢。咱们就可以回国打拳去了。”

我高兴了：“那当然好了，我要回家！”

梁师傅看着我：“可是，你知道，你要和谁交手吗？”

我有些不在乎：“和谁？和谁我都不怕。”

梁师傅有些阴郁的眼睛向下看：“一个泰国职业泰拳手，绰号叫‘灰象’。”

我问：“怎么了，师傅，难道我赢不了他？”

梁师傅说："这个'灰象'还从来没有输过呢。而且，根据我们过去的经验，和职业泰拳手对阵，非死即伤，你要做好准备啊。"

我说："没事，只要他们放了吴双玫瑰，在现场，只要让我看见吴双玫瑰，我就一定赢了这场比赛。"

梁师傅还是有些不放心："我再给你配一些药，你要坚持喝，等到了那天比赛，会给你增加元气。"

师傅对我的担心是很有道理的，因为泰拳手从小练功，只有几岁大的时候，就开始用腿脚踢撞各种硬物，像椰子树干等，头、膝盖和腿脚都是非常坚硬的，几乎可以和最硬的木头媲美。长期的练习，使泰拳手已经丧失了基本的痛感，所以他们比赛起来是凶狠异常，而且，泰拳手的寿命一般都不长，很多人能够活到三四十岁，就已经很不错了。

"所以，你要加紧练习铁砂掌。泰拳手可是铜头铁膝钢腿石头脚，浑身上下就是一个'硬'字，只有肚子相比来说是最柔软的，是最可能攻击的地方。你要是以掌化刀，可以在互相靠近的时候迅速攻击他的腹部，就有可能占上风。"白师傅也对我说。

"明白，师傅，我要以掌化刀。"我说。

白师傅叫我继续练习铁砂掌，我就开始天天用双手掌猛力插那滚烫的铁砂。必须要把手掌练习成能够像刀锋一样迅猛和锐利。

当你凝神定气的时候，把全身的元气都凝聚到手掌上，就有可能把手掌真正变成一把砍刀。

几天之后，梁师傅带着我，从海上坐船，来到了深圳市郊区的一个地方。就是在这个地方，我要进行一场营救我的女人的关键比赛。

深夜，我和师傅坐船从深圳上了岸。这是很久以来，我第一次上岸，重新回到了大陆上的城市，我的心情很好。

这是一种回家的感觉，这种感觉非常的奇妙。而且，想到了要和吴双玫瑰会面，那种兴奋，就更加的令我骚动。

我们在一家旅店里先美美地睡了一觉。

第二天，也不需要我打拳。泰拳手“灰象”还没有到来，我可以喘息一下。但是这一觉，我睡得特别不安稳，总是做噩梦，梦见各种各样的野兽在围着我转。

醒来之后，天已经亮了，我到街上转了转。

深圳是一座令人乏味的城市，无非到处是那些细长的高楼和追求金钱的麻木的人群。这样的高楼景色，现在在全世界任何一个城市都有。我置身于很多人中间，发现街上的人大约只有两种人，一种是职业白领和小老板，另外的一种，就是农村打工仔，这个城市永远都是这两种人。

我厌恶这个城市的另外一个原因，自然是我的吴双玫瑰在这里被毁坏了。我觉得城市有巨大的腐蚀人的酸性液体，当你来到这里的时候，就会不知不觉地被侵蚀，变成了另外一种自私自利的动物。

那些逼迫吴双玫瑰变成小姐的人，原来一定都是善良的人，可是，他们来到了城市，就被城市的酸性液体给从血液里腐蚀了，他们就转过来压迫其他人。

在街上漫步，不知道怎么的，忽然间，我觉得仿佛在海底行走，我身边的所有人等，都变成了大大小小的鱼，大鱼和小鱼，还有各种各样的小虾米，在盲目地来回游动，出于本能在呼吸，在追求基本的生存。可是，大鱼最后总要吃掉小鱼的，小鱼也是要吃虾米的。鱼的影子，在幕墙玻璃上倒映出各种各样的图案，变形的夸张的，甚至是死亡的图案。

但是不管怎样，我来到了这里，我要见到我的女人了，这都使我感到了欣慰。

2

等待泰拳手的到来是一件十分痛苦的事情。这样的感觉，使我的睡眠非常不好。只要是有时间，我就和梁师傅一起，观看这个泰拳手“灰象”的录像资料，观看他的技术动作。

从录像上看，“灰象”十分不起眼，是一个精瘦的家伙，但是，这个家伙天生长着一双长腿大脚，他的腿法十分精湛，可以在空中连续不断地攻击对手达二十腿以上。

我观看的一个片段，就是“灰象”击败东北一个著名黑拳手“风火轮”的录像。一开始，泰拳手“灰象”就显现了巨大的实力，他就像是螳螂一样单腿独立，跳着用另外一条腿挑衅般不断地向“风火轮”发出攻击。刚开始 30 秒的时间里，“风火轮”还可以用风火轮般的防御，抵挡住对手的弹踢，但是后来速度已经不如对方快了，然后忽然，就像是触及了高压电一样，“风火轮”中腿了，弹出去三米多远，倒在地上不动了。整个比赛只持续了 40 秒的时间。

所以，我想，击败这个对手，就是靠近他，然后攻击他的腹部。

“但是，这可是致命的一搏，靠近他，成了你就赢了，不成，你就完了。”梁师傅很明确地告诉我。

我淡然地一笑：“我死了，你就再找个徒弟带吧。”

梁师傅忽然大发雷霆：“胡说，我已经死了四个徒弟了，我不想再死一个徒弟！”他摔门走了。

我忽然哭了，我知道了梁师傅和我的感情已经很深了。

这天晚上，按照那封信上吴双玫瑰给我的图示，我悄悄地来到了那家俱乐部的门口。表面上看，这个俱乐部，像这个城市里所有其他灯红酒绿的俱乐部一样，没有更为特别的地方。但是我进去之后，就发现在里面到处都是监视我的人和摄像头。

我在舞厅和一些包间里寻找我的吴双玫瑰，那里到处都是实际上已经在腐烂的男女们的扭动的躯体，在声光电色中变形。我感到了恐惧和恶心。我没有发现我的吴双玫瑰，我抓住了一个妈咪模样的女人，大声问她，知道吴双玫瑰在哪里？她说不知道我在说什么，这里从来没有这个人。

而且，这个俱乐部最为隐秘的区域，完全是会员制的，我不能再往更里面走了，他们拦住了我，希望我出示贵宾会员卡。

而在那样的区域，可以想象，来的是一些什么样的人，进行的是一些什么样的、可以满足人的各种卑鄙无耻下流欲望的活动。

我一个人是打不开这个俱乐部的铁幕的。我只好离开了那里。

那么，我确实没有其他的选择，我只有按照规则来，打败泰拳手“灰象”，然后，用我赢来的钱，把我们两个都赎出来，从这个俱乐部和那个赌场出来，找一个世外桃源——假如真的有这么个地方的话，我们就在那里安静地过一辈子。

3

决战的时候到了。“灰象”现在就站在我的面前，他甚至比录像上还显得瘦弱，而且眼睛里也没有神采。

这已经是我来到深圳第四天之后的那个晚上。我们两个谁赢，谁就得到150万人民币，而且，我的附带条件是还可以带走我的女人吴双玫瑰。

那些我看不见也永远不会认识的大鱼们，都在等着观看一场嗜血的比赛，他们就像是鲨鱼，必须见到血腥，才能够获得满足，才能够舒服。

我们久久地没有出手，只是在观望对方。

奇怪的是，“灰象”看上去多少有些厌倦，他似乎厌倦了这样的争斗。

我在比赛之前听说，“灰象”是这个俱乐部养的拳手，现在查出来得了一种很快要死的病，他们要抛弃他了，所以，庄家们就想了这个办法，除掉他，而又赢一大笔钱。这是大鱼的法则啊！怪不得,我觉得“灰象”很没有神采呢。

假如我们两个都是困兽，都是古代罗马竞技场上的奴隶，那么，我们再努力，都是没有用的，都是摆脱不了我们的命运的。

我们最终的命运，仍旧是一样的，就是死在拳台上。

我要求必须在比赛之前让我看到我的吴双玫瑰。我刚才看到了，她就坐在观众中间，身边有两个穿黑色衣服的壮汉围着。一束光打了过去，然后我看见了她。

她已经不是过去朴素无华的她，她浓妆艳抹，她已经成了一个欢场女人。她的表情有些木然，她也只知道了我的企图，刚才，她托人带话给我，叫我不要进行这场比赛，叫我远走高飞，不要管她了。

可是，这怎么可能？

现在，我出手了，我的手和他的腿相遇，彼此都很吃惊。

几招过后，我们知道了，我们是棋逢对手，将遇良才，我们是旗鼓相当七上八下，我们是你来我往不分高下，我们是哀兵必胜困兽犹斗，我们是两条一样大小的鱼，一时间，很难吃掉对方。

4分钟之后，我们再次弹开，继续进入对峙。我们都在喘气。刚才的较量，无法分出胜负。

观众们已经疯掉了，他们在疯狂地下注，在吼叫，在喧嚣，在准备嗜血。而这里面肯定只有一个人，是一动不动地看着我的，她就是我的吴双玫瑰。

“灰象”很疲惫，但是他突然继续攻击了，他一个侧踢，然后紧接着，闪电般地靠近了我，膝盖像铁饼一样，砸在了我的右太阳穴上，我听到了太阳穴粉碎的声音。

但是，别慌，我的手掌热了，因为我以掌化刀，手掌像一把菜刀一样，切入了他的腹部。

假如瞬间就是永恒，那么，可以看见我们这两个绝望的困兽胶合在了一起，在拳台上，这一瞬间几乎长过一年。

忽然，我看见我倒了下去，我看见我和他都倒了下去，但是，我脱离了我自己的身体，在比赛场里面飞了起来。

我飘到了吴双玫瑰的跟前，我很轻，因此她根本就无从察觉，我大声地喊她的名字，她也听不见，张大了嘴巴，瞪大了眼睛，继续看着拳台上的另外一个我，可是，现在，我在你的身边呀。

我不在那里，我在这里，我的话你怎么听不见？吴双玫瑰，吴双玫瑰，我在这里，我要吻你，我要吻你。

我吻了一下她的额头。

她仍旧发现不了身边的我。可能我的确太轻了，就是一股烟。我转身，也看见有几个人上了拳台，把“灰象”和我抬下去了。人群在叹息，在吼叫，那么，今天到底谁赢了呢？大鱼们满意吗？我已经不知道了。

这个时候，我觉得自己很轻，越来越轻，像是空气和烟雾一样，要散开了，要飞升了，我离开了吴双玫瑰，我飞起来了，再也看不见任何东西了。

只有我嘴上残存的吴双玫瑰额头上一点点的味道，宛如冰糖一样美好的味道，还在轻轻地缭绕，慢慢地消散。

平面人

星星对着原野上的生树微笑

这当然是在夜晚，我是黑夜的树叶上的虫子，我吃黑夜这树叶。我是Disco Jockey，或者说我叫唱片骑师，你们还把我叫作DJ，这当然是一种简单的叫法。我几乎和夜晚共生，或者说我是一只有翼生物，当夜晚像被浓密的黑云吹动一样染黑城市,我便在城市的峡谷间鼓动双翼低空飞行。下午6点多钟，是我吃每天的第一顿饭的时候，我坐在餐馆里，我吃很辣的川菜或是朝鲜菜，我看着夜晚的幕布渐渐从半空中垂下来，这时候所有在街上行走的人，都如同长上了翅膀，只要他们愿意飞，他们就可以飞，我在吃这种很辣的菜的时候却感觉我是在跳迪斯科，这当然是非常激动人心的事。我做DJ已经一年了，我停止做DJ是在我哥哥死了之后。我叫田畅，我哥哥叫田阳。从某种程度上讲他可能是中国最好的警察，因为他一共击毙了三个中国最凶残的罪犯，他们拔枪速度是非常快的，这使得他能够活到28岁，就成了中国最优秀的刑警。我是在叙说黑夜吗？噢,我当然看见了星星,当“星星对着原野上的生树微笑”时，我就会站在城市的风中，像一棵倾斜的树一样在街道上前行。有时候我要一口气吃掉四个巨无霸汉堡包，我是在黑夜的树上生长的一种虫子，我吃城市上空的黑夜，和在黑夜中抖动的光线，那是我看不见的一种苍茫。

在晚上 8 点之前，我要站在 DJ 台的中央，这时候我仿佛是一支昆虫队伍的首领，在我的面前有几百张唱片，我看着它们，仿佛它们是别样的标本，或者说每一张唱片都是蝴蝶的标本，我翻动它们，我连接它们，我找到一首曲子和另一首曲子之间的“Break”，我就会让这些音乐蝴蝶飞起来，成为盛开在黑夜空间中的一种节奏，一种战栗，一种飞动，让那些在迪厅里的树木般的人群像被伐木工人伐倒一样飘摇。我打算唤醒那些在黑夜城市中麻木的躯体，使他们血液中的航船扬起风帆，并且激越地出发。这时候，你要看到我、你就会看到一个长头发的人，我是自信的，我爱你们，我爱夜晚的降临。夜晚是人体一种细胞的营养液，它会让你在激情中疯长，一不注意你就会变成某种热带植物，在白昼到来的时候覆盖整个喧闹的街区。

9 点钟，仿佛是钟声在黑色的海底被钝钝地传得很远，我就在头顶的屋棚上释放出的一氧化碳的雾气中开始我的工作，我真正投入了我的工作，也许你觉得我干的是一项简单的工作，如同你的母亲翻动烙饼一样容易，可事情并不是这样的，这绝对不像烙饼的翻转那样简单，我要把那些歌一首接一首地放下去，我像一头灵巧的骆驼，一头懂得穿引针线的骆驼，我把针和线，我把唱片和唱片穿起来，我把洛克塞特、枪炮玫瑰、玛丽亚・凯利、红辣椒和老鹰乐队穿起来，我把它们像一条河流一样连起来，让它的浪花猛地打湿你的灵魂。

这就是我的工作，午夜里摇动的树枝，我使用调速器去连接那些歌，让人们一直能够找到鼓点，并且用音乐把他们的情绪引向一片绚烂的灯光之域，去活着，去敞开和重新被黑暗所遮蔽。

在更早的时候，我还是 A 大哲学系的学生。我迷恋海德格尔，我经常抱着《存在与时间》在走动。后来我还喜欢过罗兰·巴特，我曾经在一所中学教过政治，但那与我梦想的生活太远，于是我就去当了DJ，我哥哥说我是平面人，那我就是平面人好了。如果能让音乐变成血液在人体内供氧，我就想当这样的一个供氧师，我当了，而且很喜欢。我热爱我的工作，它与我的生活如此紧密相联，或者说我的工作就是我的生活，我25岁了，我喜欢这完美的音乐，我在夜晚的舞厅里，我戴着耳机，我和其他的人一起起舞，女人、烟雾、星星、鸟和星座都在我的周围闪耀，这是美妙的时辰，是和众多的人进行音乐汇合的时辰，你可以用皮鞭去抽打时间的金枝，那子夜的夜莺之歌与晨雨，都在狂暴的雷声中和灵魂一起降临。

当然，这也许有点儿太虚幻，比如现在我就坐在DJ台的中央，我在让一首歌连动一首歌，把那些阴暗处坐着的男女们充电然后放电。你了解迪厅吗？我的一位朋友过去喜欢来这里，但后来他认为迪厅里到处是在进行音乐吸毒的人，他们在狂暴的节奏中让自己变成比当代灵魂还破碎的东西，成为这个时代人已垃圾化的主角。比如现在我已不再去读那些哲学书了，我已变成了一个平面人，我听不懂他说的话。

我当然仍旧要提到我的哥哥，我的哥哥从上个星期突然陷入了一种可怕的忧郁，那是在他瞎了一只眼之后的第三个月，在一个夜晚他却告诉母亲说他要自杀。他已经成家，但他有时候要回到家里来看看母亲和我，我是在隔壁的房间里听到的，我忽然听到了我哥哥的啜泣声，那如同婴儿的哭声让我吃惊。我听出来是我哥哥，我没想到在他坚强的外表之下也有一颗容易破碎的心。在两个多月以前，在一天夜里，在公主坟新落成的立交桥边上，我的哥哥突然发现了他追捕多年的一个逃犯。“两个人的眼睛在一刹那之间都亮了一下，然后我们都拔出了手枪，我击中了他的胳膊，但他击中了我的左眼。”我哥哥对我说，他在失去一只眼之后仍旧显得异常沉静。“这可能是我的第一次失手。我追捕了他五年，没想到他又在北京出现了，在这之前他已经杀过两个人，其中一个还是 19 岁的暗娼，那个暗娼很漂亮，但她死在他手里很惨，他把一个灯泡塞进了她的子宫，可那个灯泡却碎了。那个 19 岁的女孩一定是在一种十分痛苦的情况下死的，被他杀死的。这个人叫万鸥。他杀死了这两个人后却又逃向了南方，已被通缉多年。可那天晚上我们相遇，都吃了一惊，可能是因为有桥的阴影的阻挡，我没能将他击毙。但我一定会找到他的，我会的。”我哥哥说。

“那么找到他，能不能从他的两腿之间往上打上一枪。”我问我哥哥，“让子弹像一颗种子一样在他的身体里旅行，然后在他的头发上开出一朵花来？”

“你可够残忍的。”我哥哥沉默了一会儿，用他的独眼望着我，拍了一下我的肩膀说。但那天晚上他却想要自杀，中国最优秀的刑警要自杀？我仔细地谛听。原来我的哥哥在下午穿便衣去某个公共场所执行任务的时候，与一个搂着小蜜的大款撞了一下，那个大款立即叫骂着 :“看着点儿道，独眼龙！”这句话深深地刺伤了我哥哥。独眼龙？！当时我哥哥突然有一种拔枪的冲动，他当时想不是在别人的脑袋上开上一枪就在自己的头上打一枪，他的手在抖，他想不明白的是自己多少次忘却生死去与凶犯搏杀，保护的就是这种称他作“独眼龙”的人，那天他忽然感到了一种深深的绝望，他觉得一切都没意思，他想自杀，因为那是一种深渊一样的孤寂和冷漠，抓住了他的心。我在听着，听着他和我母亲诉说，他最信任她，那是一个漫长的夜晚，第二天早晨我看到他从他的房间出来，他的脸上已重新有了那种坚毅的表情，我正在刷牙，他掐了掐我的脖子 :“田畅，我要是抓住那个叫万鸥的家伙，一定从他的两腿之间往上打一枪，像你说的那样！”

我找到了一首歌与另一首歌之间的 Break，我把它们连起来，迪厅里的大屏幕的彩电和几台小屏幕彩电上的人影在飘摇，金属的鸟在嘶叫，我是音乐骑师，我是领唱，我唱“one、two、three、four”，然后迪厅里所有的人都一起颤动躯体，成为黎明前的山洞里的舞蹈着的人群。这是一个有着两层楼的若干包房构成的舞厅。在大厅里，仿佛是一个圆形的古罗马角斗场，我就在场子的中央，我和另一个调音师，当然他是副手，一起工作。我情绪饱满，我还要调整好表情，我们还有几个领舞员。她们会在整个场面的情绪低落下去的时候走上圆形围墩，为所有的人领舞，她们是黑色的蛇妖，像充满诱惑力的蛇一样让体内伸展出韵律与节奏，她们都穿黑色的紧身裙。总之我的每一天都是这样，我到午夜 2 点停下来，我乘坐出租车回到家里，我所经过的城市街道如同被飓风扫荡过一样空空荡荡，那些路灯闪着空寂的光，因此我说我喜欢这样空寂的街道与沉入睡眠的城市。

但是有一天，我看到了一个姑娘。那当然是在今年夏天，5 月的夜晚已如火一样炽热，晚上 11 点钟，我已将音乐推向了高潮，这时忽然有一个穿一条火红色紧身裙的女孩跳上了领舞台，她的身材非常棒，她像一团柔美的火焰，火红火红的火焰在跳动，与穿黑色裙子的领舞员相映成趣。但她跳得更疯狂，更柔软，更有弹性。她长得像是一个小雪人，她的表情很冷淡，她的身体像一团活火可她的脸部仍旧一片沉静，她跳得好极了，她一上台，立即使整个舞厅里的气氛显得更为热烈，使舞厅里所有的人都陷入了一种狂迷。而她离我是那样近，她就在我的头顶，我身边的围墩之上起舞，我仰脸看着她，有点儿发呆，我觉得她很美丽，尽管她有点儿冷，可我却感到了心脏在猛烈的捶击，这对我是第一次，我有点儿发傻。我的样子一定很蠢，这时她忽然看了我一眼，我看见她对我笑了一下，这使得我觉得这一刻舞厅里一下子凝固了，如同突然封冻的海洋，每一个人都是色彩斑斓的热带鱼，或者说是我们都在果冻中行走，那是迟滞的，忧郁而又激越的。这是她在刹那之间带给我的感觉。她大约跳了 15 分钟，额头上也沁出了一些晶亮的汗珠，然后她跳下了台，她朝黑暗的边缘走去，她陷入了一片暗色，她又坐上了一个高脚椅，在她的旁边，另一个座位上，坐着一个穿黑色西装、白衬衣并扎领带的男人，她灵巧地坐下来，开始啜饮一杯饮料。我猜想那一定是一种叫作“龙舌兰日出”的东西，那是火红的液体，如同日出的太阳一样的圆形的冰块在酒中荡漾。她一定在喝这种东西，因为那与她的风格相媲美。她在和那个很壮的男人说话，她在逗他，她的眼睛也斜着看着他，可那个男人不苟言笑，或者说他只是勉强地笑了一下。他是她的什么人？我有些迷茫。我在找一首歌和另一首歌之间的“Break”，我用目光搜寻着她，她再也没有上台领舞了，她只是坐在那儿喝东西，和那个不太说话的男人聊天。有一会儿她从座位上消失了，我从二层的围栏边看见了她，原来她是想从高处向下看，看一看在大厅中间跳动着的人们。也许在她的眼睛里，所有跳动的男女们都是电动玩具，你给他们上足了音乐的发条，他们开始有节奏地弹动，充满激情，旁若无人而又不能自已。我想也许她看着这一切会感到好笑，在夜晚人是多么脆弱而又有趣的生物，年轻的人们汇聚到迪厅，仿佛这里是一个祭坛，正在向城市之夜的黑暗之神献祭。那么我就是祭师了？一过午夜 1 点钟，人们在渐渐离去，大厅里的人在减少，突然，我发现她也离去了。她的消失是我所没能察觉的。我有些失落，仿佛一团火从我的眼前飘走了，火的离去使舞厅里变得黑暗和寒冷。午夜 2 点，所有的人都已离去，我关掉机器，舞厅里只剩下了我一个人，我只开着几盏小灯，我坐下来谛听城市的睡眠，我还可以听见机器的喘息声，虽然我关掉了它，可它也累了，因为我也累了。一些浮尘一样的音符在我的大脑中残留并跳跃。我有些失落，因为人们都已离去。我想起了她，她还会来的？我决定回家去，我锁好了所有的唱片，我把在脑袋里浮动的音符挤出去，我离开了迪厅，我朝一辆亮着红灯的出租车招了一下手，我喜欢这一刻的城市，这是一座沉入睡眠的空城，而一个城市祭师却醒着，眼前跳跃着一团火红的火苗，一团人影的火苗。

夜中之人，由蜗牛的荧光行迹导引他们跟踪那辆宝马 730 型轿车已经有一个小时了，那辆宝马车的车主似乎有些心神不定，在约莫一小时的时间里从亚运村旁边的皇宫娱乐城到了小关的梦苑舞厅，但车主一直没有下来，又去了西直门外展览馆边上的一个桑拿按摩场所。他们就坐在一辆深蓝色的桑塔纳里，守在路口一直等着。一个多小时以后，这辆宝马再一次地驶了出来，他们又紧紧地跟上了，汽车沿着西二环迅速向南开去，在过复兴门桥时他们发现宝马车迟疑了一下，因为它好像想上桥向西，但稍微放慢了一点速度又继续向前。在天宁寺立交桥上它突然加快了速度，开始在三条车道间来回穿梭。跟在这辆车后面的桑塔纳轿车紧紧跟上，却显得有些力不从心。桑塔纳轿车中一共有三个人，他们都穿暗色的衣服。夜晚的幕布盖下来，但在高速路上，一辆辆汽车的尾灯闪烁，构成了一条奇丽而又变幻无定的灯光之河。

在菜户营立交桥上发生了起交通事故，使得高速路上积起了一条堵车的长龙。

“妈的，它在我们前面，隔了有三辆车。它要是溜了怎么办？”桑塔纳车中有人在问。

“跑不了，我盯过的东西从来都跑不了。你说我喜欢的东西什么曾经跑掉过？没有吧，狗杂种？”这是一个说话粗声的，他叫万鸥。他留短头发，两眼放着散漫的光。一辆抢险车把一辆被撞坏的夏利车逆行拖了过来，车流继续前行了。这一次他们盯得很紧，根本就没有叫宝马车距离他们二十米之外远，他们继续由南二环向前走，南二环的汽车流量骤然减少了，双向的六条车道里的汽车如同奔驰的流星，在暗夜里互相会面。宝马飞一样向方庄小区而去。这时已是午夜 12 点半，他们在其后紧紧跟随，宝马留在了方城园小区一幢并不算很高的公寓楼前。紧紧跟着的桑塔纳停在一辆切诺基后面，悄悄熄了火，车中的他们快速地下了车，向那辆宝马走去。当宝马车主人从车上刚探出身，他们已扑了上去摁住了他，把他堵回了车内。

“你最好别叫，听我说，我是个逃犯，我盯你好久了，你要叫我就干掉你！我再说一遍，我们要跟你到家取点儿钱花。快，带我们上楼！”宝马车主看着顶着他喉咙的一把手枪，额头早已冒出了汗。这是一个年近四十岁的经理模样的人。“别紧张，伙计，”万鸥掏出了手绢，替他擦了擦汗，然后又把手绢塞进了他的嘴里，“你要叫我就干掉你，真的干掉你。走吧，上楼去！”

他们押着他上楼，他们的手上在黑暗中寒光一闪，那是瑞士军刀的寒光。他们押着他从人行楼梯向上走，而没有走电梯。到了五楼，他们走进了楼道，车主迟疑了一下，敲了敲门，门开了，一个女人穿着欧迪芬牌子的内衣惊讶地看着他们，她刚要尖叫，但匪徒们已冲了进去，把她按住了，刀架在了她的脖子上，台灯打开了，由于窗帘都拉着，万鸥满意地扫视了一下屋子，看见了屋角的一个小型保险柜。“你还真的挺有钱的。把钥匙交出来，快一点儿。我叫万鸥，你听好了，明天你尽可以去报案，我们拿了钱就走。”万鸥把车主嘴里的手绢掏了出来。车主因惊恐而脸色通红，他被迅速地反手绑在椅子上了。“钥匙，钥匙在口袋里。”他有气无力地说，“别，别杀我们。”这就是有钱人的德行，万鸥想，他多少有些蔑视这些有钱人，一旦到生命威胁他们时就屎尿一起流，与他们平时的贪婪刚好相反，变得连条狗都不如。万鸥看见了屋角的一个小型的保险柜。“那玩意儿你女人会开吗？”他用枪指了一下早已瘫软如泥的女人。这是一个漂亮的三十岁出头的女人，但她早已花容失色了。“会，她会。”他说，这句话令那女人更害怕，万鸥过去把钥匙交给她。“你们可真是珠联璧合，他拿着钥匙，而你专开保险柜，快点儿，去打开保险柜。”万鸥说。女人接过了钥匙，她在轻声哭。另一个男人用刀顶着她的肋骨，他们向保险柜走去。第三个男人则已开始在屋子里翻动了，屋主人已经完全吓傻了。当保险柜打开的时候，万鸥的眼睛亮了一下，保险柜中有各种有价证券，还有厚厚的几沓美元和人民币。“嘿，好极了。”万鸥把钱拿起来，“这可全是黑钱吧？我知道你开的那家海鲜酒楼，专门为几个贪官污吏洗黑钱的。我盯了你有半个月，你知道吗？你这些钱没有几个是干净的，可我知道你为之舔屁股的那个大官儿要完蛋了。我这叫黑吃黑。喂，”万鸥转过身对女人说，“你是他老婆，可你知道他天天在外面花天酒地吗？你知道他在亚运村为一个南方臭女人长期包房吗？你知道他在银行还瞒着你存了多少钱吗？你知道他一晚上在卡拉 OK 包房就花掉多少钱吗？唐宇，你把这钱装在包里，冯大头，你他妈的别乱翻了，我说过钱全在这保险柜里，狗杂种！”万鸥突然对自己的两个手下人吼道。他额上的青筋在暴起，女人小声地哭着。男人已有些虚脱：“只要能给我条命，给我条命就行……”万鸥轻蔑地看着他，他忽然把枪口伸进了男人的嘴巴，男人的眼睛瞪大了。“我会给你条命的。”万鸥和他对视着。好久，男人在他的目光下渐渐变得刚强了起来：“你杀吧！你杀吧！可总会有警察把你抓住的，你杀吧，你杀吧！”

万鸥把枪缩回来：“警察？一个追了我好几年的警察都叫我打瞎了一只眼，警察？呸，他奶奶的，我只是在 1983 年因为喊了一声‘地震啦’，结果有人从楼上跳下来摔死了，有的摔断了胳膊，这些账都算到了我头上，碰上了那一年的‘严打’，把我判了死缓。死缓！你奶奶的，整整七年，叫我在新疆的沙漠里慢慢变成了干尸。可五年前我逃了出来，我发现世道早变了，连小时候是二傻子的人都发财了。所以我恨你们，狗杂种。所以，我现在就整天打听你们，然后我就登门拜访你，你的钱有一半都是脏钱，比我还脏，你这个脏货……”万鸥突然拽过来一个沙发坐垫，把它盖在男人的胸口上的枪上，扣动了扳机，一声闷响过后，男人的口中冒出了几个血泡泡。“打在肺上了，妈的。”万鸥骂道，他又开了一枪，声音依旧有些沉闷，不过像是什么东西从高空掉在了地上似的闷响了一下。男人抽搐了一下，死了。女人目光呆滞，停了片刻她明白发生了什么，她突然发出了一声尖叫，但这尖叫声刚传出来两秒钟，唐宇，一个光脸的男人的瑞士军刀就割破了她的喉咙，使得这声尖叫突然从半空中收住，变成了漏气的皮球的泄气声。唐宇把女人按倒在沙发上,在她的动脉上又割了一刀,由于有漂亮的沙发垫子盖着,血溅出时没有喷到他身上。

两个人都死了,屋子里一时竟出现了死寂一样的沉默。万鸥坐在了沙发上,脸上浮现出了一阵忧郁。冯大头在数着钱,唐宇说:“我们走吧?头儿?我们走吧?”

“这是我们今年干掉的第几个人?”万鸥问。

“第二次,一共三个人,我们一共杀了三个人。”

“很好,我们才开始,就这样干下去。咱们走吧。冯大头,你清楚了没有?听好了,今天晚上你连夜把那辆宝马开到山东烟台去,你去海声大酒楼找老黑,叫他把车处理掉。唐宇你去把那个小骚货接回来,一会儿看不见她我就心烦。她为什么总喜欢到那些迪厅和酒吧里泡着?我猜她一定在夜人酒吧里,你去接吧,我独自打车回去。就这么办,走吧。”

他们迅速收拾好东西,屋子里并不太乱,巨型的龟背竹生机盎然,两具尸体的头都被两个沙发软垫盖着,看上去像是睡着了一样。“等一等,”万鸥忽然看见了唱片,他饶有兴趣地翻出了一张王洛宾的唱片。“在新疆的塔克拉玛干沙漠监狱里,我老听他的歌。我喜欢这个老头,可他前几天却死了。等等,我要听听他的歌再走。”万鸥走过去,把那张CD盘放进唱机,唱机立即就传出了那首歌。万鸥坐下来,仔细听着。这时候屋子里的气氛非常古怪,台灯下显得有些黑暗,冯大头和唐宇两个人站立着,他们一声不吭,而两个死人则更加沉默。万鸥听得有些忧伤,眼角沁出一些泪水。他一定想起了他的逃亡岁月。他觉得自己是如此喜欢王洛宾的歌,只有他的歌能让自己获得灵魂的宁静。听完歌,关掉音响,万鸥站起来:“我们走吧。”

他们一行三人沿着人行梯下了楼,这时时针已指向了午夜一点钟。冯大头钻进了宝马车,唐宇钻进了桑塔纳,万鸥冲他们挥了一下手,他们立即把车开走了。万鸥背着装有钱的钱包，向外边的马路走去。他走在漆黑的夜里，有点儿不太相信这一切。他总觉得这仍旧是他在铁窗中做的一个梦，这些梦都是重叠的，每一个梦中他都获得了自由。但醒来之后发现自己仍旧身陷囹圄。他走在夜晚的大街上,空气潮湿而又美好。他拦住了一辆出租车。“去西边,公主坟。”他对司机说。这一刻他格外喜欢这时的夜晚，夜晚是他体内的每一个细胞都充满活力的时候，他完全是夜中之人，在夜晚他才觉得自己活着，他在想，今天这又是我在铁窗中做的一个关于夜晚的梦吗?

散步的鱼

田畅觉得自己的内心和此时被夜晚所溶解的城市一样一片空茫，在他的眼前总是晃动着一片火苗，他挥之不去。午夜的城市早已是一座死城，连流浪汉也溜进了下水道去睡觉了。在路过东三环夜人酒吧的时候，这家彻夜营业的酒吧门前灯火辉煌，很多跑车、敞篷吉普都停在大门口，田畅叫司机停下来，他打算进去喝上一点儿酒，喝上一点儿烈性的墨西哥酒。他走进去，发现自己仿佛来到了太平洋上的某个岛国，这里的人打扮得多少有些怪，男人扎辫子的、戴耳环的，女人剃光头的、穿中山装的到处都是，这里才是黎明前的山洞，田畅想。不过这里的门票就是 100 元，真他妈的太贵了，是我买一张唱盘的钱。他来到了酒吧，这家舞厅中间空出有一百多平米的空间，是用于跳舞的，而四周高高矮矮地准备了很多石桌椅，这里完全是按山洞的布局来设计的，如同史前时代猿类部族的一次聚会,大家都聚到了一起来。田畅看着各色各样的怪人,多少有些好笑。这里因为靠近使馆区，所以服务的对象大多是外国人，但最近来这里的人已是中国人居多。曾有传闻说这里是一个同性恋酒吧，但田畅环顾四周，也没看见有一对同性坐在一起。但他的视线忽然落在了一个人的身上，这使得他的眼睛里立即闪现出一团火苗。

她正是刚才在他的迪厅里跳舞的那个穿火红色裙子的女孩。她仍旧与男人坐在一起，但这次不同的是她与两个男人坐在一起，在她的右边又多了一个男人，那是一个很瘦的男人，脸又尖又长，如同一柄出鞘的鱼刀，田畅看见这个人就不喜欢他，他一定是个令人讨厌的家伙。但田畅的目光却无法离开她的脸，这张脸是如此生动，使他不能自已。他没有去听乐队的演奏，而是站起来径直朝她走去。他离她越来越近了，她在抽一根烟，在她的眼睛里闪现的却是一种冷漠。

“我要和你跳个舞。”他伸出了一只手去请她，目光咄咄逼人。

“太好啦，”她一下子变得欢快了。“我们跳什么舞？”她弹掉了手中的烟，扬了一下下巴。

“跳探戈怎么样？或者摇摆舞？扭扭舞？这些我都会。”

她朝两个男人扬了一下下巴，两个男人冷冷地看着她。他拉起她的手，向空无一人的台子中央走去。午夜的舞厅，到处都是沉醉的气息，人们互相在对方的怀抱里寻觅着看不见的温情。一切都已金属化和塑料化了，他想。他揽住了她的腰，她的喉咙里“噫”地哼了一声。“乐队，来一首探戈！”田畅像个真正的王子那样和她跳了起来。他身心澎湃，他跳得很好，他旁若无人，他潇洒至极。在舞厅里很少有人跳这种舞，可他跳得不错，他觉得她和他的配合非常棒，她几乎是在用一种迷醉和狂乱的眼神在看着他，他们如同是金童玉女一样在跳着舞，而她是他心目中的雪人，纯洁的雪人。有一瞬间她仰面弯下腰去，他俯身在她上面：“你叫什么？我在贝斯特迪厅时就想问你叫什么……”他几乎可以看见她眼底湖水荡漾，但这样一双眼却的确空空茫茫。

“我叫邓梅，你是那个DJ，对吧？你盯过我的小肚子，在我领舞的时候，对吧？”她笑了起来，露出一口的小白牙，那白牙如同玉米粒的融汇聚合一样透露着光泽。

“我叫田畅，我觉得你是一团小火苗儿，小梅子？”他冷不丁叫了一声。

“嗯？”她答应了一声，“我们来跳摇摆舞吧。”他们压根儿就没停。又立即接着跳起了摇摆舞。这在八十年代曾经风行一时的舞蹈早已绝迹了一样，突然在他们的舞步中又复活了。一些人从沉湎在恋人的怀抱中苏醒过来，探出头看他们跳舞。“他们在看我们跳，我们来玩个绝的。”田畅诡秘地说。他突然跺起脚来，他和她又跳起了真正的扭扭舞。“你是个空心的雪人，”他对她说，“而我是个平面人。”

“什么叫平面人？”她皱起眉头，如同嘴里含了一个毛毛虫一样地问他。“平面人？”她大声问他。

“嘿，就是跳探戈舞和扭扭舞的人，就是我。”田畅说。整个山洞一样的舞厅气氛与灯光异常昏暗，这里的一切似乎是早已回到了某个感伤的时代，甚至是美洲二十世纪三十年代的狂欢时期，而根本不是九十年代，或者时间以一种重叠的方式让时间来了一次倒流。他们跳得很开心，他们不理会周围的任何一个人，一直到忽然一声巨响，激烈的迪斯科音乐响了，一些人弹跳起来，立即加入到了这舞蹈的队伍，他们像一群奇异的动物一样向田畅和邓梅围拢过来，身体在流过一阵电流，这时她和他都站在舞台的中央，就好像他们是即将被送上祭台的祭品。

“我们逃走吧！”她大声地对田畅说。

“可我们逃到哪儿？”他问。

“逃出去！我讨厌跟着我的那两个家伙！”

“他们是什么人？”

“是我大哥的朋友，来看护我的。”

“是你的保镖？”

“不，不是，咱们走吧。嘿，别让他们找到我们。”她和他拉着手，猛地从那些狂跳着的野兽般的人群中间溜了出去，他们成了从网中逃脱的鱼。转瞬之间，他们就来到了大街上，他们看见了四周冷漠的高楼大厦，高速路上的飞速行驶而过的汽车发生了轰响，一切又回到了当代，回到了 1996 年，这使他们松了口气。

“我们散一会儿步吧，”她说，“我们是两条散步的鱼。”“我们是两条鱼？”田畅问她，“我觉得我们是黑夜的树叶上的虫子。我们不是鱼。”

“你喜欢这座城市吗？”她问他，他看见城市的天空幽暗无比，一阵号角从遥远的城市东北响起，那里有一座兵营，也许是夜晚的紧急集合。马车快速地在大街上飞奔，它仍只有在深夜才被允许穿越城市。黑夜里的城市如同一座灯光黯淡的垃圾场，所有的楼厦都处于一种静默之中，如同它们是人们玩腻后丢掉的巨型积木。夜空之中是一种粉尘和硬塑料燃烧后混合的气味，城市仍旧在震颤，仍旧在喘息。它如同一头巨兽，已真正地沉入了睡眠。

“我喜欢，而又讨厌，我想拥抱它，而又想立即离弃，我就是在这样一种矛盾的心情拉扯下生活在这里的。我觉得我的空间已被越来越多的东西给占满了，被各种新开业的商场、购物中心、大饭店和出租汽车的尾气给充满了。我生活在一个充满了塑料花和干花儿的世界，我想逃离它，可我不知道逃向哪里，于是我只好做了一个 DJ，一个调音师，我渴望在狂放的音乐中让自己与音符一起破碎与再次聚合。”

“我们逃走吧！我们一起，我和你。”邓梅的眼睛忽然地亮了起来，“我们躲开你说的这些。我们逃走，我们乘坐出租车、双层巴士、地铁、旅游列车和汽艇逃走吧，离开你所说的粉尘与塑料花儿。我想找个安静的地方去。”她甜蜜地想了一会儿，但她旋即又忧郁了，她环顾四周，四周是一个黑暗的变形金刚一样的世界，那些高楼大厦都如同俯首凝视着他们的巨型机器人，只是它们一动不动。这是令人恐怖的时刻。“归根结底，我们也许逃不走。一旦我们离开这里，我们又会很快再回到这里，因为这里是舞台，是梦想的营养液与培养基，我们还要依靠它而呼吸。让我们跑一阵儿吧。”

他们都多少有些忧郁，但他们沿着宽阔的马路跑了起来，灯光把他们的影子拉长，又从中间斩断，然后再度拉长，他们跑过了一条又一条大街，他们像两个水中的鱼一样在城市中流动。他们找了一幢楼的暗影处，拥抱了。田畅紧紧地搂着邓梅，即使天有点儿热，可他觉得她仍旧有点儿发冷，她瘦弱的肩膀在抖个不停，他捧起她的脸吻了起来，他觉得他喜欢她、爱她，他感到自己内心之中火苗蹿升。他们像恋人那样拥抱和亲吻，城市夜空中一只鸟也没有，城市之中已没有夜鸟飞翔。他们像城市午夜河流中的树桩一样在守候着黎明，他们喁喁私语，像交颈而立的公马和母马。他得知了她是从四川来的，她现在在首都师范大学进修英文，她在为去美国而做准备。“那两个男人，那两个今天跟着你的男人，他们是些什么人？”当田畅从她的热烈如同沼泽的嘴唇上挪开嘴唇时问她。邓梅的眼睛掠过一层忧郁：

“他们是我大哥的小兄弟，他们天天都守着我。”

“你大哥？你在这座城市中有个亲哥哥？”他问她。

“不，不是的，我有一个亲哥哥，但在我 10 岁他 19 岁时离家消失了。谁也不知去了哪里，但有一天我在东单的一个过街天桥上，突然看见了一个男人，我怔了一下，我的脑海里响起了一个声音，它说：快喊住那个人！他是你的哥哥！于是我立即对他喊道：哥，哥……那个人怔住了，他大约有 30 岁了，他的模样与我小时候的记忆，关于我那个走失的哥哥几乎一模一样。他愣愣地看了我一会儿，我突然流出了眼泪，他笑了一下，你是我的妹妹？你真是我妹妹？他一边说着一边朝着我走过来。我们就这样认识了。他现在是一家建筑工地的工头儿，只是我从来没去过他的工地。他对我非常好，非常非常好，像一个哥哥对亲妹妹那样。现在他几乎要天天看见我才行，他派了人天天陪着我，就是你曾在舞厅里见过的那两个人。”

“既然是你的哥哥，他为什么非要天天看见你？”

她有些黯然：“其实在这座城市我们每个人都很孤独，我们都渴望有亲人在一起，对吧？我白天上课，晚上我就喜欢在酒吧里待着，我一个又一个酒吧和舞厅地逛，直到最近我忽然对这座城市产生了一种怨恨，因为它太冷漠了，它根本就不喜欢我。”

“你怎么知道它就不喜欢你呢？”他问她，“城市是真正让我们表演的场合，这里充满了机会，一不留神，你就抓住了一个，变成了你想成为的那种人。”

“可我仍想离开这里。每一天在城市之中生活，我的大脑都被各种信息所填满，它们的一切都叫我既想厌弃而又热爱。我和你一样，我要逃走。你说我们逃到哪里去呢？”她说完，他们一同注视着近处的午夜城市风景，一架挂着闪亮的某个花园小区的广告的自动飞艇在他们的上空缓缓飞过。“逃走，”他喃喃自语，“逃走……我们也许可以沿着马路逃走，因为我对我的生活也感到厌弃了，我想挣脱音乐吸毒的状态。我想让心灵中恢复宁静。我最向往的是那样一种宁静，这宁静由天空中静静地飘浮着的白云和羊群构成，这宁静当然还包括可以看得见夕阳静静下沉的房间，以及一个宁静的湖泊，而我们，就是坐在湖边默想的人。”

“太棒了，”她兴奋地看着他，“这与我所想象的一模一样，一模一样……”他们拥在一起。忽然，一辆轿车嘎地冲了过来，并且打亮了明亮的车前灯，在离他们藏身五米远的地方停了下来，灯光过于刺眼，他们紧紧搂在一起，但有几个男人已冲了过来，有一个用木棍狠狠地在田畅的头上打了一棍子，一下子就把他打昏了，田畅一阵头晕，他倒了下去。

“快搜！这个狗杂种，迷上我们的小狐狸精了。何铃，好样的，你当鱼饵最棒了。”一个男人在黑影中说。那个刚才叫邓梅但现在叫何铃的女孩飘到了这个男人的边上，但她又想起了什么，转身对正在用棍子击打田畅的一个家伙说：“别把他打坏了，搜了钱就走，别太狠了。”

“你喜欢上他了？”她边上的人问她。她看了他一眼：“怎么会呢？不过这人不坏。他讨厌这座城市，和你一样。”他们朝汽车走去，另外两个人搜遍了田畅的口袋，把他扔在了街角，就钻了汽车，他们的车立即掉头，离开了那里。“妈的，他的口袋中只装了四百块钱，何铃你怎么只钩上了这一条小狗鱼？”一个人在嚷嚷。

“你他妈的小声点儿行吗？”何铃突然生起气来，“我喜欢他，唐宇，我喜欢和他一起跳探戈和扭扭舞，你会吗？你们谁会？傻×！”她骂道，她好像真的生气了。她其实不愿意看到田畅被打，她只是和他跳舞跳得如此和谐才决定和他一起逃走。她已厌烦了给万鸥当诱饵，虽然这是生活之中唯一可以叫她感到刺激的事情，但她猛然被田畅看见她所迸发出的激情所袭染。她有点儿心疼他，她希望他能爬起来，早点儿回家。“下次我一定选一个又胖又蠢的有钱的男人，叫你们下手干得称心如意。”她冷笑着在汽车中对唐宇说。他们的汽车消失在东三环那空寂的高速路上，一个红色的小点儿迅速地融入了城市即将展开的黎明与黑暗所融合的部分，那黏稠的如同冰果冻一样的部分。

逃命之梯

黎明的时候田畅从街角醒来，他的后脑肿了一个大包，他摇晃着脑袋，用手摸着那里，发现头上凝结了一块血痂。在他的大脑仍旧跳动着一些残存的音符，那全是昨天晚上的讯息。他想不起来昨天晚上发生了什么，那个叫邓梅的女孩早已不知去向，或者这一切不过是城市之中的一个梦境？他苦笑着摇摇头，一直沿着大街朝前走。城市的早晨弥漫着一种特有的粉尘，这种粉尘是一种细小的颗粒，它仍全部都由人的活动所带动而起。城市醒来了，在东升的旭日的照射下，宛如巨型积木的城市在轻微的震颤着，如同机器轰鸣前的准备与间奏，人们已经开始了新一天的劳作与出征。远远望去，在三环路上又聚集起了缓缓奔涌的车流，由于车太多，三条车道上的车速都非常缓慢。在自行车道上，黑压压的人流已经在欢快地流淌。城市，再一次恢复了它那河流和永动器的面貌，仿佛是上帝的手轻轻一拨，世界咣的一声，又重新动了起来，永无休止而又千篇一律。

但是白昼并不属于我，田畅想，在白昼中我是一株萎缩的植物，我要回到房间里去。有人击打了我，因为我喜欢上了火苗一样的一个姑娘。他依稀回忆起了昨天晚上的一些细节，暴力的阴影从他的眉目间掠过。我反对暴力！他想，但我哥哥是对的，他用以暴抗暴的方法来回答这个问题，但是我不行，我必须沉浸到杂乱而又有序的音乐中，那种现代音乐的狂迷当中去获得解脱。

田畅走在城市早晨的空气中粗重地呼吸着，他是好多天来第一次在早晨与城市相遇。他觉得他越来越不喜欢城市。城市之中门和深渊无处不在，卡车的声音像醒过来的呜咽声，这是一个强暴真纯的水泥世界，它划分了每一个人的私密空间，让他们在这一个个狭小的空间中变成孤独的生物。每当他凝视那夜晚中的楼群，城市楼厦的每一间屋子都如同摇床与囚牢，在其中固定人的程序。田畅招手叫住了一辆出租车向家而去，在车上出租车司机在抱怨着越来越堵塞的交通状况，但田畅却几欲昏昏欲睡。一进家门，正好赶上他哥哥要出门去。

“你的头怎么了？你昨天晚上为什么没有回来？”田阳问他，“你是被打了吧，额角还有血迹，让我看看。”他不由分说，要为他检查他头上的伤痕。

“烦不烦，让开，我要睡觉了。我昨天喝多了自己撞的，你就别管了好不好？”他推开了他的哥哥，走进了屋门。

“喂……要不要去医院？”

“不去。”

“晚上有一个小型的摇滚音乐演唱会，你去不去？在夜人酒吧，那是一个新人摇滚乐队，主唱是个把头发理成板寸的女孩，你去不去？”

“不去。”田畅说。他走进自己的屋子把门关上了。他忽然憎恶起一切来，这全是因为城市，他想，我必须离开这座城市。他听见他哥哥走出了家门。

在东方显现出鱼肚白色的当口，冯大头开着那辆抢来的宝马奔驰在去山东的路途中。这是有着双向四车道的高速公路，冯大头非常的快活，这辆汽车脱手后可以拿到30万块钱，因为这是一辆相当不错的宝马车，他知道他把车开到烟台，那里会有一个把这辆偷来的车改造并翻新的一整班人马，他们会给这辆车重新喷漆，给它换上另外一种颜色，他们会把发动机上的号码也改掉，总之这一切会干得天衣无缝，直到它完全像是一辆新车，一辆走私宝马车被那些富起来的小业主、渔民、地方官僚所看中并买走。他知道他们已如此“消化”掉了不少名牌轿车，但他不管这么多。冯大头哼着歌，但他忽然发现前面的高速公路中间黑压压地聚集着很多人，他们一动不动如同夜晚之中的羊群，他把车速迅速地减慢,但仍差一点儿就撞上了他们。他停下车,从车中钻了出来。“你们他妈的找死啊？让开！我要过去，你们挡住路干什么？”

“拿钱出来，昨天晚上有人开车撞死了俺村一个人，但他跑了。我们村决定每过一辆汽车就征收200元过路费，直到征够了被撞死的人的老婆孩子下半辈子的开销为止。拿200块钱我们就让你通过。”一个面容黑得像是一块碳一样的老者说。冯大头看着眼前的人群，他们似乎有上百人，黑压压一动不动，用躯体挤满了高速公路，沉默无声地看着他。在路边上，有一个担架上躺着一个人，身上盖着的白床单已渗出乌黑的血。“他奶奶的，可这并不是我干的，我为什么要给钱？没钱！”

他一边骂骂咧咧，一边又钻回到宝马车内，砸了一下喇叭，打算硬冲过去。我还想亲自撞死个人尝尝滋味呢。他恶狠狠地想，他猛然加速向人群冲去。那些刚刚还凝滞不动的人忽然跳了开去，一边大声咒骂他，冯大头正在暗中高兴，但人群突然闪开后，迎面却停着几辆拖拉机，他刹车不及一头撞了上去。他们愤怒了，他们把头破血流的冯大头从车子里拖出来，开始揍他。由于人太多，大家下手杂乱无章，很快地冯大头就彻底瘫软了。“死了？”有人在惊呼。那个老者走到冯大头跟前，用手探了探他的鼻息和脉搏，许久他站了起来，默然地点了点头。“死了。”他肯定地说，“就说李二狗是他轧死的。”人群仍旧在沉默着，他们如同午夜的羊群，在渐渐明亮起来的天光之下，围着两个死者一动不动。

午夜的时候田阳来到了夜人酒吧，他来这里想听听一个新出道的短头发的歌女的新歌，那个歌女把头发剃成了寸头，而且还穿一件将军黄色的中山装来演出。田阳从来都不喜欢摇滚乐，他也不喜欢去跳迪斯科，约莫有几个月以前，他曾经去田畅所在的“最好的”迪厅去看他弟弟，他为那电光闪动中的嘈杂音响所震动。他奇怪他的弟弟怎么可以一夜又一夜待在这种无比嘈杂的地方工作，而且乐此不疲。在他的眼睛中，那些在黑暗中扭动的人群完全是一群奇怪的动物，他们扭动躯体，放出电流，他们让生命处于一种激越和喧腾的境况，这难道就是城市人的写真吗？

他在夜人酒吧那幽暗的大厅里找了个偏僻的位子坐了下来，他不太习惯周围那种散漫和自由的气息。因为当刑警当惯了，这使他的神经一直处于高度紧张当中，而酒吧里弥漫的恰恰是一种歌舞升平的景象，他要了一扎啤酒在慢慢品尝，一边用犀利的目光打量着四周。由于这家酒吧在使馆区的边上，来这里的外国人倒相当之多，空气中弥漫着酒精和浪漫的气息，音响所放的是德加的乡村音乐。他还看见一个小姐牵着一条雪白的巴黎犬走了进来。在公共场合允许带狗吗？田阳一下子想不起来相关的规定了。不过他今天晚上对狗毫无兴趣，他关心的仍旧是人，是人在摇滚乐面前的敞开状态。因为他平时太紧张了，仿佛随时都要拔出手枪来射杀凶狠的逃犯似的，他慢慢地喝着啤酒，听着那深沉而又感伤的歌曲，让自己的身体放松，再放松。

最近他突然觉得应多关心一下弟弟，因为他们俩从小在这座城市中长大，弟弟从小是内向的，不爱说话。有一次，那还是在他 9 岁，弟弟 5 岁的时候，他们一起在玉渊潭公园外的一片洼地上游玩，突然弟弟一脚踩空，掉进了一个被遮蔽着的水沟中。他看见弟弟迅速地在水沟中下降，弟弟脸上挂着一种极度惊慌的神情，他向田阳伸出一只手来希望他拉他出来，但那一瞬间他迟疑了，他担心弟弟会把他一起拽入那深不可测的暗沟。恐惧使他向后退了一步，他也瞪大眼睛看着弟弟的缓缓下沉，弟弟如同一截木桩一样地沉入了水底。他拔腿向回跑，他打算跑回家去告诉母亲，叫他们来把弟弟捞出来，因为他们是大人，是牛高马大的人。当他跑到大路上时，突然明白如果一直跑到家里，那弟弟也许真的就会窒息死掉了。他情急之下，就在大道上拉住了他所碰见的第一个男人的手，他们一同赶到他弟弟陷落的地方。那个人——他是一个刚刚转业的军官，把弟弟捞了出来。经过一番人工呼吸和压腹挤水，弟弟活了过来，他后来站了起来，没事儿了。两个人默默无语地手拉手走在回家的路上，那个转业的军人走了。他对弟弟说：“你不能告诉妈妈，她会打死我们的。”

弟弟郑重地点了点头，他的眼睛里那一刻仍旧残留着恐惧和死亡的阴影。但田阳当时就对弟弟下陷而他没有首先伸出手拉他而内疚，在后来他也在悄悄地观察弟弟，弟弟在成长的过程中一次也没表露出对他的怨恨。但他自责。多年以后他当了警察，从某种程度上讲与那次事件有关。现在对于他来讲，死亡已经不是一个多么可怕的东西了，他经常和死亡打照面，但弟弟那时在眼角残留的对死亡的恐惧给他留下了永恒的印象。

当弟弟辞去了教师的工作，专心干起了迪厅的 DJ 时，他觉得弟弟的性格发生了变化，他忽然变得快活和爱激动了。也许这是一件不坏的事情，他想。这时夜人酒吧的顶棚处释放出了一层二氧化碳，在雾气升腾中乐队登场了。她就是他所期待倾听的那个短头发歌女，她把自己打扮成男性的样子为了什么？这难道不是垮掉的一代的装束吗？他有点儿想不通，他最讨厌的是戴耳环的男人和穿男装的女人了，他又要了一扎啤酒。一阵鼓响，那个歌手开始唱了起来，她的嗓音非常奇特，有一点儿男性的沙哑和低沉，他听不清她唱的歌词，但他听明白这是一首有关城市的情歌，在这首歌中，充满了东西南北这些具有方向感的词，田阳只觉得这个歌手的声音有几分悲伤。可是忽然他在她的脸上看到了一丝异常，他发现她的一只眼有点儿不对劲。凭着对自己的独眼的体会，他认定这个歌手的一只眼也瞎了。她怎么也会成为一个女“独眼龙”了呢？想起“独眼龙”这个词就使他深恶痛绝，在内心之中他升起了一些对她的亲近。一个独眼的听众在听一个独眼的歌手唱歌，事情就是这个样子的。

忽然，女歌手在灯光的聚光当中，为她那只死去的眼睛戴上了一个黑色的眼罩，她如同一个女海盗一样透露出了一种粗犷的气息，这使田阳多少有些兴奋。一些人开始跳起了舞，由于音乐节奏不算很快，人们在跳着大幅度的摇摆舞，这使得田阳也禁不住摇动起了躯体。他站起身，走进了舞池，和他们一起摇摆了起来。他身材颀长，如同一棵风中抖动的白杨树，他的心中升起了快活的烟云。那个歌手向他招了一下手，他也一下子跳上了台，她把眼罩摘了下来，充满热情地对他说：“快呀，戴上它！”田阳愣了一下，就戴上了眼罩，这使他兴奋极了。我也变成了一个海盗船长啦！一个警察变成了一个海盗船长？田阳有一种奇异的感觉，仿佛他完全变成了一个新的人，他不再是警觉的警察，而是一个领舞员，或者是一个海盗船长。他扭动躯体来使自己放电，他跳着摇摆舞，那个歌手在对着他的耳朵歌唱：

说出以后

以后会有更多的少年

怀念我，把每一种温情铺在阳光之下，

以后我依旧拥有一群一群爱我的人

我的朋友

他们在肖像之中听见诗句

我的倾诉。以后

会有更多的情人

她们为我担忧

宿命之中我就应当在地面上陨落

像一星火点。以后

为我自豪的人

为我感伤的人

春天的百花会更芬芳

然后凋落

以后，那些我所失落的和未曾有过的都会走向我

田阳被一种奇特的感觉给抓住了。他戴着黑色的独眼眼罩，像个伴舞的明星一样在跳着舞，那种舞步的节奏也仿佛是他的躯体原先就有的节奏，不过在今天被引发出来了而已。跳了一会儿，他把眼罩又剥下来给了那个歌手，微笑着走下了台。

他继续坐下来喝啤酒，他忽然看见了他弟弟，他弟弟正和一个身穿黑色裙子的女人在说话。在离他弟弟和那个女人的桌子不太远的另一张桌子边，有两

个很“酷”的男人也在喝啤酒，其中一个人的侧影令他从记忆的落叶中扒出了某个人的面容。他眼前的火花闪了一下，他下意识地摸了一下肋间的手枪。他警觉地扫视了一下四周，盯着那几个人在看。

翅膀上点缀红色的飞龙追逐向彗星盘旋而去的蛇

田畅来到夜人酒吧之后，不久就发现了他的哥哥，当时他哥哥田阳正在舞台上跳着摇摆舞，他觉得眼前一亮。他的哥哥在此之前还从来没有这样的激情表现，他欣喜地看了一会儿，但这时一团黑影向他走了过来。

“你好。”她说。她坐了下来，今天她穿了一件黑色的长裙。而且她涂的是黑色的唇膏，眼影也显得很重，只是她的头发被染成了黄色，那种十分耀眼的黄色。

“你改变了头发的颜色，你换上了黑色的裙子，你还用了黑色的唇膏。说说看，你昨天是怎样离开我的？”田畅冷静地看着她，“我又是怎样挨揍的？”

她在他对面坐下来，她的脸色有一些哀愁。“对不起，是我大哥的几个兄弟袭击了你。他们把你的头打破了……”

“还让我的口袋里一分钱不剩。”田畅打断了她的话，“对吗？”

“不,不不……”她把头低了一下,“其实我不叫邓梅。我在骗你,我叫何铃，我真的叫何铃。我是从四川来北京一家学院进修外语来的。我的男朋友，我曾经告诉过你我有个大哥，其实他是我的男友。我告诉你，我吸毒，一开始我吸大麻，后来还吸更厉害的。我最近服用摇头丸，我的父亲在我很小的时候就去世了。”她停顿了一下，擦了一把从额角上垂落下来的汗水，“你有兴趣听吗？昨天晚上和你认识我很快活的，我……”

“我有兴趣听，”田畅打断了她的话，“我也注意到你胳膊上的针眼儿。我有朋友吸过毒，我了解这个。我也尝过大麻，但我没什么感觉。只是我在迪厅做 DJ，进行音乐吸毒。也许我们的方式不同，好吧，给我聊聊你吧。”

她有一些欣慰地吐出了一口气。“我觉得我的好多努力都没什么意义。我不喜欢现实的世界，它冷酷，它变化多端，我喜欢过刺激的生活。自从我来到这座城市，我被城市的庞大和多变的面孔所吸引。但这座城市不是我的城市，又冷漠无情。我不知道我还会怎么样，但在城市中漂浮已是我的命运，我不想再回到家乡。我没有钱，是我的男友给我钱，使我可以买到毒品。但最近我觉得他太过火了。我想我们应该算是罪犯，我曾经帮他引诱过有钱的男人，然后他们下手去抢劫。我怀疑他们还杀了人。我现在很害怕，我要摆脱他们，我要离开这座城市，但我不知道我是否会逃走，你能帮帮我吗？”她说话的声音如同在喘息的病人，她是急切的，这使田畅感到了内心一片冰凉。

他注视着眼前的女孩，她最多只有 20 岁，他觉得他喜欢她。从迪厅里第一次见到她他就非常喜欢她，这对于他来说已经是根深蒂固的了。他看着她，他发现她有一些慌乱，有一些焦急，额头上还有几点汗珠。他伸出手握住了她的手："好的。让我们一起去游历城市，然后逃离这里。我对这里的一切都烦透了。好吧，我会帮你离开你的男友。我的哥哥是警察，我叫他把你所说的那几个人都抓起来就行了。”

“可你哥哥也会把我抓走的，我只是想离开他们，我不想受惩罚。”她焦急地对他说。

“好吧。我听你的。”他说，“我们现在就走，我先走出去，过一会儿你就出来，我们就离开你所说的人。”田畅刚说完，一个男人，准确地说是万鸥，他走过来坐在了他们的对面。

“喂，你的头还疼吗？”万鸥吸了一口烟，眯起眼睛问田畅，“你不许对她有意思，明白吗？虽然有一句话叫作‘天上的野鸽子谁抓住就是谁的’，可她不是一只野鸽子，你明白吗？”

田畅冷冷地看着他。“我不明白。”他说。

这时忽然有人用枪对准了万鸥说：“不准动！把手放在桌子上别动！”田畅一抬头，发现是他的哥哥田阳，他正在对着万鸥在吼叫着，气氛一下子变了，有人在尖叫，忽然一把椅子飞了过来，砸在了田阳的头上。他向一边跌去，但他开了一枪，枪声击碎了头顶的一个大灯。玻璃片四面飞溅了开来，大厅里有人在尖叫，一时局面大乱。在一些人的冲撞当中，万鸥和他的两个同伙逃了出去，那个歌手停下了唱歌，她木呆呆地看着酒吧里乱作一团的人群。当田畅把田阳扶起来的时候，他发现哥哥的头也被砸破了。酒吧里的人已经跑光了，只剩下了那个剃平头的独眼歌手在看着他们。“伤重吗？”田畅问他。“有点儿重。可我得去追那几个人。刚才你对面坐的那个人是我一直追捕的逃犯万鸥。我的眼睛就是被他打瞎的。我们快去追……”但他的眉头又立即皱了起来，他觉得有些天旋地转。“快一点儿送他去医院，要快！”那个歌手走过来说。他们一起把田阳扶到门口，叫了一辆出租车，直奔朝阳医院。在汽车里，田阳问田畅：“那个女的是谁？你又和万鸥在说些什么？她是他的什么人？”田阳有些咄咄逼人地看着他，但他却一言未发。他决定不把何铃与万鸥扯在一起：“那个女孩是我才认识不久的，我正和她聊天，万鸥那家伙就走过来，说要她跳个舞。她对我说我同意才行。我看了她一眼就说我不同意。那家伙非常生气，他说要揍我一顿，这个时候你就举起了手枪……”

“她呢？她也跑掉了吗？是不是和万鸥他们一起跑掉的？”

“当时酒吧里很乱，我不知道她是如何跑掉的，她又去了哪里。”田畅说。他忽然想起了何铃，他觉得他要找到她，不管她跑到哪里，他都要找到她。他送他哥哥到医院做了紧急的处理与救治，田阳没有受到严重的肉体损伤。他在病床上指挥他的队友们去夜人酒吧的四周进行了大搜捕，但没有发现万鸥的任何行迹。“我一定会抓到他的。”田阳对在病床边守候着他的田畅说，“但那个女人是一个突破口。我总是觉得她与万鸥有什么关系，也许应该从她下手。你是怎么和她认识的？”田阳咄咄逼人地看着田畅。田畅把目光挪开，他在想他能够到哪里找到何铃呢？她会有什么危险吗？我们最终会离开这座城市吗？

一轮火焰的梯子横跨苍穹

每当夜晚来临，田畅的内心都被黄昏的阳光一样的音乐所充满。他现在很焦急，他决定尽快地找到何铃。如果她愿意，那么他将和她一起逃离城市。他给他所在的迪厅经理打了个电话，告诉经理他近来身体不好，需要休息。而实际上，他已开始了城市午夜的寻找。他走动着，在夜晚，城市在星光下密密地敞开，每一粒灯光都如同白昼的牙齿，咬破了黑暗。田畅走在密集的星光之下，他仿佛看到了一轮火焰的梯子横跨苍穹，他奇怪为什么他在城市的夜晚能够看见这样一架梯子出现在天空。他开始寻找，他沿着那些灯火辉煌的街道，沿着那些午夜行走的人的行迹，去追寻何铃，另一个在城市的蛛网上挣扎与迷茫地游走的女人。这一天夜里的游历照旧从夜人酒吧开始。他发现这座城市的迪厅的生意在日趋冷淡。也许还有更好的宣泄的去处，人们早已蜂拥离去，如同一阵风。不知不觉间，这座城市的各种酒吧却多了起来，酒吧也是别样一种文化，是一种充满玫瑰色、暗红色的时间消磨，是一个孤独者相互交流的场地，一些本不相熟的人，在城市的酒吧里坐下，聊天，谈各自关心的事情，从而切入对方的生命，又让时间碎片的形成的速度远离对方。

在每一间迪厅与酒吧中，田畅都在搜寻着何铃的身影。那是一团火红色或黑色的火苗，在他的期盼中跳跃。但他总是失望。他喜欢盯着那在酒吧吧台上方倒悬的一些透明的高脚玻璃杯，它们会随着他的走动而在一瞬间闪耀出奇异的光亮，让他的眼睛陷入一阵灿烂的迷离。

约莫到了很深的午夜，大约是 1 点钟，他在城西的一家具有拉丁风格的酒吧里看到了何铃。她一个人坐在那里。田畅的心头涌起了一阵狂喜。他朝她走了过去，他坐在她对面，他们的眼睛都闪现了一瞬间的火苗。他看着她，觉得她有一些疲惫和憔悴。

“你哥哥，他怎么样了？”她的声音平缓而又动听，但含着一丝孤寂与焦灼。

“他还好。”他盯着她，“可我没想到你是万鸥的女朋友。我哥哥的眼睛就是叫他给打瞎的。他追捕他已有好几年了。”

“他叫万鸥？我才知道呢。他一直告诉我他叫王山。不过，我从昨天晚上开始已离开他了。我想回家去，离开这座城市，我不要再吃摇头丸了。”

他沉默地看着她。她在喝一杯白葡萄酒。他也要了一杯酒，是一种殷红色的澳大利亚干红。“为什么要离开城市？”

“因为城市是一个祭坛。因为城市是一个战场，因为在城市中更多的人在厮杀，到处都是流弹在飞。它的抛物线构成了一个奇异的世界，在这个世界中，你一不留神，就会沿着一条抛物线，从上到下，结束一个轨迹。我很忧郁，因为在今天，城市已成为我们无所逃避的场所，我们必须在这里死，在这里生……”

他们在谈论城市，他们谈到了很多东西，在今天，在城市的下水道中，靠偷吃人类的残羹剩饭老鼠已长得如小山羊一样大；一些孩子刚生下来就得了白血病死去，他们血液里的白细胞的增加已毫无缘由；一些青年人得了原因不明的恶性肿瘤，在细胞的战斗中痛苦地成为城市火葬场的列队被检阅者，化作轻烟飞入云霄。人们被汽车尾气所袭击，皮肤上已开始长出了各种疣类和红色血斑。每一幢楼层都在隔离着一个一个的人与家庭，分割他们的空间，让人们忍受孤独，远离地气，在钢筋水泥的牢笼中了却一生。城市早已如同一架极其精密的机器，你一生下来，你就被各种证件所包围，你被认证、被规定，你得在相应的地区就学，你要跨地区考入重点学校就得成为高考分者，你脱离不了这些认证，你的每前进一步都在丧失，丧失童趣，丧失快乐。城市还是一个巨大的剧场，一些人是主角，他们走上台去，表演一番，旋即再也没有人去谈论。城市人的生活是整齐划一的，每天早晨，他们黑压压地出动，使用被电视和报纸广告所充斥的牙膏、香皂、洗面奶以及其他各种化妆品，他们骑自行车、坐电车、乘地铁、坐小轿车、驾驶私人飞机去上班，去消失在那些有些巨大的玻璃幕墙和爬满了爬山虎的老式土楼里，辗转于复印机、电话、传真机和办公桌之间，被上司训斥，埋头于那些数不清的文件与档案中。人的一切都将被量化，数字化。而人也被社会化了，人是一切社会关系的总和。在各种各样的城市空间中，到处都是无意义的或纯属礼节性或问候性的握手与交谈，话语千篇一律，意义在词语的暧昧与泛滥中被抽空，人们没有了在私密空间时的对镜自描，对镜化妆，以及对隐私处的观察与怀疑。人们就这样生活着。更多的人是麻木的，庸常的。可人们还不知道这一点，媒介上传播的各种信息，充斥在人们的生活和大脑中，这些信息早已代替了知识在运转、交换与大面积流传。人们如同鼠窜，在CD唱盘、CT检查与传媒工业、电脑网络的规范中成为一种新人，此外，人还是一些什么？

他和她在那家酒吧里谈了如此之多，以至于他们都多少有些吃惊。可重要的是他们要结束这种关于城市的形而上学的描述了，他们要进入到对他们自身处境的谈话中。

“我哥哥也在想着要找到你。他认为你是他可以抓到万鸥的一个突破口。”

“你怎么看？”她眯起眼看他。

“我当然也希望你能帮我哥哥抓到万鸥。我忘不了他那种阴沉沉地看着我的样子。他天生就是一个城市罪犯。”

“不，也许他只是偶然成为罪犯的，但从此他就再也无法成为另外的人了。

我所能提供的东西也不多，你哥哥找到我，我也只能提供一部分证据。他干的任何重要的坏事，我都不在场。你相信我吗？”

“……我相信你。但我认为你现在也非常危险，万鸥也一定在四处找你。也许他担心你会告发什么。昨天他没有和你在一起？”

“不，枪声一响，我就溜走了。那一刻我非常害怕，我想我妈妈，我想逃走，就是这样的。”

“我们一起逃走吧。要不，我们一起去问一问我们所碰到的人，问他们为什么在生活着，他们为了什么而不离开城市。”

“我觉得我有点儿傻。你是怎么发现我今天坐在这里的？”

“我就一家酒吧一家迪厅地找过来的。我想我一定要在这座城市中找到你，后来我就找到了。”

“找到了我呢？什么感觉？”

“平静了。就是这样。”

“怕我出事？”

“对。我看你完好无损，就放心了。”

她的眼睛有些潮湿，她说：“我们刚才都谈了些什么？你看，两个小时都过去了。人真的是非常的有趣，毫无意义地谈话可以使我们如此地消耗生命。归根结底，我和你不是一类人，田畅，你是这座城市的主人，你从小就生活在这座城市中，你一生下来就有一个保证，而我，不过是一个流浪的女人，一个和罪犯搅在一起的女人，毫无意义与价值，只等着成为罪犯的同谋或是有罪的证人，被你哥哥抓起来关进监狱。说到底这就是我们之间的关系。我无可救药，我吸毒、跳舞，我什么也给你带不来，你为什么还要找我呢？在这座城市中，我连开一个小店的能力都没有。我没有什么资本，我想做个现实主义者，可我又在梦想中飞翔。我来到城市，却变成了这个样子。我知道你是代表你哥哥来的，你要把我交给他，对吧？”她冷冷地看着他。

他也盯着她看：“你是一个特别的女孩，你无论哭还是笑都有一种美。我已被你给迷住了。就是这样。我想跟着你，远走他乡。我不想把你交给任何人。”

“好吧。”她低下了头。

“我们走吧。”他说，他们站起来，但他们忽然看见有几个人闯了进来。“是万鸥，”何铃说，“是万鸥，他正在找我们，我们赶快到那边那个门那里去。”他们手拉着手，在灯光的暗影中向一扇门摸去。“他要在这座城市中找到我们，他会杀我的吧？他觉得我知道了他太多的事，他一定会杀我的，对吧？”何铃有些害怕，她在发抖，他们靠着墙在门后站了一会儿，他们停了一会儿，就溜了出去。

他们都觉得有些冷。城市的午夜中，如同有着某种暗流，在空中缓缓地流动，带动着冰川滑动的声音。他们都听到了。但今天夜里，城市的夜空非常迷人地出现了一种青白之色，如同在水中浸泡的颜料，在轻轻地荡漾开去。那种光波移动的感觉非常奇特。远远地望去，路上奔跑的全部都是载重卡车。远远地望去，城市三环高速公路上，一辆又一辆装满了被帆布盖牢的货物的卡车安静地列队行驶，而在便道上，则是马车在疾行。处于昏睡状态中的马车夫在低头打盹。马车和载重卡车是夜间才准许穿越城市的动物，它们的行驶有序而又昏暗，安静而又神秘，在青白色的天空下如同脱节的长蛇。

田畅和何铃在夜幕中疾疾地奔跑，他们如同逃逸的鱼。在他们体内鼓荡的是一种奇异的风。风使他们的臂膀又生出了风。这是大地向上不断升出黑夜的时辰，是美的时辰，也是花园开启并向黑夜天空说话的时辰。他们发现他们已来到了一个大型公园的一侧。“翻进去。”田畅说。他们翻了进去，田畅在墙内接住从花墙上飞跃而下的何铃，他感到她的身体非常轻灵、柔和，散发出甜香的奶气，他们在花墙下紧紧拥抱住，并吻在了一起。

这肯定是吻中之吻，是在金属城市与虚无的爱中的着力一击，是相遇的火花在闪动。他们吻了一会儿，开始在公园中飞跑。由于是夜晚，他们的飞奔如同月光下的飞鹿，他们跑着，但他们知道公园看门人早已睡去，他们找到了一片草地坐了下来，他们相拥而卧。青草在细密地向上，仿佛要长入他们的身体。他们躺在那里，用手枕着头，探望夜空。夜云飞速地奔流，如同空中行军的队伍。没有鸟在谛听，他们觉得他们已不是现实中的人，这一刻他们褪尽了社会学意义上的一切，他不是DJ，不是唱片骑师，他是生长着的一棵树，他被雨露滋润着，他忘掉了那些在迪厅中像树枝摇动的平面人们，而她，则已开成一朵小花，她没有浪游，没有严酷的生活锁链的锁铐，没有了孤独。他们褪去了其他的人，社会，集体，制度，以及城市加到他们身上的东西。他们变成了两条浅色的鱼，在夜晚的天空下游动，在草地的风中游动。他们相拥而眠，仿佛青草和黑夜已渗入了他们的身体里。他们在爱着吗？他们相拥而进入了岩浆与花朵所充满的睡眠。这是月光下公园草地上的一次做爱，一次相遇，抛弃危险与无聊，抛弃忧愁与烦恼，抛却了空虚与寂寞，在夜晚流云的天空下游动。

迷恋着女人的密码和群星

他们决定逃离这座城市，但他们都知道一些人在找他们。找他们的人由警察和罪犯构成，找他们的人在寻找线索、弟弟、女友和可以被灭迹的证人。他们在逃离之前打算再游历一次城市，去看看在城市中成长的青年人的姿态。他们打算去变成月光下的植物，静静地互相谛听，或者如同附着于岩石之上那幽暗的苔藓。天亮了，他们双双出发，他们打算避开来找他们的人，重新进行一次对城市的巡视。

九点钟，他们已到了一家很大的电子游艺厅，在这里的人全部都是兴高采烈的年轻人，他们每一个人都沉溺于各种电子游戏的短暂快乐之中，人人在与机器的程序和智力捉迷藏，而机器却在吞吃金钱。换句话说，机器以金钱为食物，它才愿意与你继续游戏。在电子游艺厅里待着的全是年轻人，他们快活吗？

田畅和何铃拉着手在大厅里走动，各种游戏都在进行中，那些早已被设计好的程序被操作着，溢现在年轻人的嘴角的是一种简单的快乐。他们在游艺厅中游走，发现了一个非常好的游艺项目。那是一台可以上下升降的机器，有一个头发染得蜡黄的年轻人，正坐在机器上上下飞舞地玩儿。他们站在一边看，出现在屏幕上的是一个奇丽的世界，那是奇幻的，现实世界中没有的世界。如同美国西部红褐色的大戈壁上，操作者所代表的一个奇异的有翼生物在前行，但总有什么企图阻挡住它的道路，阻挡它的可能是突然从地面上长出的一朵古怪的蘑菇，或者是从斜刺里杀出的一条飞动的巨大蜈蚣。但它运用各种枪弹在射杀，在前行。这个黄头发的小伙子玩得非常地道，他上下升腾，玩得非常在行。他几乎消灭掉了挡在他前面的很多玩意儿，他通行无阻，几乎就没有叫贪婪的机器再吃进去代用币。田畅和何铃有点儿傻了，他们俩站在那人后面，看着他在游艺机上前进，在奇幻的世界中前进。玩了一会儿，那个黄头发小伙子从机器上下来。

“嗨，有趣吗？你觉得这电子游艺机有趣吗？你是天天来玩儿吗？这估计要花掉你多少钱？”田畅一连串问了他好几个问题。

“有趣，当然有趣，没有比这更有趣的了。我就喜欢跟机器闹着玩儿，因为说到底它是机器，你说对吧哥儿们？告诉你吧，我原来在饭店当调酒师，后来我烦了，我不再想老是和瓶瓶罐罐打交道，这使我像一个小巫师。我就来玩电子游戏机和老虎机。我只花开动这机器的头几个币，然后基本上就一路杀了下去，无人能够阻挡我。这种程序没什么，在玩的时候你一定要眼疾手快。我每天要在这里打三个小时，直到机器告饶为止。机器告饶你猜它会怎么说？它会发出奇怪的咕噜声。咕噜咕噜，我就知道它告饶了，不想和我玩儿了，我就歇手不干了。我每天都把这些机器揍得它们咕咕告饶为止，然后我再玩老虎机，叫它把我一开始玩时投进去的币吐出来，不多不少，一共四枚。我每天只带这四枚币在这里玩上三个小时，主要是叫机器向我告饶，我很快活。”这个黄头发的青年人很高兴地说，他很神气地收起了硬币，走了。

他们走到了一个投篮的地方。有一个小胖子正在快速地投篮，他不停地投着篮，一个都不差，那些篮球飞快地又从下面滚出来，而他又接住，然后再快速地扔进去，如同传说中的西绪福斯一样，将巨石扔上山顶，那巨石立即滚下来，于是他就再一次不停地向上扔，周而复始，永无休止。这个人也一样，他非常专注地把那些篮球一个不剩地扔进篮筐，但旋即那些被他扔进去的篮球又再被吐出来，他如同一个机器人一样，双手不停地做着两个机械的动作，让那篮球在运转不停。

他们俩就那样呆若木鸡地看他投篮，看了 20 分钟那个人都没停手。结果还是那个胖子把篮球一扔，冲他们嚷嚷了起来：“烦死了，烦死了，你们盯着我看干吗？难道这又有什么好瞧的吗？”

“你为什么一直都不停地往里扔球？你天天都这样干？”何铃吃惊地问他。

“那我还有什么办法？我没办法，我离婚了，或者说我老婆离开我了。我叫黄凯，你们猜她是怎么离开我的吗？她是一个发烧友，她整天就在摆弄那些发烧音响器材，以及各种的 CD 唱盘和唱片，都几乎疯狂了，然后终于有一天她发现自己应该一个人过，就一脚把我踢开了，就因为我无法和她一块儿发烧。我又不是一个病人，我当然不想和她一起发烧。她就走了，你猜她现在整天都干什么？她天天在家中，把门窗关严了，然后在房间里听她的发烧音响，她把她的屋子都弄成了一个小的录音棚！你说她不是病人又是什么？喂，你们过来，”他忽然面露诡异之色，他把嘴贴近了何铃的耳朵，“这座城市充满了病人。

真的，到处都是病人，像我老婆这样的病人。现在她一下班就去摆弄她的发烧音响，而过去她一下班就摆弄我。这太不正常了，你说我能咽下这口气吗？于是我就天天来这里玩游戏机，然后我变成了一个投篮机器，这真叫我快乐，我忘记了一切，我天天来这里投篮，我真高兴。"

"那你不觉得你也是一个病人吗？你天天就来这里投篮，难道你不是一个病人？"田畅多少有些天真地问那个胖子。

"我黄凯是一个病人？呸，你们才是！我一个人在这里玩得好好的，干你们什么事？你们却非要来骚扰我，叫我不快活，滚蛋！"他怒吼了一声，不理睬他们俩，自己又开始投起了他的篮球。

他们俩站了一会儿，胖子根本就不理他们，然后他们就走开了。"一个残缺的人，生活残缺者。他自己也是病人，他还不承认。"田畅对何铃说。

他们继续在大厅里晃荡，这使他们觉得自己就像是两个包打听，或者是来刺探城市人心灵情报的密探，他们会意地相视一笑，觉得这最后的城市游历还是非常有趣的。大厅里响着游艺机的各种声响，摩托发动声、赛车行走声、机枪扫射声、飞机轰鸣声、炸弹爆炸声、麻将和牌声、死人惨叫声、拳击比赛声，混合成一种驳杂的音乐，色彩斑斓而又平淡无奇。他们到达了弹子房边，忽然，弹子房传来了一阵阵悦耳至极的音乐，那种节奏简单明快的音乐响彻大厅，只见有一台机器哗哗地往下掉代用币，一下子下来了有几百枚，按每枚5元钱计算，这些代用币就可以值几千元。一个女孩，确切地说看上去是一个只有十七八岁的少女，欣喜若狂地把那些代用币全部收了起来。"我赢啦！我赢啦！"她高兴地呼喊着。田畅和何铃走过去："小姐，你经常赢吗？"

"不不，这是我一个月来第一次赢这么多。"她用手摸着那些硬币，田畅忽然发现她是一个盲人。是的，她是一个盲人，她轻轻地用手在点数那些币，但她的目光却是空洞的，空洞无物地盯着屏幕上的什么东西看，而目光却又久未离开。

“你看见了什么？”何铃问她。

“我什么也没看见。我只知道我赢了。”

“你的屏幕上是三个‘9’，你得了大奖，你可以得到一辆夏利车，这是这里的规矩。你很激动吗？”

“不，我不激动。”

“你会拿那辆车干吗？”

“把它卖了。”

“卖了得的钱用做什么？”

“为了死，为了疾病，为了一切我可能遇到的灾难。我不知道你是谁，向我问话的人，但我知道我活着是多么的难。一生下来我就是一个豁嘴，我长到两岁时就经历了手术。一直到今天，没有哪一天我不是在病中，我得过各种各样的病，我的眼睛也在一次观看足球的过程中瞎了。足球！这是城市戏弄人的游戏，我坐在足球场上，忽然，那天空中响起了一种奇怪的声音，我侧耳去听，但我什么也听不到。我和父亲回到了家中，就在我家隔壁的一家化工厂爆炸了。一些东西飞上了天，在爆炸的一刹那我刚好走在化工厂的边上，我看见一团刺耳的白光打在了我的眼睛上，于是立即就被抛了起来。后来我被救活了，但我却瞎了。那次爆炸一共死了六个人，一条河被严重污染，一千人得了呼吸道疾病，空中掉下来三百多只死鸟，一条河中浮起了千万条翻着白肚皮的死鱼！这就是城市带给我的一切。我去上盲校，我学会了用手去辨认一切。但我已经见过的东西我却无法忘记。每天，我都生活在被想象力所残酷折磨的黑暗中，忍受着孤独。但我在这里找到了我的字母，我的声音与颜色，那就是不停地打弹子，一下又一下，然后等着倾听那最美妙的音乐。然后某一天，忽然，就像今天这样，我面前的机器快乐地鸣唱了起来，哗啦啦地，从上面掉下来那么多的硬币。我就拥有了一辆轿车，这样我可以叫我父亲去开它，而我因此去周游很多地方，去嗅闻那里的空气。归根结底我是个瞎子，我就喜欢待在这里，你们还想问我一些什么？”

田畅看着何铃，他们都被说愣了。“不不，够了，我们什么都不想再问了，谢谢，祝你好运！”他们与那个盲少女握了握手，走出了游艺厅。

他们来到了大街上，但仿佛是一阵风刮来，街上已经到处都是行人，他们兴高采烈，仿佛是从地底下钻出来的一样充满了大街。他们想尽快忘掉他们在电子游艺厅所见到的残缺者的面孔，因为他们都给了他俩沉痛的东西，这些人好像生活在黑暗之中，像被某种东西遗弃的种群，沉溺于那种极其简单的快乐，他们全是平面人。又有一些人欢快地拥入了电子游艺厅，这是苍白和被削平的一代，田畅悲痛地摇了摇头。“我们去哪里？”何铃问他。

“我们去那些商场和购物中心看看吧。我哥哥和万鸥绝对想象不到我们会在商场中转来转去。商场是城市的主要景观。在这里，交换是基本准则，我们去吧。”田畅刚说完，他们立即听到了一阵鞭炮声，那是仟村百货商场开业的庆贺鞭炮声。他们两个人立即像水中鱼一样，拨开人群向商场浮游而去。

仍有活力的旧鞋

人，倘若你从高处看他们，那他们必是脆弱不堪，渺小至极，如同某种蠕动在沙地上的爬虫，以不可思议的缓慢动作在活动。因此从高处来看人，人将是可悲与可鄙的，他们的行为、动作与目的都有值得怀疑之处。这是萨特的一个短篇小说的内容。现在，田畅和何铃就有这样的感觉。

他们现在坐在一家大型商场的露天咖啡厅里，这家商场是一种连体建筑，由三座大楼构成，如同三座巨大的碉堡，它的内部有自动电梯、名牌专卖店、紧急出口和快餐厅，有儿童玩具和家用电器，有床上用品和鲜花干花，有办公用品和各种家具，有钟表餐具和健身器材，有所有的东西，人们生活中需要的所有的东西。

他们就坐在临街的位子上，这使得他们可以看见下面的人群。这个咖啡厅伸在半空中，像被一只手臂托着，又像是一把平伸出来的小提琴。

他们刚才逛过了商场，从一层到八层，从第一座到第三座，每个商场他们都去逛了，每一面柜台，每一个来这里的人他们也进行了观察。

“我都有些受不了了，刚才再在里面多待一会儿，我的心脏就会狂跳不已，每分钟要跳到 200 下以上。刚才就差一点儿。”田畅说，他还觉得有点儿头晕。

“为什么？你过去有这个毛病吗？”何铃关切地伸出手来摸他的头。

“不要紧了，只要一坐在这里就没事儿了。身处于这么多人中间我的确感到紧张万分，我害怕这么多人，你说他们都到这里干什么来了？”

“来买东西呀，这还用问。”

“我们来干什么来了？”他问她。

“我们？”她摆了一下，“我们来这里是为了在逃离城市之前，记住城市。为此，我们进行城市中最后一次旅行。”

“对了，”田畅恍然大悟，“我差一点儿把这件事给忘了。我们去了电子游艺厅，看到了在那里的人，很多幽闭的人。我们来到商场，又看到了在这里吞噬物又被物吞噬的人。”

“为什么人们有疯狂购物的需要？为什么人们要买那么多东西？这些东西难道不会使他们生活得更糟糕吗？人们以为把各种物品占有，我们就会生活得更好。可实际上，物已挤压着人，把人的灵魂挤出了身体，挤到了天空之中。”何铃说。

“你真聪明，”田畅说，“我大学时代学的是哲学，但我还没有你表达的好。

我们自然可以从高处来看他们，但实际上，我们也是他们中的一员。”

他们过了一会儿，不谈论了，目光都转向了大街。大街，城市的硕壮的血管，城市中所有的红细胞和白细胞，血小板与其他东西都在这血管中流动。它们是人群，自行车，汽车，从两个方向来，又向两个方向而去。从高处看，大街伸向更远的地方，那里雾气升腾，人们在地铁站中出出入入。

“我们还需要记住城市的什么？”何铃问田畅。

“我们还要去记住城市的标志，城市中的落日、电影院、垃圾处理场、下水道、火葬场、飞机场、酒吧、大饭店、胡同与小巷、有轨电车道、地铁、寻呼台、岗亭、公交车专用道、路灯、医院和火车站……我们要记住它们，然后我们就离开城市。”

“可离开城市，我们又能够到哪里去呢？我们又准备乘坐什么样的交通工具来离开城市？”她问他。

他在想：“乘坐什么样的工具？乘坐飞机、火车、轮船，这些交通工具都是从城市到城市，除非你从半途中下来。从飞机的飞行中下来，如果不带降落伞，那么你就把你交给了白云，被白云和万里晴空撕碎。倘若带降落伞，你就会降落到大地之上，看到农田与农民，看到秀美的山川与河流，你就会降落在牧场或是农舍前。如果从火车的半途跳车而下，我们看到的同样是朴素的农舍、小城镇、山川与岩石、蛛网与河流。轮船也是，我们跳下来，我们会游进那些支流，再从支流上溯，我们就会到达山间小河，再从小河上溯，我们就会找到小溪，再从小溪上溯，我们就会发现地下的涌泉，我们找到了源头，在那里安下家来。”

“也许还能生儿育女？”她笑了，“可现在，我感到空气十分窒息。城市的空气中有一种热烘烘的臭气。”

“我想了一个好主意，”他说，“我们可以乘坐鸭形游船，那种只能坐两个人的脚踏鸭形船，沿着护城河一路向东，再向南，从护城河出发，到达玉渊潭公园，再到达颐和园，再经过京密引水渠，找到京杭大运河的入口，然后向南而去，然后再去上溯，沿着一条河流上溯。”“

这倒是个好主意，”她说，“这是个好主意。可我们还是先在城市中体验足了再说吧。”他们坐在商场上的咖啡厅中不说话了。实际上，他们都明白，他们很难离开这座城市，城市是鸟巢，而他们是飞鸟。但现在，必须要把他们与城市、他们与周围的人的关系，清理出来。

“现在，万鸥要找到你，要灭口。你知道他一些什么事？”他问她。

她有一点委屈：“我真的并不知道他的很多事，我后来觉得他是一个罪犯，我隐隐约约觉得他是一个罪犯，我决定离开他。可能我有意无意听到过他们的一些谈话，我觉得他可能杀过人。我可以说出他的一些行踪，但我无法说出他到底干什么了。”

“我还担心的一点就是我哥哥如果发现你了，他会把你关进拘留所，非要叫你供出来一些什么不可。我也不能让他发现我们。咱们在旅馆里已经住了几天？”

“好几天了。”

“再过一天，我们再过一天就离开这里。在城市中，我们要看够那些风景，那些平面人的风景，然后我们再离开这座城市。我在想我哥哥一定能抓住万鸥，即使我们没有帮他他也能抓住他，那样我们再回来，再开始我们的生活。我们去努力生活，努力挣钱，去买房子，买个大电视，找个好工作，周末去度假，或者，一起去旅游，我们拥有信用卡、影碟机、录像机、保险卡、驾照、健身器，我们像常人，像所有正常的人的那样，像城市中的大多数人那样去生活。”

“说来说去，咱们又说回来了，从逃走又回来了。那我们还能去哪里？离开了城市，吸不到这布满了粉尘的空气，我想我们反而不习惯了呢。”

“不管别的，”他拉起了她，“我们去进行音乐吸毒吧。在今天，我要去再当一次DJ，然后我们就沿着护城河漂流下去，不管漂到哪儿，不管回不回来，我们得先去漂流。好不好？我们去听音乐会吧，去三味书屋听瑞典大使的萨克斯演奏，去国际艺苑皇冠假日饭店听小提琴演奏，然后我们再去红太阳迪厅，我去做DJ，我要再做一次DJ，然后……”

“然后我们就顺着护城河漂流下去，”她说，她有些兴奋，“我还有一个问题，什么是平面人？我老听你在说平面上，可什么是平面人？”

“平面人，”田畅想了想说，“平面人就是沉溺于声像文化的人。你说我们是吗？”

“我想应该是吧。我们就是平面人，但我们要逃走，你说对不对？”

逃命的梯子

田畅拉着何铃又来到了一家酒吧，这是位于三里屯南街的酒吧一条街。这条街上的酒吧各有风格，有德国风格，也有美国乡村音乐风格的，这里有法国风格同时也还有纯粹意大利风格的。田畅打算再去这里唱上几曲，他们进去的是一家乡谣俱乐部，这里的装饰简单质朴，他要在这里唱上几首，但那里却已经有人在唱了。他与老板说了一下希望能唱上一首歌，老板同意了，于是他唱了平克·佛罗依德和洛克塞特乐队的几支曲子。这家酒吧不大，四五张桌，再加高脚椅，这家酒吧中坐了大概有几十个人。男男女女都在听他唱歌，但不知为什么，田畅突然觉得非常的忧伤，忧伤是一种病，它在你最焦虑的时候使你的灵魂还乡，这种忧伤非常的巨大，它如同一股突然暴发的洪流，从一个他从来也没去注意的地方流泻出来，就在城市的夜晚，就在酒吧中，在一种烟雾缭绕的山洞般的气氛中在他们心中涌现了。于是他用日语唱了那首《草帽之歌》。

是的，这时候仍旧是夜晚，霞光流水，夜色无边。一个诗人的声音在这一刻响起来：

我将许许多多话语堆叠在一起
我用语言轰开灵魂铸成的城堡
铺成的路很长很长
都是通向你们
我替你们打开乐园之门
替你们抹去梦的边境是为了向你们伸出我的手
以后也会有很多人铭记我的诗句
一如你们从我的灵魂之上走过
道路宽广
是因为我胸怀人类
你们听见了教堂的钟声
我堆叠起鲜花般的语言
你们的全部幸福。所以在很久以后
你们也坚定地活着
我祝福所有生者
也为死者奏响安息曲
谁也不去惊动。人类短暂
那么我的微笑地久天长
地久天长地向你们伸出手。你们
一路平安你们
一生平安……

这是在田畅内心响起的一个诗人的诗句，在他唱这首歌的时候，他的内心之中突然产生了一种大悲悯，他知道，即使是明天来到这里，这里的很多人，绝大多数他都将碰不见，他们来来去去，他们生老病死，他们消失了。田畅的内心的那种忧伤和悲悯是如此巨大，他唱完了那首歌，回头忧郁地回到了座位上。

“你好像突然之间有一种忧伤的感觉，你怎么了？”

田畅泪流满面，他看着何铃：“有一天，我们今天在这里的所有人都将消失，我和你也将消失，那些音乐也将消失，孩子们全都长大成人，而老朋友则全部死光了。我突然有一种要改变生活态度的愿望。”

“什么意思？你要改变什么样的生活态度？”

“人的一生，不是做加法就是做减法，大致只有这两种活法。”

“什么加法和减法？”

“加法就是当你一无所有的时候，比如我们，我们就一无所有。我们打算拥有钱，拥有更大的房子、汽车、信用卡、手机、音响、高级相机、人寿保险、大电视，拥有一个好老婆或好丈夫，再找个好情人，总之这一切，这一切物质的东西都要我们去努力挣得，于是我们拼命学习，取得各种资格证书，然后转证上岗，勤勤恳恳地工作，直到有一天，这些想要得到的东西就哗的一下子全都来了。这就是加法。加法就是一个人不停地奋斗，奋斗，竭力使自己拥有的一切增值保值。这是一种积极向上，或是大多数人都遵循的一条道路。比如我哥哥，他就是这样的一个人，他的一生就是不停地做加法，不停地奋斗，他抽屉里的证书已有一大摞了。他现在没有多少钱，但他以后会有的，他现在没房子，但他一结婚就会有的，只要他努力，有些东西他就能做得到。这是一种健康向上的人生。”

“那么减法呢？”

“过去在欧洲，具体说是在英国，有一个贵族，他拥有世袭贵族头衔，拥有大片的土地，拥有豪华的住宅、汽车和很多钱，有漂亮的女人，有一般人所羡慕的一切。但他的一生都在做减法，他把他的城堡送人了，自己只住很小的房子，他把他的钱也分给穷人了，他对他的世袭贵族头衔也嗤之以鼻。到最后，他只保留了一个忠实的女仆和一大房子的书。他认为书才是他最重要的财富，那些书使他得以和死者说话，得以拥有更丰富的精神世界。”

“可你是在做加法还是在做减法呢？”何铃问他。

“这就是我最矛盾的地方，一方面，我也很想做加法，我想拥有使人的生活方便的一切，我也打算努力工作，勤劳地挣钱，但我又觉得最终我就算得到了这一切又怎么样呢？我的价值最终与我拥有的这些东西是等值的。这使我难过。可做减法呢，我无法去干坏事，当一个人什么都没有的时候，如果他再去做减法，那么他只能去做坏事了。去偷盗、去吸毒、去撒谎，但是我不行，我做不到这种减法，于是我就变成了一个平面人，我放弃了那种真正的思考，我沉湎进了各种流行音乐和摇滚音乐，我不看书也不看报，我除了听磁带就是听CD，看VCD和录影带，玩电子游戏和电脑互联网，每天都被各种信息垃圾填满了脑袋。我不再去看书了。但是，我现在不知道我是在做加法还是做减法，我不知道我该怎么办，该走向哪里。因此我很忧伤。”

何铃看着他，她的目光之中有一种深深的关切。“你说要顺着护城河漂流而去，可我们真的可以离开城市吗？”

“是啊，”他低下了头，在喝一杯12年芝华士酒，“我是在城市中，我渐渐地变成了一个平面人，而城市规定了我们，改变了我们，塑造了我们，我们毫无办法，我想，我们还是逃走吧。”

“你们逃不了的。”有一个声音说。

他们转眼看去，他们认出来了，是万鸥，尽管他戴了太阳帽和假胡子，但他们仍旧认得出来。他堵住了他们，他用鹰一样的目光盯着他们："你们想往哪儿逃？"

"顺着护城河漂流。"田畅淡淡地说。

万鸥愣了一下，他忽然狂笑了起来。"……顺着……护城河漂流？"他大声地笑着，假胡子在剧烈地抖动着。忽然，他拔出了一件什么东西，对田畅说：

"你哥哥把我们另外两个兄弟都抓起来了，现在只剩下我一个人了，我要和他拼个死活。你说你们想要逃走已经晚了！你们是我的人质，现在就跟我走，稍有不从，我就开枪打死你们。走，走吧。"他命令道。

田畅和何铃交换了一个眼神，他们站了起来。他们都知道而且相信万鸥是一个残忍的家伙。酒吧里人越来越多，一些装束怪异的年轻人拥了进来，音乐更狂暴也更忧伤了，这完全是一个平面化的世界，在这个世界中一切物体都在音乐中变形。他们刚走出酒吧的大门，就看见有人扑了上来。枪声响了，田畅和何铃立即趴在了地上，他们滚落到一边，便于逃跑的地方，逃走了。他们真的想逃离城市，他们乘着夜色逃走了。

从那座被彗星撞空的山巅上，飞来雄鹰，宣告诗人之辞

我叫田畅，我曾经做过DJ，我过去学习哲学，但现在我是一个平面人，我有一个哥哥叫田阳，他是一个非常优秀的刑警，就在不久以前，在一家酒吧，在我决心离开这座城市的时候，杀人犯万鸥发现了我和何铃，但一出酒吧门，我哥哥带着另外一个警察就扑向了他，枪声响了。我哥哥和万鸥都中了弹，他们用枪打死了对方。至于我，则非常伤心，我和何铃打算告别城市，我们进行了一次漂流。我们沿着护城河漂流，我们在星光流溢之夜进行了一次漂流，但

我们没有漂离城市，我们只是环绕着整座城市漂流了一圈，天亮的时候我们的小艇接触到陆地了，我们上了岸，可我们发现我们仍旧走在城市之中。

是的，这的确仍是这座城市，当熹微重现，整座城市像一座岛屿一样从我们的眼前浮起来的时候，我们看见了一座崭新的城市。这是一座极其友善的城市，它那清新的容颜我还是第一次看见。因为许久以来，我们都是在夜晚生活，我们是夜晚的狂欢者，黑夜中的虫子，我们吃黑夜这树叶，我们是夜晚的主人，但是白昼降临，我们许久以来又一次看到城市时，我们震住了。

它生机勃勃，因为到处都是苏醒的人在走动，他们整装待发，在为新一天的生活奔忙，他们全部都是做加法的人。我们站在一座过街天桥上，从四个方向看城市。城市是流动的，是生长的，是慷慨和清新的。突然之间，我和何铃都有一种感觉，那就是，我们要告别夜晚，告别平面的生活，直接进入白昼，对，从这一天直接进入白昼然后去做加法，去努力地追寻生活之中坚实可靠的那一部分，我们要去努力工作，努力挣钱，买房子，买车，买个大电视，生个小孩，孝敬父母，去承担生活中最劳累和最平庸的那一部分，向前冲！是的，这是我们漂流了一夜之后的想法：向前冲！冲到生活中做个具体的人，我们都闻到了清晨的空气，这种空气足够我们呼吸下半生，去向前冲！

（作者注：此文标题系引用画家米罗的画名，两段诗歌系诗人京不特的诗句。）

波浪、喷泉、弧线、花园

第一章 波浪（独白）

“我看见了那波浪，”张丽说，“可它并不是海中的波浪，它像海浪，但它是沙子的波浪，一波一波从一些沙丘上向前涌，向铁路这边涌来。”

“它是城市喷泉，是城市嬉水乐园中的小波浪，我就泡在里面，我喜欢这类人工波浪，它像无数个湿润的小手指抚摸着我的身体，我觉得我很舒服，我的身体非常棒。”徐天心说。

“不，它不是沙之波，也不是游泳池中涌动的人工波。它是一种声波，当我站在舞台上向下看，我看不见他们，他们只是黑压压的一群，他们像是某种死灭的星星，他们的嗡嗡声，他们鼓掌或是向我喝彩时像是波浪涌动，过去我害怕这类波浪涌动，但是现在我非常喜欢这种波浪的涌动，使我感到我像是站在波光上前行。”方可欣说。

“但是波浪是不存在的，如同一切直线都可以被分解成无数个点。波浪也是这样，它由一些小浪花构成，是真正地涌动着却又从不存在，如同我看见整座城市中的人，他们就是波浪，从早到晚，这人的波浪涌动在每一片街区却从不停歇。”胡岚说。

“什么是波浪？我只看见我内心的波浪，或者我把波浪设计在我的服装图案中，我从来也不喜欢各种真实的水波、沙波、声之波。我喜欢看见我内心的波浪，只有人的内心才是真实的，我凭我内心的波浪的起伏来生活。我看不见其他的波浪。”服装设计师梁盈说。

“我是个护士，可我很怕血，很怕一切水波。只要是液体就会掀起波浪，因为它会涌动，却从不停歇。我看见那些水波的涌动时才 19 岁，我正乘火车到北方大城，我生长在这些沙之波的边缘的一座城市，我猜测有一天这些沙子就会涌到城市里来，用它更大的波浪淹没它，所以我就离开了新疆，穿越了这些沙之波，我到达了北京，我要去那里学习。在穿越那些沙之波时我很恐惧，但后来我们的列车穿越了它，它消失在我的视线里了。”

“还有一种波，大波、波霸，这个词从哪里传来的？对，是从南方，是香港传来的，什么是大波？大波就是大乳房姑娘，我听见有人在背后说我是波霸，但过去我不是这样，我喜欢我的乳房。第一次躺在浴盆里洗澡我就要用水覆盖我的身体，我喜欢在饭店工作，它可以使我每天都躲进一套高级客房中很舒服地洗一个澡。我喜欢我的身体，我喜欢水，我喜欢盛水的大理石浴盆，我从来就不喜欢淋浴。”徐天心说。

“那种声波，是的，那种声波也是一种旋律，也是一种节奏，它的涌动与我的情绪相配合，如果这声波令我激动，我的身体的每一个毛孔就张开了，我就会唱得好。声波在空气中传来，扑在我的身体上，使我身体的曲线生动，使我唱得更好。”方可欣说。

“因为对于每一个人来说，城市就是一个大海洋，所有的人都是鱼，都是游动在这大海中的鱼。因此，有些鱼喜欢追逐波浪，有些鱼喜欢逆着波浪前行，而我，我喜欢研究与分析这城市大海，我几乎可以一气看透到海底，看见各种大鱼和小鱼，看见鲨鱼、海豚、金枪鱼、黄鱼及水草。然后我考虑下去捞鱼，我还研究鱼与鱼之间的关系，我是城市海洋的研究者。”胡岚说。

“当然所有的波浪都不如内心的波浪重要，所有的。”梁盈说，“实际上我很孤独，我就一个人测量内心的波浪，我一直一个人生活，白天我在公司设计服装，我把波浪画到草图上，让波浪在每一件衣服上涌动，但我自己，我是说我自己，宁愿测量内心的波浪。一旦这波浪涌动得太剧烈，我就不出门了，一旦这波浪小一些，我想晚上我还可以一个人到酒吧坐一坐，借以排遣孤独。”

“一切都是波浪，这是我发现的，人的一生就是波浪起伏，当然我才 25 岁，我还没有资格谈论人生，但我已经看见我的一生像波浪了，它一定会起伏不定的。我现在离开了乌鲁木齐，带着一个受伤的秘密。我打了胎，这是一个恋爱的结果，我恨他，因为他又爱上别的姑娘了，我决定走得远远的。我真的做到了，我去内地上学，我是军队医院的护士，我说过一切都是波浪，就让我在波浪上行走吧。”

“当水慢慢地淹上我的身体时，我的全身都沉浸在一片莫名的惬意之中，女人的身体是水做的，过去我这么认为，但现在我不这么看。我认为我的身体是一架精美的机器。它高速而又协调地运转着，它总是充满了欲望，它甚至可以吞吃波浪。你要问我最喜欢什么，我想我可能最喜欢银子。银子的闪亮比金子轻柔，我已经有一些银子首饰了。不戴时有时候它们会渐渐变黑，但我喜欢银子。这个世界要都是银子做的该多好啊！”徐天心说。

“我有时候会在这声波中飞起来。像一张纸那样，左右摇晃着飞起来，这是一种境界，这是歌声的飞动。我最近录制了一张唱片，它叫《物质女孩》，我在舞台上喜欢穿有金属光泽的衣服，让事物显现出光泽来我就喜欢。”方可欣说。

“不过，尽管城市是一个巨大的海洋，可并不是人人都能捞到点什么，总有空手而归者，我觉得我活得有点儿累，因为我没有必要总是像渔夫一样盯住大海瞧个不停。”胡岚说，“我弄不明白最终我会捞到什么，我能够捞到什么。”

“在酒吧里总有人会来和我搭话，各种各样的男人，有的人一坐下来就说你很孤独，需要一个人陪着。我就跟他聊天，我假装什么也不懂，我眯起眼睛笑着看这些男人，听他与我瞎扯，然后再听他们邀我出去，自然，我会拒绝他。第二天我就再换一个酒吧，因此到最后，这些男人的脸都像橡皮糖一样叠加到一起去了。我就很开心，我听见我体内的波浪在轻微涌动。”梁盈说。

“我从小就喜欢沙子，沙子的细碎和流动使我为之迷醉，沙子的流逝，涌动使我成长，使我看见了时间本身的涌动。我其实喜欢在月光下走出城市，去看那在月光下轻轻涌动的沙丘，在月海中，所有的沙丘都在涌动，真的，这是一片月之大海，它的波浪的神秘涌动使我伤心，使我感到了生命的脆弱。有时候就是在这种月夜我的例假会突如其来地提前来临，像湖泊一样在我的子宫之内涌动。”张丽说。

“银子饰物如果你不戴的话，它真的就会变黑。我喜欢有人送我银饰，银手镯、银耳环、银项圈、银戒指、银头饰、银发夹与银相框、银制餐具、银匕首……我在酒店的销售部任经理，总是有住酒店的客人会喜欢上我，他们给我送东西，我大都会拒绝，但只要是银制品，我就会非常的喜欢。”徐天心说。

“我踩着声音的波浪行走，我唱我喜欢唱的歌，我的歌都是我写的，是自然流露出来的，如同波浪都是因为风的带动生成的。那种声波对我的耳膜有一种天然的击打力。声波有长波、中波和短波，也许它同样有微波。声波冲击耳膜，使我们听见声音。因此，我依赖这种声波，我信奉它。”方可欣说。

“可女人天生是柔弱的。”胡岚说，“在城市中女人应该如何生存？女人就如同波浪，易碎、柔和、美丽，但这波浪不可能在空中停留太久，如同女人的容颜，这最容易变老的东西，不可能停留太久。这给了城市女人以严峻的挑战。于是各种各样的女人应运而生。因为说到底，这座城市是男人的城市，每一幢高楼都是男人建造的，大部分汽车司机也是男人。公司和机关领导也大都是男人，服装模特儿是女人，但设计师和观众却大都是男人。城市给女人留下的空间太少，要么是家庭，要么就是工作，城市中留给女人的是海沟、海峡、海滩与海礁。女人要发展自己太难了，如同波浪的易碎，从空中落下来，落进大海，更多的水珠溅起来，水珠融入水，波浪就此消失了。”

“不久前，我刚刚离开了一个男人。我像一股水流在涌动，冲向了岸，但生活之中有一种内在的力量在促使我退却。我一眨眼就爱上了他，可我发现我爱错了。他是一个自私的人，他甚至还要收回他送给我的一件皮裙。我还给他了，后来我听朋友说，这件皮裙已经是他三次送人又收回的了，他总是送给新交的女友一件皮裙，等到和她分手了之后再收回去，对我也是这样，这可真叫我恶心。这使得我内心的波浪急骤地涌动了起来。”梁盈说。

“城市之中没有沙丘，看不见沙子的流动是一种让我感到非常遗憾的事情，”张丽说，“尤其是到了这座北方大城，我更想念西北月光之下的沙丘之海了，但我看不见它。有时候我会在梦中梦见它，可白天我什么也看不见，我在一所医学院学习了两年半，然后我被分配到了一家军队总医院，管理血库。血库，听上去与武器库、粮库、仓库一样，是个很大的地方，实际上我告诉你，血库是个小地方，储存在那里的血加起来也许只有几水桶那么多，可它仍旧叫血库。我就负责血库的管理。我像个守卫压缩干粮的战地后勤卫士，我就干这个。我还算喜欢这个工作。”

“当我意识到我的身体其实是一个通道时我吓坏了。过去我从来也没这样想过。但现在，我发现我的身体就是一条通道，我饿了，就有食物经过我的身体，我渴了也是如此。当我有了那种需求，我身体的一条通道就会湿润，就会打开，让另一件东西伸进来触碰我身体的秘密。我甚至觉得风可以从我的身体进去，我发现我的身体在渐渐变得麻木与僵硬，变得如同银器一样坚硬，因此我就是喜欢待在水里，我喜欢被水泡着，让小浪花在我身体上的起伏中推动。”徐天心说。

“我唱《物质女孩》，可我本人是物质女孩吗？什么是物质女孩？我在想这个问题，物质女孩，是一种欲望的容器吗？是嗷嗷叫着扑向各种商品物质与尽情享用的动物种群吗？是浑身被物质包裹与充满的圣诞树吗？是橡皮女人吗？是全金属外壳的女人吗？是夜幕下的消费大军吗？是一种城市钟乳石？是吸血蝙蝠？是男人世界中的苔藓和地衣，是森林中的蘑菇和木耳？是什么？是躲避枪弹的小鹿，是引颈向天的天鹅？我想不明白，但我唱物质女孩，她们已经出现了，她们像空气一样布满了我们的周围。18 岁以后，我猛地发现我是一个物质女孩，于是我就开始唱这一组《物质女孩》了。”方可欣说。

“在城市中人和人充满了邂逅，今天你认识的人也许在三年以后才有可能重新相逢，如同一段波浪，需要重新积聚起水滴，也要使水滴重新相融，我搞公共关系公司就是要使可以利用的城市人力资源进行再聚合，使它重新发挥出功能。”胡岚说。

“我害怕这座城市，如同害怕海浪，我去过海边，大连、青岛、厦门、珠海，这些美丽的城市我都去过，并且在海滩上漫步过，我看见过海浪，它就像是水的手掌，一下又一下地掀起来拍向岸边，我害怕它，我从不下海游泳。我从外地来到这座城市时，不认识这座城市中的任何一个人。我开始想当画家，但后来我发现这有要饿死之虞，于是我就加盟了一家服装设计事务所，设计时装和羊毛衫。我害怕这座城市的原因是在夜里看上去它完全像一头猛兽，在夜间它很有可能把我吃掉。”梁盈说。

“在医院里，你总能闻到一种气味儿，消毒液味儿、纱布味儿和福尔马林溶液气味儿，当然有时候我还能闻见血味儿，别人闻不出来，但是我可以闻出来。这与我管理血库有关系，血的味道是甜的、腥的，而沙子的味道则是涩的，还带一点咸。走在医院的走廊里，一旦我闻见了那种血腥味儿，我就知道又来病人了，他在哪一间病房，他得的是什么病，我大概总能知道。”张丽说。

“我过去并不喜欢银子，也许我将来还会喜欢金子。但我过去最喜欢的是花，是各种各样的花朵，我喜欢极了，花似乎是精神意义上的，它美丽，易损。实际上花朵是植物的生殖器官，因此它才这么鲜艳。我觉得我的生殖器官也是美的，它是一朵小巧而幽深的玫瑰花。我喜欢花朵是整个的大学时代，也许那本来就是一个花季，离开大学以后，我就再也不喜欢花了。”徐天心说。

“你们去过酒吧吗？你们去过歌舞厅吗？你们去过演歌台吗？你们去过体育场吗？我总是在这些地方演出，我一步一步由酒吧走向大型歌舞厅，再由歌舞厅走向演歌台，然后是在体育场演唱，我是在上海长大的。这几年上海的建筑像竹节一样拔地而起，它变得越来越像芝加哥了。繁华、忙乱，到处是挣钱的声音。而年轻人白天都拥到摩天大楼与玻璃幕墙后面，到了晚上则充斥在商场、歌舞厅、迪厅、健身房、酒吧里。我觉得我看见了他们的灵魂，整整一代年轻人的灵魂在夜晚的城市上空飘拂，在低低地飘拂。”方可欣说。

“我喜欢看冲浪表演，这种运动实际上就是我生活的象征，总是在浪尖上，这种感觉是十分奇妙的，总是在浪尖上，谁有过这样的感觉？我把生活理解为冲浪。我总是要冲到浪尖上去，但是波浪总是要消逝的，我看见了波浪消逝后，地平线那样的海，以及海面上的太阳，我看见了它，它像是正在被蒸发的一种东西，在变形，在夸张地变形，在水蒸气中消失。”胡岚说。

“不能不说到夜晚，一到夜晚我就会变得忧郁，变得孤单。在这座海洋一样的城市中我租了一间小屋，和那个收走皮裙的男友分手后，我又一个人住了。在这座城市中生活已经三年了。我有一种急切的停泊感。因此，在几个月以前当我在他的房间里认识他时，我有一种停泊感。我想也许我是为他的大电视、真皮沙发、大吊灯和上等地毯所迷住了？我想不是，而是他的居所中的一种氛围，一种家的感觉，这种感觉使我有依靠感，于是当他邀请我去跳舞的时候，我就答应了他。再后来，再后来我们就同居了。”梁盈说。

“仔细回想起来，我为什么会爱上他？因为他像一头小豹子一样可爱吗？因为他比当时 19 岁的我还小一岁吗？因为他那虎虎生气的外表吗？因为他健美壮硕的身体吗？都不是，我想，都不是，而是他为我写的一首诗，他为我写了不少诗，那时候他刚刚从新疆石油技术学校毕业，辞职后办了一家送菜公司和广告公司，一个 18 岁就开公司的人！一头可爱的小豹子，他扑向了我，他叫我姐姐。他的目光柔和亲切，他的笑容淳朴生动，他的皮肤黝黑健康，他和我的身体是水中追逐的鱼。我们就同居了。”张丽说。

“什么时候我不再对花朵有兴趣的？是什么时候讨厌起花，这色彩鲜艳的植物的生殖器的？我想是大学毕业的时候，肯定是那个时候。在大学毕业以前，我交了一个男友，他比我高一届，他喜欢唱歌，尽管他是一个电子系学生，但他的男高音唱得好极了。我爱他，我像爱花一样爱他。那时候我们淹没在一种爱的波浪中，那时候我很瘦，而他则喜欢唱歌。他比我早一年来到北京，我毕业的时候他还没有能力把我办进北京。在实习的时候我认识了一个从国外回来的受政府重用的博士，他在北京一个经济开发区当头儿，他开一辆绿色宝马，我在大学里从来也没有坐过这类轿车，我为了留在北京，答应和他——在他的要求下，我和他过了一夜。他把我办进了北京。从那一晚上起，我就不再喜欢花了，我就不再喜欢那种易碎的、虚幻的花的生殖器了。我恨我自己，我把我自己心中的花给折了，我哭了。我主动与男友提出了分手，我想我的男友，我的好男友他永远也不知道这是为什么，但我对不起他，我讨厌自己，我进入了这座城市，我要开始另一种生活了，一种不同于校园的生活，这生活是复杂而又严峻的，它在我刚刚进入就给我上了一课。”徐天心说。

“我看见那些声波在刺穿着我的耳膜，嗨，我说过我录了一张唱盘，而过去我是一个调酒师，我在一家美国风格的星期五舞厅当调酒师，据说这家连锁餐厅是专门开给女孩子，由女孩子或女士约男士吃饭的地方。我当调酒师是在大学三年级的事，我毕业于一家外语学院，我一边调剂各种鸡尾酒，我的耳边整天都响着外国音乐，我听熟了，我也唱熟了，于是我学了几首歌，我试着唱了几首，很好。我的歌是为了哀悼我的女友的爱情的，因为她的男友去了美国，再也没有了音讯，后来我不再做调酒师，我开始唱歌了。”方可欣说。

“我不知道应该从哪里来讲我的故事。我的故事极其简单，在北京的一条胡同里，我长大了。那时候我的牙齿有点儿黑，我长得一点儿也不漂亮。后来我考入了北京广播学院编导系，然后我在一家电视台工作。我有一个男友，我们分分合合有六年之久，就在我毕业后一年左右，他突然继承了香港一个死去的叔叔的遗产，全是留给他的，大约有几千万港币，我想我肯定不是因为这些钱和他结婚的。但我们结婚了。然后他开始做生意，做贸易，四处奔波，我们买了两辆车子，两套公寓，一栋别墅，我在家守着空荡荡的房子，像个守墓人。我给他生了个孩子以后，觉得不能适应这样的生活，因此我就开了这家公共关系公司。”胡岚说。

“我就和他同居了。”梁盈说，“有一天，那大约是在我们同居三个月之后，我提出来要嫁给他，他笑了笑，他说：‘好呀，不过，我想去做一个婚前财产公证，一旦你和我离婚了，你就什么也别想从我这里得到。’我听了一下子呆住了。我想我爱上他了，我是出于爱才要和他结婚的，我并不贪图他的钱，我能理解别人去进行婚前财产登记，但是我不行，我受到了屈辱，我觉得他爱我并不深。我就走了，我走了，我不想见到他。后来他托人来要那件皮裙子，我淡淡地笑了笑，就把裙子交给了那人。那天我伤心得呕吐了半天。我病了，病得很重，我一个人躺在屋子里，听着外面阔大而又喧嚣的城市在转动，我却不能动，发烧、吃药，我一个人在床上躺了三天。我知道如果我死在这间屋子里是没有人来给我收尸的，我就坚持着抗了过来，我品尝了生活中的灰烬。”

“我们大约同居了一年，这期间也有反叛家庭的意味。我父亲是一家银行的行长，因此，我衣食无忧，从小就很顺利，这使得我的性格乖戾、脾气暴躁，我很少有喜欢的男孩。可当有一天在医院里我救治他的时候，我一下子就为他的某种气质所吸引。他是被人打的，他刚刚工作就把工作辞了，一个人出来自己开公司，他那种虎虎生气叫我着迷。但我猜也许和他在一起是我们的灾难，但那时候我已管不了那么多了。我们租住了一间很旧的楼房，就在那间楼房里同居了。”张丽说。

“我出卖了自己一次，生平第一次出卖了自己，这一年我只有 18 岁，我想我虽然出卖了自己，我的性格中、人生态度之中也一定有要出卖自己的逻辑，我得符合逻辑才行。在大学里我很瘦，看上去像一根豆芽菜，有一点儿像林黛玉，我那会儿胸部很平。但后来，这一切都变了，我突然明白我不是属于精神的，我是属于物质的，属于豪华酒店、高档写字楼、名牌名店廊和小轿车的。我应该过另一种生活，我既然已经出卖了自己一次，我为什么不可以多卖几次？但我要卖得机智、卖得巧妙，以最少的付出获取最大的收益。这是交换的原则，这是交换的时代。”徐天心说。

“那绝对是一种狂迷，那是对声波的狂迷，那是一种瘾，那是宣泄，是表达的痛快，是肉体的愉悦，我在唱歌的时候就像在吸毒一样。在迪厅里有人兜售一种叫摇头丸的毒品，很多人都在那里摇着头，只有我在唱歌，在唱《物质女孩》，为的是给那帮子沉湎于酒吧和声像文化的小男孩一点告诫。”方可欣说。

“结婚以后我大约过了有两年的与世隔绝的日子。我们把在市区买的一套房子租出去了，我们住到了郊区的别墅里。这是一片未开发完的别墅区，有三分之二，约两百栋别墅都没有灯光，我住在这里，和一个丑保姆在一起，先生在家，我有时候也做饭，先生倘若要出门都是我给他打的领带，选好了衬衣、西服和皮鞋。当我怀孕了以后，我就待在家中，哪里也不去。有时候我去买花和蔬菜，以及日用品，我才开着车出去一下。我守在静静的墓穴里，感到自己像某种陪葬品，也就是说，我陪丈夫一起下葬了，下葬到这座离城区二十公里，周围一片漆黑的墓穴别墅里了。”胡岚说。

“一个人面对城市如同一个人面对大海，我病了好几天，病好了之后，我放弃了要当画家的梦想，因为如果不先挣到饭钱我就会被饿死。在城市中，不论男女你必须先得有一门手艺，你才有了一把打开城市的钥匙。我想我学的就是工艺美术，我为什么不先从设计广告图案开始呢？于是我就开始干了。我应聘到一家服装设计公司，我成了一个时装人。”梁盈说。

“我有一种结了婚又离了婚的感觉，真的，同居到后来受伤的总是女人，爱情是什么？爱是一把双刃剑吗？它总会刺伤相爱的一对吗？”张丽说。

“我说不清我的身体是从哪一天开始发生变化的，后来我再也不是豆芽菜了，我的胸部变饱满了，我变胖了，我的身体，整个的身体有一种波浪一样的起伏，我是从哪一天变成波浪的？”徐天心说。

“我总要唱出一代人的心声，我要唱出他们心灵中那种鸡尾酒般的层次，一层一层的非常漂亮地分明异常，可我算是一个物质女孩吗？我总是提不起精神去喜欢男人。只要一靠近他们我就紧张，乃至厌恶起来了。我弄不明白这是为什么。”方可欣说。

“一个女人必须有独立的人格，必须要自尊。一个女人不应该依附任何人，这样她才活得自由，心像镜子一样干净自然。一个女人不应该成为附庸，但一个女人也应该做好女人应该做的事。一个女人应该做好她分内之事，然后，她就应该确立自己了。”胡岚说。

“不能不说到流浪。我成长在大巴山区，别人说我美丽，说我身上有一种野花般的美。19岁我去浙江美院工美系自费读书，三年以后我自己来到了京城。我弄不明白野花应该如何在高楼大厦的缝隙里生长，我还弄不明白，也许我应该再丢掉一些自尊，再失去一些纯真，我就明白这一切了。”梁盈说。

“但是那些沙之波浪呢？在城市中生活了几年之后，我渐渐记不起那些沙丘的掀动了。我的目光总是要被崛起的那些高档大厦挡住，我看不见那些沙之波了。如同我看不见他的脸，比我小一岁的男友的脸了。我为什么要与他分手的？我想也许这很简单，因为我觉得他没有行为能力，他还没有定型，而我则即将定型，我要的是另一种生活，而不是和他在一起的那种滥情而又畸形的生活，因此，在和他同居了一年之后，我离开了他。”张丽说。

“当我的身体开始变化以后，我的其他东西也开始变化了，我喜欢起银制物品来。在大酒店里有各种各样的客人。从各个国家来的，他们带来了各种各样的气息、声音和感觉。这时候我才看清了我的道路，我其实并不弱小，我甚至很强大。我是一种具有摧毁力的物质。我要走我自己的路。我在北方一座小城市长大，那座城市中人们庸庸碌碌，像蚂蚁一样地活着，我离开了那里。我去了长江边上一所重点大学读书，然后我来到了北京，我把自己卖了一次，我恨那个留洋的博士，他身上有一种汗酸气叫我恶心。他的手没有长毛，但像树袋熊一样叫我恶心，他的笑容之中有一种真正的冰冷和残酷叫我恶心。我落下了工作关系，落下了户口，办下来了身份证明，然后，我就悄然辞职了。”徐天心说。

“而我的听众大部分都是男性，在黑暗之中他们的目光使我害怕。我在中学时代喜欢过我的中学语文老师，他是一个文静腼腆、皮肤白皙的年轻人，他戴眼镜，但有一天我们那间教室隔壁的隔壁是杂物室，工友从中发现有一张大讲桌里塞进了一个17岁女孩的尸体，她已经死了五天了，尸体都发臭了。后来警察发现是我的老师干的，他强暴了她，又把她杀了。我的少女梦破碎了。我讨厌周围的男人们。在大学时代，我交了一个男朋友，但当他要吻我、要抚摸我的时候，我总是有一种恐惧感，我禁不住浑身颤抖了起来。也许这是一种心理障碍，如同逾越一道波浪那滑板运动员就会翻船一样，我逾越不了这个障碍，我现在还不行。”方可欣说。

“我从家中墓穴走了出来，我办了一家公共关系公司，我组织大型活动，去办理各种批文，我帮助别人进行股票公司上市推展，帮助外省市的政府机构在北京举行大型贸易洽谈会，我很忙，我有我自己的事业和工作，我很累，我忙了一年多，我不再是墓穴主了。可这时候我又想如果能做个家庭主妇该多好啊！”胡岚说。

“在这座城市中我很少看到下雨，甚至在整个北方，我也很少看到雨，我喜欢在雨中狂奔，这样我内心的波浪就会涌得高一些，我的心灵就会变得潮湿，我已经 27 岁了，我快要成一个老女人了。可我的归属在哪里？我的归属只是一段波浪吗？”梁盈说。

“要是回想起我和他那同居一年的生活，当然是刻骨铭心的。那是一种癫狂的充满了激情的生活。我想那时候我 19 岁，我的大脑有一种疯狂的念头，就是我要反叛家庭。我说过我的父亲是一家银行的行长，他对我的要求就是去上学，然后再有他帮忙进一家银行或者报社，然后再与某个副市长结个亲家，我讨厌他的这类想法，于是我和他认识了。我们一同组建了红旗乐队，我们还吸大麻，但我后来不爱吸了，我只爱闻大麻味儿，而不愿再沉浸在那种虚无的快乐中。然后，一年以后，有一天我仿佛看到一束光从天上打下来，打在了我的天灵盖上，我决定要告别这样的生活了。我离开了他，离开了我们肮脏的小屋，我要去远方。于是我就走了。在走的路上我看见了那些沙子的波浪，它们的涌动锲而不舍，热烈而又忧伤。”张丽说。

"我看见了我自己的道路，一条通向新大陆的道路。新的大陆，它是美国吗？它是日本吗？它是欧洲吗？它是香港吗？我不知道，但我想我得去这些地方，我也能去这些地方，我很想去这些地方。这是一条早已铺设好的道路，但也得有人帮我，我在饭店当客房部经理为的就是可以接触更多的人，我想机会是由人与人接触才得来的，我有一天经过酒店大堂的室内喷泉时，有一个穿白色西服的人放下手中的《南华早报》，对我说：'小姐，我可以和你聊几句吗？'我看了他一眼，我似乎震了一下，我明白我要的快来了。"徐天心说。

"如何才能克服对男人的恐惧？我感到那就做个在黑夜中的歌手吧。我毫不责怪那些变成了物质女孩的女孩，不是她们自己要变的，而是其他的力量使她们变成了这个样子，使她们变成了欲望的容器。归根结底是男人变了，女人才会变成这个样子。归根结底这是一个男人的世界。我决定成为夜晚的歌手，我想我不会再有男人了。就让他们的眼睛在黑暗中闪烁吧。"方可欣说。

"就在我突然感到了疲劳的时候，就在我决定重归家中，做个家庭主妇的时候，我听说了我丈夫有了外遇。当两个人都在忙碌，没有一个人顾家，孩子都交给了保姆后，他对我非常有怨言。后来，一个女人走进了他的视线。一个顾家的女人，一个温柔的女人，一个要抢走我丈夫的女人。我要和他谈一谈，我们已经分居了，我现在住在城区的一套房子里，他住在郊区的别墅里。我要和他谈一谈，可我们从哪儿谈起呢？"胡岚说。

"一个人的成长就是丧失的过程，没有丧失就无法成长。这是肯定的。我觉得我品尝了生活中艰辛的部分，我品尝了流浪，迎来了成长。我想我拥有的东西不多了，我必须要守住自己，我希望自己能够拥有正常的生活，一个爱我的人，我们一起生孩子，一起挣钱过日子。我想这样简单的生活理想难道我就不能实现吗？"梁盈说。

"我又看见了那些沙丘，当然是在梦中。那些沙丘波浪涌动，"张丽说，"在梦中它们是大海。”

“我说过我喜欢游泳池中的波浪，我喜欢人工喷泉中的水流，我喜欢人工的一切，而我不喜欢大海的波浪，那种波浪多么令人恐惧啊！”徐天心说。

“没有一种波比声波更美，完全使我们的血发烫，心灵发抖，脚踝松弛。”方可欣说。

“我十分郁闷，于是我就去了青岛的黄岛金沙滩。我看见了大海，那天起风了，我去海边走，海浪一浪一浪地打过来，打在我的身上，我觉得天地一下子开阔了。”胡岚说，“我有一种解脱感，我想过死，但见到了大海，我不想死了。

“我把波浪设计在了服装上，我的服装获了大奖，我喜欢波浪的曲线，它们是我最喜欢的线条，我注定要与波浪结成同盟。”梁盈说。

第二章　喷泉（场景）

徐天心在酒店大堂的带有人工喷泉的咖啡苑边上走过时听到一个男人向她说话。人工喷泉的水喷起来，像一朵大花，它发出的声音并不大，因此可以准确无误地听到他在说什么：“小姐，我可以和你说几句话吗？”

她停下了步子：“当然可以，先生，我是饭店客房部的经理，随时准备为您提供帮助。”她看着他，他穿一套白色的衣装，白衬衣，白色带黑点的皮鞋，领带是红色的，因此非常扎眼。她闻到了他身上那种克里斯汀·迪奥牌浓郁的香水味儿。他的皮肤很白皙，看不出他有多大，大约在三十多岁，脸型很瘦，目光柔和而又果敢。

“我注意到你已经有半年了。”

“您注意到我已经有半年了。”她有些惊讶。

“是，半年前我来这里住下的时候就见过您。我送给你一条小狗，还记得吗？”他微笑着说。“啊！”她立即想起来了。那时候她刚刚在酒店工作，在大堂里看见有一个女人牵着一条蝴蝶犬，她在为一位住客登记时注视着大堂里的那只狗，她说那只狗很漂亮，那时候她刚刚摆脱了那个雄海狗一样的留洋博士，又与真心爱她的男高音男友分手，内心一片苍凉，她自己租住在一个老华侨在北京买的房子里，一个人买了一大堆二手电器生活。后来，一周以后，客房部另一个同事通知她，有一个客人留给了她一条狗，就是那只蝴蝶犬。但她不知道是谁留下的那条狗，现在她明白了。

“是你吗？”她快活了起来，“谢谢了。”

“那条狗呢？”

“还在啊。我非常喜欢它。它别的什么都不爱吃，就爱吃猪肝和羊肝。”

“嘿，我希望我有机会能看到它。”他又微笑了。他的微笑十分动人。

“那我明天把它带来叫你看看，它长胖了。”

“你也胖了点。你过去太瘦了。”他说。

“你是商界人士吧？”她问他。

“是。”他冲她眨眼。“我在这里住了一个星期了，我每天都看到你，我总想对你说一句话。我有半年时间一直在想这句话，我不知道该不该把它说出来。”

“什么？先生，您可以尽管把它说出来。”

“我想我爱上你了，半年前我就爱上你了，就这句话。我一直试图忘掉你，可我忘不掉，我这次来中国就是为了向你说这句话的。”他盯着她平静地说，“我想把你带走。”

她看着他，她愣住了。她有些喘不过气来。

“你为什么总是要迟到？”他生气了。张丽从她的医院赶到约会地点时天已经黑了。

“对不起，迟斌，我来晚了。今天医院里有一个女人大出血，她是总队文工团的演员，来我们医院做人工流产，刮宫术，但不知为什么大出血了。那血根本就止不住，像一条溪流。血库里的AB型血全部都用完了。我们就自己去找血，后来那血还是止住了，但我看她也活不了太久。”她有一点忧郁。

迟斌开着一辆桑塔纳，他是她的朋友介绍的男友，他不爱说话，性格有一些内向，跟她的外向的性格差别很大。他们在一起有半年时间了。一般他们每周约会两次，总是他开着车在羊坊店路的路口等她，她不想叫医院那帮多嘴多舌的同伴们看见她和他，因此她从不叫他去接她。

和他在一起，一切都有，房子（一套三居室）、汽车、钱（他做贸易生意），但她就是觉得激情不够。当生活向她展现出了它平庸的一面时，她觉得她怀念起比她小一岁的男友了。那是一种真正激情的生活，充满了火焰的形状。

她每一次和他约会都要叫他开着车在城市里转悠，叫他开得既不快也不要太慢，她也不和他说话，一个人靠着窗子，仔细地看着窗外的街景。她喜欢看到整座城市的每一片局部的变化。她发现自己最近有一个小小的毛病，那就是喜欢数那些高楼大厦的楼层。每看到有一幢新近崛起的楼厦。她就像得了强迫症似的一层层地飞快地数完它。

“你在干什么？”迟斌一边开车一边转头问她。

“这里这一片楼又要盖起来了。这是一片金融商贸区大楼。”她茫然地说。城市越来越大，也越来越漂亮了，它的街区在拓展，道路在加宽，楼层在长得密集和高大。它的众多的立交桥、地下通道、过街人行天桥使它变得多层和立体。它的空间在膨胀。可我却会在哪里栖身？和迟斌的约会总是开车在一些街区闲逛，然后去吃饭，他和她的话并不多，他是一个有些内向的人。他想过正常的家庭生活。然后他们把车停在一个地方，一起去逛商场。然后，他们开车回他的住处。那是一个很大的小区，楼房也都很高。他们照例是看电视、洗澡，然后上床。在黑暗中，有时候她觉得他的身体变得小了，甚至变得比她的还小。他像一个孩子那样在她的怀里蠕动。在一次高潮来临中，她突然喊出了比她小一岁的男友的名字。他停下来了：“你说什么？你刚才在喊什么？”

后来她开始唱歌了。她放弃了在那家西餐厅做调酒师的工作，她开始一家酒吧一家酒吧地唱。后来她认识了一个人，这个人看上去还像个大学一年级的学生，他骑一辆摩托车，总是在酒吧里坐前排听她唱。有一天她走出酒吧的时候他冲她招手。

“你来一下。”他说。她走到他跟前。

“怎么啦？”她问。

“我喜欢你的歌。我知道你要去哪里，我送你吧。”他说，“你要去通通俱乐部，对不对？”

“是。”她很高兴。她坐上了他的摩托车，在上海的一片片街区中穿行。街道很窄，但到处都是人。到处都是一片繁华的景象，后来每一次她在一家酒吧里唱完歌，他就骑着摩托车在外面等着。她坐上去，赶去下一个地方唱歌，有一天她问他：“你叫什么？”

“我叫夏商周。”

“是三个朝代的名称。你为什么起这个名字？你是干什么的？”

“我姓夏，就起了这么个名字。我是一个邮递员。”

“怪不得你对整个街区那么熟悉，你白天就是骑着摩托车穿行在大街小巷之间去送信的吗？”

“是，不过我已经把工作辞了。”

“那你做什么？”

“我和朋友开了一家形象设计所，专门给人设计形象的。”

她感到他身体的活力，他有一些纤弱，他可能还不到23岁，他的头发很长，有一点玩世不恭。“你为什么要这样接我？”

“我看见没有人接你，我就接了。我看见你要一个酒吧一个餐厅地唱下去，我想天天这么晚你要跑这么多地方，我又没有什么事儿，我专门接你吧。”

她感到内心之中涌动着一股暖流。她原来很害怕男人，但这一次，她长到21岁头一次对男人不惧怕了。她揽着他的腰，他们在黑暗处穿行。他们到了一个叫“通通”的歌舞厅门口，看见了那里有一座人工喷泉。彩色的人工喷泉。

“昨天有一个醉鬼一头栽到那人工喷泉中，就给呛死了。”她说。

“没有人去扶吗？”

“没有。可能人们以为他是闹着玩的，他摇摇晃晃从房间里走出来，就一头扎进去了。半个身子在外面，几分钟后有人把他拖出来，他已经死了。”

两个人站在喷泉外面，看着从中涌动的水波在半空敞开，灯下有一道彩虹。“这真是个有意思的喷泉。”他们注目了一会儿，就一起走进去了。

胡岚开着车向郊外走去。到处都是工地，到处都是人在筑路，尘土飞扬，什么也看不见。

她的心情不好受，她这次是去和丈夫谈判的，她不想和丈夫离婚，但丈夫打电话要和她谈一谈。那就谈一谈吧，她想。当她第一次听说丈夫有了外遇，真的是惊呆了。而且她还知道了那个女人竟然是一个写字楼的总机小姐，就气不打一处来。这会儿她开车有点儿心不在焉，险些要撞到墙上去。

他们买的那幢别墅一共有二百多平米，分上下两层，现在他住在那里。一路上，可以看到很多空置的别墅群，只有门卫守在尘土飞扬的大门口。从亚运村向北，一路上分布着很多这类别墅小区，总数在三万多栋，而且仍旧在缓慢地销售着，她在一家报纸上读到过这类消息。而他们买的那一栋还在更向北的位置。她一路开去，走了二十几分钟，到达了别墅区的大门口，看见了她所熟悉的两个石狮子，将车拐了进去。

她把车停在了自家房子的门口，看见了门口处的一个喷泉。它现在是干涸的，假石山上的草都快死光了，没有水草就会死，没有喷泉那么这片小区就没有生机。没有爱就无法再有婚姻。她走上台阶，用钥匙打开了门。

她走了进去，闻到了一种奇特的香水味儿。这肯定是一个女人用的，但她说不出它的品牌。不，不，它好像是雅诗兰黛牌的。这时她看见了在大客厅尽头的一个人。

那是她的丈夫邓方。客厅有七十多平米，地面全部由花岗岩铺就，在客厅的尽头，摆放着一张餐桌，她丈夫扎着领带，穿一套银灰色西装就坐在桌子边上。

“我闻到了另一个女人的气味，她也在这间屋子里吗？”她向他走过去时说。

“不，没有人，就我们俩。”

“可我闻到有人。有一个女人。”她盯着他说。

“不，我说了，没有。”他有些愤怒。

他们沉默了一会儿，他问她：“如果我要和你离婚，你打算怎么办？”

她的身体震了一下：“孩子归我。”

“房子呢？”他问她，“车呢？”

“我只要城里那套。两辆车你先挑。我甚至可以不要车。”

“好。”他放心些了。

“可是，除了你有了女人，我们离婚还有别的原因吗？”她问他。

他看着她：“你自己不知道吗？你整天连家都不回，我们两个人到底谁更忙？我们当然无法继续生活了。这也是……也是我要离……的原因。”

她不说话了。“但我闻到了另一个女人的味儿，我和你没有离婚，你就让她住进来……”她站起来，在屋子里走动，她有些激动，她不知说什么好，她的心里有点儿乱，他们相爱五年，结婚三年，就落了这么个结果。这是个性不和还是生活中的变故太多?

“你先看看这份协议，如果你同意，就请你在这协议上签个字。”他递给她一张纸。

她接了过来，她说 :“好，我回去考虑一下。”她出了门，出了那幢墓穴，她向她的白色桑塔纳走去，她钻进了车，她发动了车，车子离开停车棚，但拐弯时不力，撞在了那座干涸的人工喷泉护栏上。

就在这时，喷泉突然出水了，喷泉喷了她的车一身，她愣住了，看着这座多少有点儿像火山喷发的喷泉，心里有些茫然，然后她把住方向盘向外行驶。她行驶得比较慢，她发现自己的胳膊用不上力，车子上了大路，她取出协议铺在方向盘上，他不愧是做贸易的，一条条都写得很细，如何分配财产。她突然觉得浑身没有力气，她的双手无法控制方向盘，她眼前一闪，她的车撞到了路边停着的一辆推土机上。

梁盈与那个要与她进行财产公证的胡强分手以后，他托一个人来要走了他过去送给她的一条皮裙，那是一件黑色的羊皮裙，很柔软，不算长，但穿起来也很舒服。只是它真是被送给过三个人吗?它不能说话,要是它能说话就好了。这样她就可以问一问它，另外那两个曾经拥有它的姑娘是什么样的人，她们也受过什么样伤害?

她站在自家阳台上朝四下望去，天气已经变得炎热了起来，附近的住户们三三两两地在外散步。在园子的中心，有一座人工的彩色喷泉，站在阳台上她可以听到它那水流声。

她忽然觉得有一阵屈辱袭上心头，她不曾想到过自己的一次爱情竟然连一件皮裙都不值。她想起了远方的父母，要是他们听到这个消息，一定会伤心得落泪。她现在非常想再见到胡强，问一问另外两个女孩是什么样的人。

她决定干一件事，她给在北京的两个朋友，两个长得很壮的家伙——许青和黄翔讲述了这个故事。他们甚至比她还气愤。

“我隐约听说过这个家伙，这家伙就是这么一个坏家伙。”许青说。

“我们去揍他一顿。你真的被他欺骗了。”黄翔说。

她点了点头，她是一个北方姑娘，她觉得有时候用拳头来解决问题要省事得多。她有时候崇尚暴力！

他们来到了胡强的住处，敲开了门。胡强穿着一套丝绸睡衣，一副睡眼惺忪的样子。“我并不认识你们。”他既冷漠又警觉地对许青和黄翔说。

许青上去揪住他的领子：“你会认识我的拳头的，杂种！”他是一个急脾气，他已经一拳打在了胡强的肚子上。黄翔扑过来又用力地顶了几膝盖：“你以为你那件皮裙很值钱吗？”他们两个人打得他无还手之力，几分钟下来，胡强已经鼻青脸肿了。他的鼻子出血了，趴在地上呼哧呼哧地出气，血流在了那面灰色的地毯上。梁盈在一旁一直看着，她奇怪自己居然连一点同情心都没有了。她取出了一本相册，把自己的照片一张张地取出来，把和他的合影撕掉一半，那声音听上去十分好听。

然后，她站起身：“胡强，我有一个问题：你的那件皮裙还送给过谁？她们是谁？”

胡强趴在那里不说话，许青按住了他的头：“说呀，小子。”但胡强就是呼哧呼哧地喘气，不说话。

“好，不听了。我们走吧。”她说。他们松开了他，她和他的目光相遇了，他什么都没说。但他的目光十分寒冷。而她，也是这样。两个人的目光已变得都很寒冷。

是的，张丽在黑暗中听到了一声呼喊，她听见了它，它真的非常真切，她想那声呼喊是如此尖利，以至于刺痛了她的耳膜。

迟斌大声地问她："你在喊谁的名字？吴浪是谁？"

她没有说话，吴浪就是那个比她小一岁的男孩，她是如此爱他，到今天她发现她爱的还是他。他那明亮的大眼睛，像小豹子一样壮实和敏捷的身体。他为什么会发出一声尖利的呼喊？这呼喊如同狼的呼喊，如同狼站在月光晦暗的悬崖之上的长嚎。可是，他为什么要发出这样的叫声？她和他同居了有一年多的时间，那一年多中，他们的同居生活充满了激情。也许这种激情是火焰式的、畸形的，但它洞穿了她的生命。当时她痛恨她的银行行长父亲，她认为他是一个贪污犯。但没有任何证据证明他是一个贪污犯，可她就是认为他是。他给她设计了道路，她偏不那样走，这时刻她遇上了吴浪，那是在一天晚上，她走在乌鲁木齐的大街上，听见一个人坐在街边旁若无人地在唱歌。她就听了一会儿，和他认识了。他们不久就同居了，在内心之中，她以这种方式反叛了父亲和家庭。

但那一声尖利的呼喊是什么意思呢？她弄不明白。后来，她也没有向迟斌解释。又过了几个月，迟斌向她求婚，送给了她一枚钻戒，把它戴上手的时候，她也没有说什么。但是有一天，那大约是在她决定要和迟斌结婚，订下来的结婚日的前三天，有一天晚上她又听到了那声尖利的呼喊，声音痛楚而又凄厉。她立即给吴浪打电话，但她手中所有关于他的电话都找不着他。难道是他出事了吗？她没有犹豫，她立即去买了机票。乘坐伊尔－86大型飞机升入天空，离她结婚日又近了一步。她想她一定要再见吴浪一面。

后来，徐天心就和那个送她一条狗的人认识了。他叫陈查理，是美籍台湾人。在美国受的大学教育，这几年长年穿梭在新加坡、台湾省、美国、中国内地和香港，做纺织品的贸易生意。他那天说他爱上她了，说得非常郑重，但又非常轻松。这天晚上，他约她在饭店三十八层的旋转餐厅吃饭。

"要一份什么？"他问她。

“要一份意式海鲜面，一杯西班牙白葡萄酒。”她说。他要一份墨西哥玉米饼卷肉。“我喜欢吃这个。”他说。

她看着他，她觉得他大约有 40 岁了，但他还一点也不显老。她这会儿觉得，自己真的是一段波浪，一段不停地向前涌动的波浪。她觉得这是一个机会。他是一个叫她不感到那么讨厌的男人，但如果要爱上他，恐怕也得费不少时间的，但现在不管别的，这是一个机会，也许我又要离开饭店了，有一大片更广阔的天空等着我。

“你结过婚吗？”她问他，海鲜面很不错。

“没有，好像是上帝专门叫我等着你似的。”他说。他说情话也像真的。在酒店工作，她经常被客人骚扰和挑逗，他们大都是外国人和外籍华人，但他们又都非常有分寸感，从不粗俗地表达意思。她常告诫自己看人要看准一些。她听说了在这座城市中，有不少艾滋病患者都是饭店的男服务员或是女服务员，就因为他们被客人看中后与这些人上了床的结果。她一边吃晚饭一边在想，如果他要求和我上床我干不干呢？这又是一桩难下决心的买卖。

吃过晚饭，他邀请她去他住的商务套房聊天。“咱们喝一点儿加冰的威士忌吧。”他说。“不，我爱喝白葡萄酒。”她说。他打电话叫侍者送上来一瓶法国波尔多 1995 年生产的葡萄酒，酒很快就来了，他们坐下来聊天。这套房子是一个套间，非常大，他们坐在阳台上，看着外面星空下的城市。现在，他们可以看见北京东部商务区的灯光，这是一片高楼林立之处，它正日益地成为北京的曼哈顿区。它是华美的，有一种醉人的光芒。他们就聊了起来，聊得非常多。夜渐渐深了，有一会儿他们都不说话了。后来他没有看她，他说：“请你今天晚上留下来吧。”

她看着他，她站起来，手中握着那个高脚杯，里面的 1995 年丰收的法国波尔多地区的葡萄酿制的鲜红的液体在晃动，他站了起来，拥抱住了她，她手中的酒杯晃了一下，酒洒了出来，洒在了她那开胸很低的乳沟里。他放下了她手中的酒杯，就从那洒有葡萄酒的地方吻了下去。

胡岚把自己的头撞昏了。她出了车祸，但她没有死。她想也许这是天意。这么多年来，我走得太顺了，从来没有遇到过不顺利的事，这就是上天给我的安排。汽车撞上那台推土机的一瞬间她觉得她要飞出去了，她的头狠命地撞在了汽车挡风玻璃上。

没有人上来救她，这很奇怪，过了几分钟她自己醒了。还好，车子居然又发动着了。她挣扎着把车子开到了医院，她只是觉得头疼，她仔细地想了想发生这件事的全过程：她开着车去看老公，在那座如同大墓穴一样的别墅里，老公坐在桌子的尽头，和她说了几句话就取出来了一张协议叫她看，那时候她就觉得头有些晕，而且，在房间里她还闻到有一种女人用的香水味儿。那种香水她过去从来没用过，一定是丈夫勾引或是勾引她丈夫的那个女人留下的。她很生气，当时打算在房间里找一找，她猜想那个女人就躲在某一间屋子里，她还想象丈夫将协议给了她，她签了字离开后，那个女人就会从某个房间里走出来，非常高兴地扑入丈夫的怀抱。她为自己这种想象所折磨着。在车上，她一边行驶在尘土飞扬的大道上，一边在看那张协议。协议写得非常清楚明白，哪一套房子是她的，孩子的抚养权，金融有价证券的分配，现金和存折的归属，家中各种物品应该给谁。但是丈夫在协议上希望要走孩子。看到这里的时候她眼前一阵发黑，于是就朝一辆停在路边的推土机撞了上去。

大夫给她检查的结果是她得了脑震荡，是轻度的，只要休养一段时间就会好过来。她的心情仍旧非常郁闷。她只是把出车祸的消息告诉了母亲，母亲立即来医院看她了。

她把那张离婚协议递给了母亲，母亲看完以后黯然神伤。“我一直以为你们会白头偕老的，我一直……”

“我同意他的其他条件，但孩子得由我来抚养。”她说。头仍旧很疼。

“难道就没有挽回的可能性了吗？”

“没有了，”她停了一下，“没有了。”

“为什么？”

“因为没有爱了。妈妈，没有爱的婚姻还能够维持吗？再说，我们都已经变化了，我们已不是前几年的我们，我们都变了。”她说。

“他又有了女人？”

“可能吧。”

“离了婚你怎么办？”母亲有一些担忧。

“不知道。”她说。

方可欣从通通俱乐部里走出来，她又看见了他，他仍旧靠在他那辆本田摩托车上。他正仰脸看着星空。

“你看见了什么？”

“什么也没看见。”他把脸转向她，“下一站，恺撒皇宫娱乐城？”

“不，我想回去了。心情有些不好。”

“为什么？”

她看了他一眼：“不知道。”

“不会是来例假了吧。”他说。

她没有说话，她又看见了那个喷泉，它在那里喷出的水流经灯光的折射，变成了五彩喷泉。她快步走到喷泉的跟前，注视了一下喷泉里的水，这是淹死了一个人的喷泉，然后她蹲下来一下子把脸浸到里面去了。她感到一阵凉意进入了她脸部的皮肤与毛孔。停了一会儿，她睁开了眼睛，她试图看见那张脸，那张被淹死的人的脸，但她什么也看不见，她看见了一团漆黑，而那五彩的灯光已消逝不见。

第三章 弧线（片断）

其实任何飞行的物体都会有一道弧线的，张丽想。比如说飞机起飞，飞鸟在半空旋转，你向空中抛出一件东西，或者一件东西从高处落下，从起飞点到落点，总是一道弧线。

比如飞机的起飞，张丽想。她坐在飞机上，本来再过三天她就要嫁给迟斌了。可她觉得她听到了一声呼喊，那是来自吴浪的。她觉得她离开他离开得太仓促，她听到了那样一声呼喊，她要去看他。伊尔 –86 飞机在空中像一只大鸟，它在吼叫，它的声音很大。张丽坐在飞机舷窗边上可以看见白云和大地，它由绿变黄，由黄再变成了褐黑。大地是一张地图，而我是一道弧线正飞过它。

她没有向迟斌做任何说明。她有一种感觉，那就是吴浪需要她，到后来，到离他更远的地方，她才发现她最爱的人仍是他。

“你像一只夜鸟，你在舞台上的样子像一只夜鸟飞行，留下了一些凌乱的弧线。”夏商周说。

“我一向喜欢飞鸟的飞动。弧线是最美和最生动的。”方可欣说，“女人就是弧线，而男人是平面与直线。”

这是在录音棚中，方可欣在录制唱盘，工作的间隙她坐下来和夏商周聊天。夏商周显得更像是一个无所事事的年轻人，他总在听她谈论喷泉、弧线与波浪，他似乎对这类事物有一种出奇的敏感。

她想他爱上了她。在此之前，她对任何男性都有一种恐惧。她不知道她能不能消除那种恐惧。因此她既希望看见他，又不希望自己看见他。最近，他的形象设计事务所好像没生意似的，使得他总要天天来看她。

她在录制那盘《物质女孩》。在这盘有六首歌的带子中，你可以听到一个女孩内心的呼喊，一个女人的飞行，飞越当代都市越来越高的楼厦的丛林，飞越人工景点和修补后的大江大河。她录完后又坐下来与他聊天。他穿一套黑色的T恤，黑色的裤子，而他的眸子也又亮又黑。后来录音师说明天再录，她就坐着他的摩托跑到淮海中路一家餐厅吃饭去了。

在餐厅里，他们坐下来，他觉得今天有点儿累，她说："我还一点儿也不了解你呢，你还从来也没有向我谈起过你。"

"我？"夏商周笑了，他的手上戴着一枚铂金的骷髅戒指，"我的经历如同候鸟，生在上海，大学是在北京读的。回到上海在一家公司干了一年，又把工作辞掉了。现在我完全是城市中的一块漂浮物。我干过很多我感兴趣的工作。我自己掌握自己的命运，我不太喜欢老干一件事，老在一个地方待着。"

"我想，也许我可以离开这座城市。"方可欣嚼着鸡块，"我觉得上海令我气闷。当街道越来越窄时，我看不见飞鸟的弧线了。我想离开这座城市去南方或北方发展。"

"做音乐，在北京或者广州也有发展，当然北京更好，如果你打开了那里的市场，你就会在全国站住脚，而我，我也想去北京换换空气，我要在那里开一家形象设计事务所。"夏商周说。

在这天晚上他们商定了要北上的计划。为此方可欣非常激动。他们吃完饭，开始骑着摩托向郊外狂奔而去，坐在后排座位上的方可欣把头靠在了他的肩膀上，她觉得这种感觉非常好，非常美妙。仿佛是一道弧线的落点一样，这弧线落在了他的肩膀上。过去她没有这种感觉，但现在她有了。

他们都没有说话，他的摩托骑得很快，渐渐地，繁华的城市消失了，那种在城市中涌动的热浪也被一种清新的空气所代替，星空变暗了，星星也变得非常具体。几个小时后，他们来到了一大片的农田边上。仿佛是在进行着一次偷情，他们手拉着手进了一片豌豆地。

他拥抱住她，吻她。她尝到了黑夜的滋味，如果她是物质女孩，那么她的牙齿应该是石头做的，应该发出一种磕碰声。

她躺了下去，心情复杂。她向他敞开了，他还是一个她并不熟悉的男人。她惧怕他，可他单刀直入，已然突破了她的防线。她感到有点儿疼，身体里的虚空一下子被填满了。

胡岚的心情非常黯淡。当大夫检查出她是脑震荡之后，她决定不在医院里住，她想回到家中。母亲把她接回家，她叫保姆把孩子也接在身边，他还不到两岁，但世间的一切他已全然知道了，一看见他的眼睛她就感到心疼，那是一双清澈透亮的眼睛，对世事一无所知，只会叫爸爸妈妈的小嘴从来不停。她觉得非常沮丧，就在内心之中清理着和丈夫邓方的关系，问题到底出在哪里？在婚姻中，总有一方应该负主要责任，可我们的问题出在了哪里？

于是她从头开始想起，她要做一只鸟，从开始之处飞翔。他们相识有好多年了，至少有七年了，那时候她还在上大学，而他则和他的一个朋友到她住的宿舍来找她的一个室友，那个女孩不在，结果他们聊起来了。后来邓方就经常来找她。他开始追求她。像一切追求者那样，他向她送花，约她吃饭，聊天，郊游，听音乐会，散步……像捉迷藏一样，一开始她并不是很认真，她尽量躲着他，或者说她在逗他，有时候她也与别的男孩约会，这也刺伤过他，但他毫不气馁，仍旧在追求她。一年以后，她答应了他。开始真正和他固定了关系，他身上有一种非常执着和顽强的气质吸引了她。

那时候他们都很穷，她还在上大学，毕业后在电视台做编导也同样没有多少钱，他在一家国有公司工作，他们的生活渐渐地显露出了非常成型的一部分。

如同所有有结果的爱情都会落到婚姻上一样，毕业一年后，他们结了婚。又过了一年，突然地，仿佛是好运从天而降，他在香港的一位亲叔叔去世了，给他留下了一笔数额可观的财产。而后，他辞去了工作，开始做生意了。

生活于是从这时候开始发生了变化，骤然之间，那笔财产让他们的物质生活发生了巨变。他经常到处跑，他在家的日子越来越少，她觉得自己的房子像个墓穴。因为她一个人在家里待时间长了就可以闻见墓穴的那种霉味儿。他们商量生了个孩子以后，她越来越不习惯在家里头待着，于是就开了一家公共关系公司。她也开始忙了，两个人都在外面整天忙。有一天他抱怨说她再也不给他打领带了，她再也没有心思给他挑选衬衣了，她还没有料到事情的严重性。

再后来，再后来他们经常吵架，经常吵完了架之后两个人就开车出去，各自住在不同的属于他们自己的公寓里。再后来，有一天她正在写字楼中为东北一座城市在北京开招商引资会而忙碌，邓方打来了电话："我要和你谈一谈。"

"谈什么？"她放下了手中的笔。

"谈……我们是不是该离婚了。"

"为什么？"她愣住了。

"我和你有三个月都没有一起在一张床上了，你说这是为什么？"

"……什么时候？"

"明天。我拟好了协议，我到时候会交给你。"他说。

她一边接电话一边看着窗外。她觉得这时候天好像一下子就暗了下来。

然后她去见了他，然后他交给了她那张协议，在回城的路上，她出车祸了。

她理清了头绪，她觉得自己的头不疼了。一些朋友来看她，他们听说她出车祸了。后来，她接到了一个电话。那是一个男人的电话，他叫黄凯，外号黄胖子，他原来是一家电影院的领座员，后来他开了一家画廊。他比她小 5 岁，他们过去曾经在生意上合作过。

“我们有许久没有联系了，我想请你吃西餐，晚上有时间吗？”他问，“有个忙想让你帮。”

“有，当然有。”她奇怪自己为什么这么干脆地答应了，“什么忙？”

“那我们去吃墨西哥风味的美食，去威尼斯餐厅。晚上再说吧。”

“晚上见。”她放下了电话。她觉得自己在期待着自己生活中的变化，这种变化似乎已经悄然来临了。

从那天以后，陈查理就经常把葡萄酒洒在徐天心的胸脯上，然后一路吻了下去。他非常喜欢她的身体，他并不了解她的身体是如何由瘦削而变得丰满的，这个过程如同一个成长的秘密。而她，从不再喜欢花改而喜欢银器开始，就觉得她自己变了，仿佛另一个她沉睡在她的体内，到了社会上，那个她突然地醒了，她决定要去努力攫取了。

她了解了陈查理是一个纺织品贸易商，她想对于她来说，现在她需要继续放宽视野。他告诉她想把她带走，她的内心一片欢喜。

“我们先去香港，我需要你做我的帮手，然后我们再去美国。你在那里的学校读两年书，学习商务管理。然后，你就可以自己负责我们的一家公司，这是我这几天认真考虑的。”

徐天心明白自己的命运发生了重大的变化，她在这天是一个人过的。她觉得她需要一个人待一晚上，仔细地想一想这两年她来到这座城市所发生的事情。晚上，她躺在自己租的那套房子里哭了，她趴在床上，哭得像个泪人。

她没有想到，从学校毕业这两年她的变化会有这么大，她觉得她一下子多活了几年似的，她变成熟了。而从今以后，她仍要有新的变化，她的道路在延伸，不久，她就可以去香港，然后，去另一片更新的大陆，去瞭望到更广阔的世界。她哭了一会儿，爬起来到了阳台上。她刚打开阳台门，就看见有一只鸟扑棱棱地飞了起来，向更高处飞去，它的飞行留下了一道弧线。

是的，那是一道在黑暗之中可以看得很清楚的弧线。它是平行的，在这一大片楼群中兜个圈子，然后向东飞去。她奇怪她自己能看见那道弧线，她觉得她就是那只黑鸟，在黑暗之处飞行，光亮在前，而她只能在暗处为扇动翅膀飞行。她呼了口气，觉得自己平静了。她想通了，必须要学会飞行。女人必须要学会飞行才行。

后来，胡强又给梁盈打了个电话："你不该那样，你不该叫人打我的。"他说。

梁盈沉默了一会儿："我最痛恨的就是欺骗，而你恰恰欺骗了我。"

"我欺骗了你？是我欺骗了你还是你欺骗了我？你真的爱过我吗？我一直都不相信你，我不相信你爱我。"

"你没有理由说这个话。"她说。

"我怎么没有理由说这个话？你当然不是真纯地爱着我，那天，是欧阳飞带你来我家玩儿的，那天我们认识了，那天我就注意到你在看着我的大电视、真皮沙发、CD 机和电脑时你脸上流露出一种十分贪婪的表情。我最痛恨的就是对物质有欲望的女人，我注意到了这一点。是的，你的气质非常独特，这使我爱上了你。我们同居了，但在心里，我一直把你当作是一个物质女孩。我觉得我们现在倒可以心平气和地来讨论这个问题了。"他说。

她突然又感到了一阵恶心，她觉得无法和他说明白。"胡强，你说错了。是的，我的确是在这座城市中漂浮着，我想要一个家，在这时候，我与你相识了。你的优点在性格上，你吸引了我，至于你买的那些东西，我没有要去占有它的，当然，如果我是你的妻子，我想我也有权去享用你获得的一切。但这一切，这一切都应该是以感情为前提的。我没有想到的是，你仅仅拥有了一台大电视、好音响与真皮沙发，当然还有一套房子，就以为这些东西是我与你争夺的内容。我讨厌你！”她说，“我讨厌连件皮裙子都要讨回的男人。”

“那件皮裙，我已经送给我新交的女友了。”他顿了一下说。

她感到有些好笑：“看来这件皮裙你可以无休止地送下去。我真的感到恶心，我真的为你还是一个男人而感到恶心。”她挂断了电话。

她呼出了一口气，她觉得恶心坏了。但重要的是，我必须要自立，再也不做任何男人，任何男人生活中的附庸。她暗自流下了眼泪，她觉得这个道理是她经受了如此沉痛的情感代价才明了的。

她立即赶到了吴浪的家，她找到了他的父亲。他的父亲是钢铁公司的一名工程师，一见到她，他吃了一惊。

“张丽……你不是在北京吗？”

“对，可我突然决定来看看吴浪。他现在怎么样？”

“他在戒毒所。他吸毒上瘾了，而且他还染上了脏病。我真恨不得拿钢条把他打死……”吴浪的父亲非常地激动。

明白了。她想，她听到的那声尖利的呼喊一定是吴浪在戒毒所里发出的。这时候，她明白了，他一定需要她，不然他不会发出那样一声嘶鸣，而她也不会在远在北京的地方听到。

她赶到了戒毒所，看到了他。他已经瘦得不成样子，他彻底变了。看到她的时候他的眼睛亮了一下：“丽丽？丽丽！”

“是我。”她有一些痛楚。

“你……不是在北京吗？”

“我听到了一声你的呼叫，我觉得你出了事，我就来了。”

“是吗？哈，你看我这个样子，你开心了吧。”他苦笑了一下，现在，他只有22岁，但他却连站都站不稳，“而且，我还染上了脏病。”

“什么病？”

“梅毒。”

“几期？”

“二期。”他伸出了手臂，露出了玫瑰红色的小点。

她的脸红了一下，一瞬间她想扭头就走。她想也许她太冲动了，只是凭着第六感觉听到一声呼叫，她就来到了自己过去男友的身边，却发现他已经变成了另一个人，一个活着的死人，一个梅毒病人与吸毒者。她觉得她有点儿受不了了。

“你走吧，我不愿你见到我这样。”他将无力的目光转向别处。

“可是，你为什么，为什么要这样？你为什么要变成这样？”她哭了，她想扑过去厮打他，但她却没有一点力气。

他笑了笑：“你知道，我想尝尝各种滋味……”

她哭了，他看着她：“……别哭了，丽丽，真的，你回去吧，你有你的生活，我有我的路。我戒了毒，治好了病，我会好好生活的，我……”吴浪说不下去，连他都知道他也许根本做不到这一点。他取出一个笔记本，递给了她。

“这是我过去为你写的诗，在这里没事儿的时候我就看一看，有时候再接着写几首。你拿去做个纪念吧，今后，我再也不会写诗了。”他站起来，向回走去。

她坐在长条桌子的这一面，她看见他由一头敏捷的小豹子在短短的一年间就变成了这个样子，她觉得这简直像是一个幻觉，可它真的发生了，就发生在她的跟前，那个她爱过也爱过她的初恋的人，他已变成了另外一个人，正以一种迟滞的步伐向他的房间走去。

在威尼斯餐厅里，烛光使整个环境变暗，使音乐显得暧昧不明。胡岚看着他，他叫黄凯，他们点了法式面包，意大利浓汤，巴西烤肉，还点了葡萄酒。她的神色仍旧有一些黯淡，她不想说话，因为她的情绪坏透了。

“最近过得怎么样？”她问他。他们在半年前有生意上的密切合作，但好久没有什么联系了。

“不怎么样。我离婚了。”

她愣了一下：“什么时候？”

“一个月以前。”他喝着浓汤，“她变成了一个发烧友，她把我们的家打扮成了一个录音棚，她完全疯了，她想把那些音乐变成坟墓然后把我也一同埋葬掉，我当然受不了了，于是，经过协商，我们就离婚了。”他说。后来他要的烤肉上来了，他就专心致志地吃那份烤肉。然后，他说要她帮个忙，他原来账上有一些钱，需要在她的账号上走一道。“这样她就拿不到那笔钱了。我们做个假账，帮我在这次婚姻战斗中减少些损失。”

“好。”她答应了。他们继续吃饭，她停了一会儿，说：“为什么很多婚姻到后来都变成了战斗？”

“也许男人和女人天生就是敌人吧，是天敌。彼此互为营养，互相伤害或利用？比如我老婆，她从离婚中就获得了绝大的好处，她得到了房子，得到了所有的家具及电器。她还想把我挣的钱也分一大半走。她赚大了。”他说。

“我也要离婚了。我前几天才签了离婚协议。”她说。

“真的？真没想到，你们过去那么好，你们……”

他们都沉默了。晚上十点钟到了，这家餐厅的中间地带的桌子全撤了，变成了跳舞的场所。这里跳情人舞和摇摆舞是有名的。“我们去跳个舞吧。”他吃完了烤肉，推开了盘子说。

“好。”她站起来。他们走进了舞池，灯光暗下来了，他们搂在了一起，他的肩膀有一种吸引力，她觉得她并不排斥他，过去除了丈夫，对所有的男人的身体都有一种排斥，但她发现她不排斥他。他们跳得很开心，他还只有三十几岁，因此他非常有活力。那天他们玩儿得很晚才回去，她的心中产生了一种异样的情愫。

梁盈开始行动了。她决心重新振作，她觉得自己必须要在这座城市中扎下根来。她拟定了一个发展自己的时间表，列出了她在这座城市中认识的人，他们也是一个小小的关系网。她于是最先到一家服装设计公司应聘担任服装设计师，在那里干了半年，后来一家新加坡服装设计公司把她挖走了，让她去新加坡培训了几个月，她觉得自己的设计水平越来越高了。实际上她想着有一天自己开一家公司，来设计她创立的品牌。

这是她面对这座城市时所想到的。就连一只鸟，在飞越城市时都会留下一条弧线，何况人。

梁盈觉得自己有信心在这座城市里待下去并且拥有自己的一片真正的天空，一条属于她自己的真正的弧线。但是要把笔下的草图变成真正的衣服，同时又将这种衣服真正地产生出来，是需要有人投资的。她开始经朋友介绍与一些投资商接触，她想自己干，不想给任何一家时装公司打工。但这是困难的。后来，有一个香港商人看了她的全部设计，打算采用她的一些服装样品，开始要试一试了。

她睡着了，这是她在这座城市生活了两三年中睡得最香的一晚。她梦见自己在一面大湖中沐浴。湖水中游弋着几只白色的天鹅。她也是裸体的，天鹅不怕她，或者她就是天鹅中的一只？在水中的倒影上，她看到了自己的身体。这身体是完美无缺的，它全部由各种优美的弧线构成，乳房、后腰、微微翘起的后臀、肩膀与小腿，它们都带有某种弧度，自由地伸展开去。她的全身就是由这些弧线构成的。那些天鹅真的不怕她，或者它们就根本没有看见她。后来，她突然看见在湖边的芦苇丛中伸出一支乌黑的枪管，这支枪管指向了天鹅群。她睁大惊恐的眼睛，那支枪管喷出了火焰，她听见了那些天鹅飞起来的声音，它们的翅膀努力地拍击着水面，进行了强行起飞。是的，它们飞起来了，而那火焰，那是一团迅疾飘动的活火，飞过来击打在了她的胸膛上，她在水面上倒了下来，她浮在水面上感到自己在变轻，变得很轻，像一张纸一样被水流所托住了……

她醒了。这是她自半夜惊醒的无数个夜晚中醒来的一次，但是这一次她并不再害怕夜晚了。即使有枪声从黑暗的地方袭来，她也不害怕了。但她对夜晚仍旧有些惧怕，这也许是一种与生俱来的情绪。她想她必须要战胜自己，连带战胜这黑夜。

方可欣和夏商周包好了全部的行囊，打算离开上海到北京发展。传说这是文化的中心和天堂，他们一个想在这里真正地成名，而另一个，则想找到一种漂泊的形式。

他们是坐火车出发的，如同一声最长的汽笛响过之后，他们出发了。星夜兼程，外省青年，直奔北京。

方可欣听见了自己身体深处的一种声响，这种声响类似于一种竹子拔节的声响。她非常激动，把夏商周拉向了她的腹部："你听，我体内有竹子生长的声音……"

他在静心谛听，但他听到的不是竹子拔节的声音："你饿了，我听到了咕咕叫的声音。"

她笑了，她想他有时候一定很坏。她现在不再惧怕他了，她谁也不怕了。火车在颠簸着，夜晚覆盖了土地。没有同伴，没有食粮与水，只有星光指引。向着北方，那里群鸟失去了踪迹，冰层在融化，一座城市从清晨的阳光中升起。鸟的飞翔也是人的飞翔，这再次起步的旅程充满了欢欣和光荣。没有停泊，没有歌声，只有星光指引。这天空中的指南针，向你说明了你的到达。

第四章 花园（留言）

“每一个女人都是一座花园，”胡岚说，“这是一座让女人自己也让男人迷失的花园，女人就是一座花园。”

“女人的芬芳来自她心灵的花朵。后来我才明白了，并不是所有的花朵都是鲜艳的，有些花是有毒的，可是我并不希望我内心的花朵是有毒的。当我看到吴浪成了吸毒者和性病患者的时候，我想这一定是两种有毒的罂粟花害了他：毒品的花和坏女人的两腿之间那腐烂的玫瑰花。”张丽说。

“女人是花园？我从来也不相信这类说法。我发现我的身体正在变得橡皮化、塑料化，我发现我的感情也像稀薄的空气一样不见踪迹。我爱陈查理吗？我想我不爱他，他不过是一个台阶罢了。”徐天心说。

“但是，未来也许从来就不是一座花园，很多人都说未来是一座花园，我过去相信这类说法，但我现在不再相信这种说法了。因为我到北京三个月后，我的左眼就被打瞎了。”方可欣说。

“黄凯就说我的身体像是一座花园。我说不清楚我们的激情是在哪一天迸发的。也许就是从那天我们一起去威尼斯餐厅吃饭和跳舞之夜开始的。后来我们经常约会，彼此想得发疯，也就是在这个时候，邓方突然又不想和我离婚了。当我签署了那张离婚协议之后，他却反而不签了。”

“我看见我的心灵深处长出了一朵花，一朵橘红色的鲜艳的花，一朵非常善良的花，见到吴浪以后，我才明白我要做的事情，我要来改变他，让他重新获得生活的勇气和阳光。”张丽说。

“有时候，当女人不是独立的时候，女人的花园是荒芜的，到处都是杂草。我深信这一点，所以，我决心重建花园，我决心重造我自己。我过去太软弱了。而今后，我会坚强起来的。”梁盈说。

“我和黄凯之间突然迸发了一种可怕的激情，这完全是肉体的激情，这完全是火。是要烧死我们的火。从那以后，我们经常约会，我们一整夜都在做爱，让火焰从我们的身体里向外燃烧。过去我从来不相信有肉体的火焰，我发现它过去被遮蔽了。但现在，它又重新被点燃了，是被黄凯点燃的。他离婚了，而我，则在经历着一次婚姻的危机。可为什么邓方又突然不离婚了呢？他说他突然觉得，如果我们共同生育的孩子在没有父亲和母亲的环境中长大，那么孩子的心灵一定是不健全的。他因此不想与我离婚。但我发现我心中那对他的爱的火焰已经死了。这火焰被另一个男人，一个比我小 5 岁的男人点燃了。每一次我们的约会之夜，他都像一只迷途的小鹿，或者是一只辛勤的采蜜的蜜蜂，在我身体的森林里迷失。在我的身体的花园里采蜜。我沉醉于这种纯粹感性的体验，它抛却了责任、义务，它只有肉体的欢愉。我想我没有背叛过感情，我的感情从来都是鲜活的。”胡岚说。

“我的内心有一座花园，我确信我看见了它。我要把吴浪从毁灭的边缘拉回来。我把他从戒毒所接回了家里。我又见到了我的父母亲。我的父亲已经退休了。他好像突然地理解了我，理解了一个从十九岁就开始反叛他如今却已经长大了的女儿。是的，我长大了，我看见了我内心的花园。我把吴浪接到了我家中，我要把他从那种颓丧的边缘拉回来。我把他接回了家，我看见了他那种悲哀和低垂的眼神，内心非常地沉痛。我开始强行给他戒毒。他毒瘾发作的时候谁都不认。就在昨天，他还咬了我。他咬我的耳朵、脖颈、肩膀，咬我的手臂、手指和乳房，我好不容易才使他渐渐地平静下来。他平静下来了，他看见了是他把我咬得遍体鳞伤，他哭了。他说他一定要把毒戒掉。而他的性病也被控制住了，每天都是我亲自给他打针与用药。我一定会把他治好的！因为我是一座花园，或者我看见了我内心的一整座花园。”张丽说。

“我的身体已越来越僵硬，它真的在变成物质化的东西。也许，我正在变成一个石头女人？后来我常常在想我是怎样渐渐地变成了一个石头女人，我想这一定与我第一次出卖自己有关。从那以后，我身体中的一部分就坏死了。如果说我是一座花园，那么从我为了进入这座城市而出卖了自己的那一刻起，我的花园就开始变得荒芜，它渐渐地被一种杂草所充满，是的，这种变化就是从那一刻开始的。然后，我渐渐地变了。当陈查理以啜饮葡萄酒的方式从我的胸脯上吻下去时，我明白我又将进行一次交易。但这一次，我发现了我身体正在变异的秘密。我担心有一天我早晨醒来，发现我已变成了一座石膏像，永远地保持一种姿势，躺在那里一动不动，带着我的创伤记忆，带着我全部的未完之梦，变成了一个石膏女人。这使我感到了恐惧，这使我后怕。我想也许真的在我身体内还有另一个我，这个我在与另一个我争吵、厮打，她们彼此防备与战斗，她们使我备受煎熬，却永不得安宁。”徐天心说。

“我的眼睛为什么会瞎了呢？这是一次殴斗的结果，我离开了上海，来到了北京。北京，与上海完全不同，它是一座北方的大都市，它的风格更具有包容性。在这座城市中我认识了很多人，我认识了更多的人，他们大都是游走在城市边缘的人，这对于我来说是一座陌生的城市，我想我要去认识这座城市，我要去认识更多的在这座城市中生活的人。我尤其迷恋那打在胡同墙壁上的阳光，那是一种古老的阳光的凝固。到了晚上，我像在上海时一样，在那些酒吧、歌舞厅里演唱。我们白天奔波在城市当中，与一些音乐制作公司交往，说服他们听我在上海录制的带子，与我签约。但他们似乎不欣赏我在歌声中那种对物质女孩肯定的态度，他们对我兴趣不大。我受到了挫折，有一天在一家酒吧唱歌的时候，一个家伙要点歌而我不唱时，他用酒瓶子砸在了我的眼睛上，我的眼睛瞎了。”方可欣说，“这时候，我突然看见黑暗的真正内容了。”

“我看见他在好转，我想他似乎看见了我的内心的花园，我是一整座花园，吴浪在我的精心照料下渐渐康复。只是要全面恢复，还需要一些时日。过了几个月，他真的明显地好多了。有时候静下来的时候，他问我：你已经有了你自己的生活，为什么还要来管我？我说我听到了一声呼喊，那是他发出的。于是他就叫我描述那种呼喊，因为他感到很好奇。我给他详细地描述了那种呼喊，他惊讶极了。有一天，他的精神很好，他躺在我的怀里，他说他闻到了一种芬芳。我问他，是香水味儿呀？他说不，不是的，是一种整体的芬芳，类似于某种花园的全部芬芳。我就悄悄地告诉了他，其实我就是一整座花园。他问我，你真的是一座花园？我说当然，正是这种芳香叫你一天天又变好了的。我们又回到了过去激情如火的日子中去了。可我在和他做爱的时刻，又听到了一声呼喊，没错，一定是他，我知道他要从北京出发来找我了。”张丽说。

“可是你们谁也料不到，黄凯是一个骗子。其实他没有离婚，我是后来才知道的。他的妻子是医院的护士，对他非常之好，既温柔又贤淑。而他完全地欺骗了我。但那个时候我已经被他给迷住了。每一天,我必须要听到他的声音，能摸到他的身体才行。我想我一定是疯了,我想我看见了一种激情的海市蜃楼。它在他身上出现了，而我看见了它，我要抓住它。我把我的钱都花在了他身上，因为他的画廊实际上要倒闭了。我把一辆轿车也给了他，我给他买衣服，给他做饭洗衣服，我希望我能抓住他的心。我想这是我活这么大，快三十岁时所迸发的最激烈的一次爱情的火焰，我必须要叫它有结果，我想我可能真的疯了，后来我才发现我陷得太深了。我的丈夫邓方又找我谈了一次，我告诉了他这个情况。他第一句话就是：他不会和你结婚的。我不信，我说：为什么？为什么他不会和我结婚？他说：因为他也有一个孩子。我笑了笑，我说这不是障碍。他说：那你就去试一试吧。”胡岚说。

“我想我已经变成了另一类女人，”徐天心说，“变成了一个喜欢银器、酒店高级浴具、大堂喷泉与辉煌灯光、羊绒制品的女人。我觉得我的身体在变化，我不仅仅变得丰满了，而且我还变得僵硬了。这种僵硬的麻木感从下肢一直延伸上来，一点一点地，它先是漫过脚踝，而后又涉及小腿，再后膝盖也不灵了，再后来我的臀部周转不灵。我觉得我和陈查理做爱时没有激情，我也感觉不到潮湿，因为我下肢麻木了。但我的上半身还好，我不能把这一点告诉他，否则我就无法出去了。很快的，陈查理就为我办好了去香港的一切手续，我到了香港。我一开始对香港并不习惯，因为香港的楼群太过密集，人的生存压力也太大，而且，我已习惯了北京的开阔和大气，我不能习惯在香港目光总被高楼大厦挡住的情况。但后来我习惯了，我被香港的繁华和自由给吸引了。我不再担心我的身体的异变，我在陈查理设在香港的分公司工作，半年以后，我就做了这家公司的经理。我已经熟悉了贸易行业的业务。而陈查理则在美洲和亚洲来回穿梭。他说他要娶我，但我想，我的归宿就是他吗？”

“我觉得我无法喜欢这个城市，正是这座城市使我的眼睛变瞎的，我甚至有点儿恨它。这座城市一直非常自大，正是它的自大使我的眼睛变瞎的。我在这座城市的活动收效一般，但一家文化发展公司为我出了一张专辑，我想我应该振作一些。在地下音乐圈子里我已有些名气了。但我瞎了一只眼，这对我的打击非常大。而且，告诉你吧，我现在已经和夏商周住在一起。他干得很好，他干平面设计与形象设计，他干得很漂亮，但是我的心情很糟。我有一点儿颓废，我不知道我该怎么办，是的，我唱歌，可我也像我的歌一样茫然，没有方向，没有目的。我想这一定与瞎了一只眼有关。没有比这一点对我的打击更大的了。我有些消沉，可夏商周他朝气蓬勃，他干得不坏，他甚至想让我也不要唱歌了。我不知道我应该不应该唱下去，我想我是这样一类女人，我想走在路上，我不想停下来，我还没有要选择家庭的想法。我喜欢在舞台上与人交流，可我的内心却孤独得要命。我想走得更远，可我实际上却一直原地踏步。但我瞎了一只眼，我还能唱歌吗？我有些颓丧，我不知道该怎么办。这是一件棘手的事情，一些公司打算与我合作，但他们又撤伙了。因为关于我有一些传言，说我和流氓混在一起眼睛才被打瞎的。一些大型演出也不邀请我了。我想他们一定不希望看到一个女人，一个戴着一只黑色眼罩的独眼女人在舞台上演唱，这风格的确很酷，但让人接受不了。难道我的路就如此终止了吗？难道这就是我的命运吗？”方可欣说。

“从来就没有救世主，从来就没有，从来就只有一个人，那就是你自己。的确是这样，肯定是只有你一个人。只有你一个人能救你自己，我就是这样，我长大了，我不再是一个女孩子了，我明白了我是一个面对着整座城市，我是那类好强的女人，我被男人伤害，我当然想成为我自己。长久以来我就在想女人，想中国女人的真正状态，这是一个社会大变革时期，它为女人提供了实现自我的机会，但同时，传统对女人的要求也依然在，女人必须在这两种诱惑与要求下找到实现自我的道路。是的，我过去想当画家，但现在，我知道这一点非常难。但我会成为一个优秀的服装设计师，我将波浪设计在衣服上，各种各样的波浪，波浪的线条起伏异常生动。我在寻找我自己。人人都在寻找他们自己。我觉得我快要找到了。”梁盈说。

“我又听到了一声呼喊，我想那一定是迟斌的。我知道我回到新疆这几个月当中，他一直在焦急地期待着我，但我一个电话也没给他打过。也许我太无情了？我知道我主意已定。我要离开他了。就是这样，吴浪需要我，他非常需要我，我爱他，因为我要改变他。我想迟斌就要来了。果然，几天以后，他就飞到了乌鲁木齐，找到了我。他明显变瘦了。我无言以对，我想告诉他我又发现了一个我，这个我将按照她固有的逻辑去生存，我就告诉他了，他听不懂。他说：你的意思是说，你要和一个吸毒者过一辈子？我说，不，他是我过去的男友，我要帮他振作起来，而且，他已经在振作了。他沉默了一会儿，突然暴跳如雷：我要杀了他！我要杀了他！他怎么能从我的手中把你抢走呢？他怎么能这样做？我一定要和他决斗！我没有说话，我想，这是我个人的事，但他非要去见吴浪，于是我就安排他们见了一面，他看到了吴浪，吴浪也知道了他。我是后来才知道的，那天我出去后，他对吴浪说：我们都爱她，干脆我们进行一次决斗吧。吴浪想了想,决斗？我身体太差,我还没有恢复,肯定打不过你的。迟斌说，那我们开车相撞吧，每人开一辆吉普车，向对方撞去。吴浪爽快地答应了。他同意每人开一辆吉普车向对方撞去，谁活下来谁就可以拥有我。吴浪在瞒着我的情况下去找了一辆吉普。他们就要互相决斗了。”张丽说。

“仔细地回想起来，我和黄凯的关系难道是健康的吗？难道我和他之间燃烧起的那种肉体的激情，是一种真正与感情相融合并无可挑剔的吗？我难道不是出于对爱情的失望，在爱情的消失的情况下去渴望抓住爱情稻草的行为吗？我难道是冷静的吗？肯定不是。我想，一定是邓方使我太失望，而我为了不至于太过绝望，突然之间迸发了这种激情。但是后来，是的，在后来我明白了这里面的奥妙。如果我是一座花园,那么我只是独自开放的。黄凯他并没有离婚，他欺骗了我，但他似乎就是有一种魔力，使我离不开他，每一回我打算离开他，他只要暗施小计，我就心软了。我照例把我的车给了他，我还送了他手表，各种名牌的衣服。因为这些东西他都没有，他都想要，我就都给了他。我没料到我会处于一种这样的境地，我就好像处于一种夹缝地带，我不能向左，也不能向右。我当然已不能重回到邓方的身边，我无法谅解他的背叛。但这时候出了一件事，出了一件我既无法原谅他也无法原谅我自己的事，那就是，我们的孩子死了。”胡岚说。

“我开始发现陈查理好多事情都瞒着我，”徐天心说，“在香港，每个月我只有一半的时间才能和他在一起，但他对我说送我去美国留学的承诺一直没有实现。不久，他突然病了，他是在香港病倒的，经检查他的血检呈阳性！他是一个艾滋病患者！他和我一下子都受到了最大的打击，而我，也去进行了血检，发现我的血也是阳性，也就是说，我也已成了一个艾滋病病毒携带者，只是我还没有发病。我一下子愣住了。这是谁在对我惩罚？这是不公平的，这肯定是不公平的，我想，这与我无关。陈查理发病了，他病得不轻，很快他就瘦了下来。他被送回美国治病了。在他回去之前，我问他，是谁让他染上了艾滋病。他想了想，说可能是他的一个哥伦比亚籍情人，一个火热的哥伦比亚女人。我想打他，但我想这没有用，我和他还没有结婚，他的钱我无法分享，他去了美国，我答应和他一块儿去，因为有一个人发明了'鸡尾酒疗法'，可以治这种艾滋病，后来，我悄悄地把他在香港公司的一些钱转移到了一个账号上，也去了美国。我们在芝加哥碰面，他快死了。他对我有愧疚，他把他的财产一部分留给了母亲，一部分给了他一个弟弟，还给了我一百二十五万美元。可我明白，我要这一百二十五万美元一点用也没有。我采用了'鸡尾酒疗法'，据说，这种疗法对艾滋病病毒携带者还有用，我还没有发病，但陈查理死了。我承认我对他有些感情，在我上半身还没有变成石头的时候，我的上半身对他产生了感情，毕竟是他改变了我的生活。他死了，死的时候我在场，我忘不了他那无力和悲哀的眼神。他的身体完全垮了，到处都是溃疡，骨瘦如柴。他死了……埋葬了他，我一个人跑到了肯塔基乡下，在那里租了一套房子，那是身处半山的房子，我就住在那房子里，我什么人也不想见，我要一个人生活一段时间。我还太年轻，但我好像已经历了所有的事情。我的心事沧桑，形同老人。"

"夏商周对我说，必须要前进，可往哪里前进？到哪里去？他答不上来。我不想前进了。我要回家。我说，我要回家。我为什么要回家，因为我喜欢上了另一个人，他叫田阳，他是一个警察，他喜欢听我的歌，但是他死了，他在追捕凶犯时牺牲了，我很难过。但是这个时候，我的歌开始在北京走红了，这是在我的主打歌进入了一些排行榜之后，有人喜欢我的歌，我走红了。我的磁带发行了很多盘，可我想回家了。我哪儿也不想去，我不想在路上，我想回家了，我要做个好女人，我动员夏商周也回去。我们还是一起回家吧，我说。不，他说我决不回去。你真的决不回去？我问他，他说是，我决不回去。你看我挣的这些钱，我为什么要回去？他掏出一大把百元券，我不回去。那我回去了，我说。可是你为什么要回去，他焦急地问我，你过去是一个地下歌手，现在你有名了，你可以一直唱下去，直到获得你要的一切。我摇了摇头，不，我要回家，我要逃走。我是肯定要回家的。于是我就悄悄地一个人回家了，我要从所有人的记忆中消失。消失，是我的最好方式。方可欣说："因为，田阳也消失了，消失在大气里了。"

"他们开着吉普车向对方撞去，他们都没有死，两个人都受伤了。吴浪受的伤重一些，而迟斌受的伤轻一些。我认为这是一件荒唐的事情，我无法不说这太荒唐，我知道这件事，我把他们说了一顿。这的确太荒唐。迟斌知道我真爱的是吴浪，他走了。他不会再回到我身边。我呢？我爱着吴浪，我明白了这一点，我打算和吴浪一起生活，让他重新振作。我看见他的眼睛里重新有了亮光，过去我没有看见过这种亮光，现在，我又看见它了，这说明他在好转。他说：车子相撞的一刹那非常激动，我以为我就要死了。我好像突然地听到了一个声音，那个声音一定是你的声音，告诉我为什么我会听到你的声音？我问他：是什么样的声音？他说，那是一种非常温柔的声音，告诉我生活的美好的声音。我从此以后要好好活着了。是的，我们从此以后要好好活着了，我们要成立家庭，生儿育女。我决定从北京回来，我要在乌鲁木齐找一家医院工作，我想我决定了。"张丽说，"生活中平静和加强的一面，在经历了波折之后，在我们之间展开了。"

"我死了。现在，是我的灵魂在对你们说话。我真的死了吗？我的灵魂在空中飘荡，我的确死了，因为我明白既没有天堂，也没有地狱，我就停留在中间地带。在后来，发生了一件事，发生了一件叫我一生悔恨的事。我和邓方生的孩子死了。他是被闷死的，他才一岁多一点，他就闷死在床上了，闷死在被子里了，这种事情发生得太荒唐。保姆回家了，说好邓方看管他，而邓方和他的情人约会没有回家，第二天，邓方回到家中，发现他已经死了。就是这样，为什么我们的生活乱糟糟的？一定是哪里出了问题，肯定是这样，有个地方出了问题。本来一切都很好，我们可以生活得很幸福，可有一双大手把一切都弄乱了。我受不了这一点，我突然醒悟了，我觉得我有责任，我是孩子的母亲。我在邓方和黄凯两个人那里都得不到爱，于是，我从楼上飞了下来。那是八楼，我飞下来时到了中间，我的灵魂就脱离了我的身体，然后就看见我的身体掉了下去，摔在了地面上，发出一声闷响。我看见一些人围过来，他们在围着我的身体说话，但我听不见他们说些什么，人的灵魂一旦与肉体分离，是听不见人说话的，我的灵魂就这样在半空之中飘着，我知道我会永远这样飘着，告诉你一个女人灵魂没有着落的故事。你们看不见我，我就像空气，与你擦身而过，我死了，其实一直都是我的灵魂在向你说话，给你留言。”胡岚说。

“女人是一座花园，但是这花园不一定是芬芳的，要你自己去发现这种芬芳，我后来自己发现了它。”张丽说。

“女人要成为一座独立的花园，要自我呈现、自我美丽、自我开放、自我欣赏。我现在还在路上，我的所有的想法都还没有实现，但我想我会的。”梁盈说。

“我现在已变成了一个石头女人，在美国肯塔基州的一处石山的半山腰的一幢房子中，我雇了一个快活的黑人女人做女拥，我现在孤独一人，我还没有发病。我会发病的。但我内心已平静。我生活过就够了，你们说对不对？我生活过，我死了，也没有什么。我后来发现我的脖颈以下都变僵硬了，我变成了一个石头女人。但我的头还是好的，我可以回忆，可以说话，可以思考。我想有一天，也许连我的大脑也会变成石头，但那一天还没有到来。我不需要怜悯，这都是命运，每一个人都有自己的轨迹，如同波浪，如同飞鸟的弧线，如同喷泉和花园。”徐天心说。

“我消失了，你们谁也找不到我，我在自己成名之后回家了，我消失了，我想我的心情很一般，我有退有进，我回家了。回家非常好，我回家后就消失了。”方可欣说，“因为田阳也消失了。”

“每一个女人都是一座花园吗？每一座花园都有荣有枯吗？”胡岚说。“每一条道路都有尽头吗？每一条河流都会流很久吗？每一个人都要回家吗？每一只鸟都要留下弧线吗？每一段波浪都要成为碎片吗？每一个喷泉都会干涸吗？每一次飞翔都会降落吗？每一颗种子都会发芽吗？每一扇门都会关闭吗？每一个黑夜都会在白昼的枝条上盛开吗？每一句话，一旦它说出，它就会随风飘散吗？”

鼹鼠人

一

城市，你观察它一般有几个角度。你可以站在地面上去观察它，你还可以飞到高空中去观察它，这时候它完全是大地之上的地衣，漫无边际地向四周漫延。此外你还可以从地下看它，如果你有一双透视一切的眼睛，你会透过城市的水泥和沥青地表，从而发现它的秘密。向下看去，城市的地下有着数不清的管道和隧道，有着蛛网一样错杂的地下电缆和地铁系统。站在一座城市中，你向上、平视以及向下看去，将看到完全不同的景观。

我就很少看到一座城市的下面，我一直没有获取这样的机会。在城市中，我一般总是平视和向上看。平视我一般是为了看人，看行走在城市中的人和迎面而来的车辆。如果是向上看，那么我一定是对一座摩天大楼发生兴趣了。不知道你注意到没有，那些擦拭摩天大厦的幕墙玻璃的清洁工（我称之为蜘蛛人）总是城市之中一道十分亮丽的风景，我一般向上看绝不是为了看天空中的白云，我就是为了看蜘蛛人的，我担心他们会从升降机上或者是悬索上掉下来摔死。

从那么高的地方掉下来摔死一般连骨头都会给摔碎了，这样人看上去就像是一张煎饼，你去抬起他的时候他软软的，瞪着悲哀而混浊的眼睛无力地看着你。我一般看到正在工作的蜘蛛人时总是想象到这些。

但是你平视的时候，你经常就会变得心烦意乱。因为很多人，他们比你高或者是比你矮，他们像潮水一样向你涌来，他们总是充满了你的视线让你无从躲避，他们不停地涌动着，只要你走在大街上，你的目光就将被他们完全占据。

我获取了一个观察城市地下的机会是源于一次爆炸。那次爆炸很可怕，它几乎将一条小街道都给掀翻了。这次爆炸的原因是地下煤气管线漏气，因而发生了爆炸，这次爆炸简直就像是给一条街剖开了肚子，露出了城市肚腹的秘密。我经过那里的时候那里仍旧十分危险，破裂的煤气管道嘶嘶地喷着煤气，消防人员在紧张地疏散着人群，我逆着人群惊慌的狂乱水流挤到了爆炸现场。在我的面前一片狼藉，沥青路面被从下面剖开了有四十多米长，各种管线都暴露了出来，地下排水系统也被炸坏了，从而使排水不畅，污水急骤地开始聚集，使我目睹了人类污水的全景图。它的各种内容在水的聚集中上下翻腾，令人恶心不已，而且一刹那间我还看见一个不足月的灰白的死婴在污水中盘旋，恶臭在漫延，我后来仓皇地逃离了那里。

一座城市的地下有着城市的另一种秘密，我以为。比如在污水中翻腾的死婴，它的产生和被抛弃有着什么样的传奇？再比如污水中的各种人类的排泄物，它们都是在什么样的情景下产生、经由什么样的渠道，最后都汇聚到污水管中的？人为什么要把它们都深深地排到地下去，从而让它们在黑暗中渗透与消失？自从触目惊心地看到了城市地下的复杂面貌的一角之后，我总是做一个噩梦：我就像是那个死婴，从马桶开始，进入了黑暗的地下污水之中的漂流。整个过程无比漫长，我从一条细小的管道开始，继而进入稍大一些的管道，与其他的污水中的各种污物相汇合，然后汇入更为巨大的排水管，就像是在地下暗河之上漂流一样，在黑暗的污水中浮沉，并毫无目的地向前浮动。

二

我是一家报纸的记者，这个职业总是使我得以了解到最新发生的事件的真相。但是今天发生了一件让我感到奇怪的事情，我收到了一封信。这封信是用左手写的，它没有贴邮票，但它准确无误地躺在了我的桌子上。信封是用一种再生纸自制的，没有厂标和印量。我一开始以为是同事的留言，但我打开来才发现不是。这封信似乎就是一个陌生人给我写来的。

你好！

收到这样一封信，你会感到奇怪的吧？连我也会感到奇怪，为什么会给你写信。但我从报纸上知道，你是一个非常关心城市命运的记者和作家，你对城市、对人类当代生活的这样一个大沤粪池非常感兴趣。我也对城市感兴趣，但我认为人们为了满足自己的欲望，在大地上建立的这种巨型积木正在毁灭我们自己。别的不说，你说一座城市每天要制造出多少垃圾？要耗掉多少度电？要涌来多少人群？要使多少人死于空气污染？对城市，我同你的看法不同，宝贝儿。而且说实话，首先我就对地铁感到厌烦，因为它吵着我了，它让我觉得吵，它干扰我了。我就想告诉你这个。此外我还有很多其他的想法要一点点地和你交流。交流总是有乐趣的。我缺乏交流，但我总是对的。

这封信既没有开头对我的称呼，后面也没有具名。字写得歪歪扭扭，可以看出它就是用左手写的。但我发现，信纸竟是这座城市于1973年生产的！因为那种双行红线格的信纸格式今天已很少见了。而且墨水的颜色也比较奇怪，它既不是碳素墨水的那种黑色，也不是纯蓝、蓝黑和红色墨水，而是一种紫黑色，像是一种血液凝固后形成的那种颜色。我用鼻子闻了一下，一股奇特的臭气向我扑了过来。

在这样一个空气新鲜、阳光灿烂的早晨，我心情愉快地翻检信报，我收到了这样一封信。我皱起了眉头。我把脑袋探出小隔间，环视四周。同事们都在忙碌地走来走去，一排排电脑非常整齐，一些电脑开着，有的人在打字拼版，这一切和过去每一天都一样，没有什么十分特别的感觉，但我却多少觉得有些不对劲儿。

这种不对劲儿就是这封信带来的，它有些奇怪，甚至还散发着奇特的味道。它朴素、古老、僵硬但还有一种咄咄逼人的警告。我一开始把它想象为是一个同事的恶作剧，但是，这封信却并没有明显的圈套让我来往里钻，那么，它是什么呢？

重要的是它是如何躺在了我的桌子上。当然，信封上写着我的名字，可没有贴邮票，没有邮戳，没有写信日期，也没有署名。一个精神病患者的来信。就是这样的。但它又是怎么躺到我的桌子上的呢？

我去询问了信件投递者。这是一个年轻人，他拿起信封看了一下，准确无误地说："这封信是我放在你的桌子上的，连同其他的东西一起。这封信一大早就放在门内的大桌子上，它不是通过邮局寄来的，它是某个人放在我分发信件的桌子上，叫我直接投给你的。"

我回到了我的工作间，我决定不再去想这封信。毕竟，它说了一些不着边际的废话。我立即开始忙碌起来。在城市中，信息的聚集与发散也是它的功能之一，我就不幸生活在各种信息的洪流中。在这种意义上讲，我就每天得面对信息的大海。我打开电脑，看着我收到的电子邮件，我进入国际互联网，在网上漫游了一会儿，我又打开新华社和中新社的稿库，看了看新发来的消息。我还查看了深沪两地股市的交易情况，抛掉了一只上涨的股票，我又给在美国哥伦比亚大学读书的女友发去了一封电子邮件。最后，我开始调用各地的记者站发来的新闻，开始做第二天的报纸版面。

这种工作是紧张而又愉快的。我很快就干了一个上午，中午吃饭时间到了，我去三楼餐厅去吃工作餐。我端着我的托盘走向几个同事，坐下来聊天，一边吃饭一边谈论起最新的经济走势。我吃到一半的时候，我的寻呼机响了起来，我打开来一看，这是一条新闻短信息。我们每一个要闻版记者都有一台这种寻呼机，上面有一条让我震惊的消息：

地铁系统中午11时8分突然瘫痪 供电系统出了故障 发生一死五伤事故

我愣住了。我放下了筷子，猛然想起了上午我收到的那封信，我站起来就向楼下跑去。

三

整座城市的地铁系统瘫痪了一天一夜，但仅这一天一夜已经使A城的旅客运输发生了严重的运力紧张。几乎所有的公共汽车、大巴和小巴中坐着的都是人。我是在事件发生后不久，也就是在我的新闻寻呼机告诉了我消息后的20分钟，赶到了最近的地铁站。在那里，很多面色苍白的人像是刚刚从地狱中爬出来一样，神情紧张地走出了地面。我拦住了一位中年妇女进行采访。

“突然之间，地铁列车车厢内的灯就全灭了，列车也一下子停在了黑暗的隧道中。连列车司机也不知道发生了什么事，他们15分钟后才告诉我们真实情况，是地铁的动力系统发生了故障，也就是说，停电了。他们正在与地面联系，叫我们不要慌。但是在一片黑暗之中，有谁会不慌呢？一些男人用打火机照亮，一闪一闪的，车厢内人非常多，门打不开，空气越来越闷。我忽然觉得，这一刻我就像被装进了一口棺材里，根本没办法从里面出来。那种惊慌人人都有，慢慢地大家都受不了了，开始咒骂列车人员。有人用肩膀撞门，门不开，30分钟过去了，没有任何动静。车厢内的空气更加沉闷了，忽然，哇的一声，传来了婴儿的啼哭声。我一听就知道，有一个婴儿在车厢里出生了。上车的时候我就注意到有一个孕妇，她人很瘦，但眼睛奇大，又漂亮，肚子很高，像是个要生儿子的，安静地坐在那里，但这个事故发生后，她可能是出于紧张，一下子把孩子生了出来！婴儿啼哭的声音太过突然，大家都愣住了。有大夫吗？我高声喊，有大夫吗？有人生孩子了。没有人应答。但有人开始砸门，因为车里太闷了。这时，门突然开了，列车广播告诉大家，请大家不要惊慌，下车后沿着铁轨走，不要去碰触铁轨，步行出去。人群更加骚动了，咱们把孩子母亲抬出去！有个男人喊。……后面的事我都记不太清了，总之我非常害怕，我们一个接一个地在黑暗的隧道中向前走去，前面一点儿光亮也没有。我们照明就靠打火机点燃的报纸。地铁司乘人员走在最前面，他们大声地叫人向后一个个地传话，说不要慌。可谁会不慌呢？我就感到慌乱极了，我们尽量不太出声，一直沿着铁轨向前走。这真的就像是走在地狱里一样，我们在黑暗的地铁隧道中走了一公里，才到达一座站台，整个被困在地下的时间大约有一个小时，这一个小时是最难熬的了。不过，一路上都有那个婴儿在茁壮地啼哭着，声音非常响亮，就是这个婴儿的愤怒啼哭让大家有了勇气，得到了安慰，我们才得以从地下爬出来。”这个中年妇女神色稍稍缓和了一些。

“那个母亲和她的婴儿呢？”我问她。

“刚才已被站台的工作人员送到医院去了。那个母亲失血过多，又受了惊吓，也不知有没有危险。”

我谢了那个中年妇女，继续向地铁站内走去。站里仍旧有人不停地向外边冒出来，就仿佛地下突然开始生产人类了，他们层出不穷地向外涌现。这使我想起来美国诗人庞德有关地铁车站的那首诗：“人群中许多面孔的突然闪现／一个枝条上许多湿漉漉的花瓣”。是的，这一刻我逆着人群的水流向前走，我看到了很多张脸、各种各样的脸，他们真的像是一个枝条上许多湿漉漉的花瓣，而且是一些极度惊慌和恐惧的花瓣。

我又采访了一些人，我想我的报道一定要引述很多亲身经历者的目击感受。后来我找到了地铁总指挥部，他们正在进行紧张的疏散人群工作。“就是地铁动力系统出了故障，也就是说，电源被切断了。我们正在查找事故发生的原因。我们会尽力尽快地恢复秩序的。”地铁抢险总指挥告诉我。

“请告诉我伤亡的情况。”我问。

“有两个人死了，受伤达十七人。两个死者一个死于推搡拥挤，他的大脑撞在了铁轨上。另一个死者是个产妇，她大出血，刚刚死在救护车里，这个消息是刚刚传来的。受伤的十几个人都不重，都是在地铁隧道中向外走时受的伤。”

“为什么非要叫大家向外走，而不抢先将动力系统修好？”我问。

“因为我们找了半个小时的事故原因，也没有查出来为什么断电了。”总工程师十分沮丧，“也许是这座城市的地下管线太多、太复杂了。我们还在继续查找。”

第二天上午，我又收到了一条新闻讯息，说是地铁系统又正常运营了。我打电话采访那个头发花白的老工程师。“……说实话，是地铁系统自动恢复了动力系统，也就是突然地，电又来了。地铁又可以开动了。我想……想不出这是为什么。这个你们不能报道，无论如何，地铁停运 24 小时，又再次开通了。

这就够了，对不对？”

挂断电话，我望着桌上那封没有署名的信。我相信了这个人的话了。这个写信来的人肯定不是疯子，他是一个极其聪明的人。也许还是个女人？总之，他只是做了一个警告，向城市进行了一次小小的示威。他是有这个能力的。这是一个极其可怕的人吗？仅仅因为地铁吵，就要破坏地铁，造成两死十七伤吗？要不要向公安局报案呢？我苦苦地思索着。我隐隐约约地觉得，这个人还会和我联系的。也许他还会干出其他惊天动地的事来，但他一定会和我联系的。因为他说他“缺乏交流”，可见他比较孤独，他有想法，但也许正在孤独和疯狂的边缘徘徊。我期待着他和我联系。

四

第三天早晨，我来到了办公室。打开电脑，上面有电子邮件发来的指示灯在闪烁。我打开电子邮件，只有一句话：“请看你的抽屉。”

我打开了抽屉，一眼就看见里面又有一封信。信封和上一次一样，我按捺住狂跳不已的心情，撕开信封，把信纸——这次是 1968 年生产的一种黄色信纸——展开读了起来：

你好！

我让地铁系统瘫痪了一天，这样我就睡了一个好觉。因为我总是觉得吵。在我身边，到处都是声音。那些声音搅得我不得安生。那些声音有盖大楼时的打桩声、地铁飞驰而过的呼啸，还有其他各种声音。城市就是发出各种声音的集中场所，它总是吵我。于是它惹怒了我，我就让地铁系统瘫痪一天。我是有能力的，对不对？我有不少想法想和你交流，比如我认为现在的医院实际上是一个假性屠宰场，我看到了医院的下水道系统排出的污水，里面的内容是非常丰富的，甚至还有人被割下来的各种废弃的器官，它们大多数都有问题，人们不再需要它们，可为什么都要通过污水排到地下？它们太多了，它们也太脏了。医院就是一个屠宰场。另外，你对中关村刚刚举办的高科技国际周怎么看？有那么多的电脑和高科技专家都汇聚在那里，向人们展示出了最新的高科技产品。我也去看过，见过他们，并索要了他们的地址。你猜我对这些家伙们怎么看？他们都是疯子，正在把人类引导向更为疯狂的地步。电脑，一种多么可怕的东西！它像监视器一样爬进了每一个人的家庭，然后向你们散布信息垃圾，电脑把人带入了一种速度，这种速度太快了，不适合人类。我准备惩罚他们。我听说有一个美国人惩罚过他们。但这个美国人被判了刑，并给关了起来，人们都说这个叫卡辛斯基的人是个疯子，实际上他最清醒。人类已进入水火煎熬之中，这是毫无疑问的。我们被电脑、航空航天工业和生物技术带入了一片可怕的境地。我要惩罚这些人。不过，到时候我恐怕还要请你帮忙呢，因为借你的笔和版面，你可以把我有关人类目前处境的思考都表达出来，但是现在不，现在我只是和你进行一点儿交流。我现在还不能给你发表你言论的机会，因为时机不成熟。我不能和你见面，但我会经常和你联系的。我静静思考了五年，现在，我决定出山了。

这封信照旧没有署名，墨迹很浓，像一种油漆漆上去似的，我闻了闻，闻出了那种类似淤泥一样的臭味儿。但是这封信是如何到我的抽屉里的呢？我仍旧无法想通。我又面对电脑，想要查看一下电子邮件是从何处发来的，但是电脑屏幕上显示出发信人并不想让我知道从何处发来的讯息。我查不到它是从哪里发来的。我在苦苦思索着。毫无疑问，这个向我写信的人是城市中的一个偏执狂，一个冥想者，他躲在这座城市的某个角落里向我写信。他说他“思考了五年，现在终于决定出山了”是什么意思？这句话的意思难道不是他要制造一些耸人听闻的事件吗？他要惩罚那些电脑专家，他会如何去惩罚他们？他会像卡辛斯基那样向他们寄邮包炸弹吗？想到这儿，我不禁有些紧张。我们的高科技产业才刚刚起步，我们的电脑专家还非常稀少，他会对他们怎么样？从他制造的这起地铁瘫痪事件来看，他已经是一个罪犯了。

我希望我能够和他取得联系。但是看来他现在还不想和我联系，因为他给我发来了电子邮件，但并不想让我知道他的网址。我又去问了一下信件收发员，他告诉我他这一次没有见过这样一封信，也没有向我的抽屉里放过信。那么，看来这封信是他亲自送到我的办公室里来了。想到了这一点，我不禁有些毛骨悚然。

在我们报社的编辑中心电脑工作平台里，一百多台电脑分成了十几排。现在，这些电脑都打开了，很多记者在电脑前忙碌着。但我就是觉得有些不对劲儿。是的，是有些不对劲儿。有人已经给我发来了两封信，但我还不知道这个人是谁。毫无疑问，他已经开始了他周密计划的一部分，他已经先走了一步。已经死了两个人了，他还会让多少人死去？在整个事件中，我在扮演什么样的角色？我又有什么作为？他为什么只选择了我作为他的对话者？这对我有危险吗？我会遇到什么样的危险？生命危险吗？

我坐在电脑前开始给他写信：

不知名的朋友：

首先感谢你对我的信任，是的，你是信任我的，要不然，你不会给我写信，告诉我你的所思所想。我看了你的信，觉得有必要给你写一封回信。我同意你的部分观点，比如城市，尤其是大城市都有城市病，全世界所有的大城市都有环境污染、交通堵塞、吸毒卖淫等病症。但是，正如再健康的肌体都会有病症，城市也不例外。城市化与城市生活是我们走向现代社会的必由之路。另外，高科技是加快了我们生活的步伐，加速了信息甚至是信息垃圾的传播，但它使我们进入了一个人类文明共享的信息世纪。这是人类的美梦！它正在变成现实。在今天，发达的交通与信息高速公路、商业外贸流通和金融、服务业使我们很快地享用到了人类在今天创造的各种文明成果，虽然这种高速度的发展也有很多负面的东西，但发展仍是人类的主题。我想电脑专家们干的正是为了人类更好地发展的事业，他们是这个时代的弄潮儿。

我认为您已经犯下了破坏公共设施罪，因为，你使地铁系统瘫痪，造成了两死十七伤，其中还有一位刚刚生下了孩子的妈妈，您这是犯罪。我想，您为什么不去向公安局自首呢？这可能会使您获得宽大处理。我同时不希望您“惩罚那些家伙”，否则，您会走得太远的。我们为什么不找个机会坐到一起，一边喝咖啡一边好好聊聊？也许那样我们会交流得更好，因为交流毕竟是双向的，在您向我表明态度和看法的同时，我也应该向您表明我的看法，这样我们的交流才会有效果。

此外，我对您是如何将信送到我的办公室的一直持有浓厚的疑问，因为我们的办公室白天大家都在忙，到了晚上又有保安值班，您是怎么样把信放到我的抽屉里的？不知您可以告诉我吗？

你的朋友　×××

我写完了这封信，把它打印出来，装进一个信封，上面写“不知名的朋友收”。我把它放到了我的抽屉里。我希望他能取走它。但是接连几天，它都在那里，而且什么事也没有发生。一周后的某一天，我又来到办公室，打开抽屉，发现那封信不见了！

五

是的，我写给那个人的那封信不见了。看来是他拿走了那封信，是他亲手拿走了那封信，可是，他是如何来到了我的办公室的？他又是怎样消失的？而且，他也没有给我留下只言片语。在那封信消失的日子里，我希望他不久就给我回信。我也忽然从内心深处产生了一种交流的渴望，我想和他谈话，和他见面。我发现我的内心之中已经产生了一种恐惧，就是我忘不了他在信中告诉我的，他要惩罚电脑和电子专家。但是，大约过了一个月的时间，我既没有收到他给我写的信，也没有任何关于电脑专家遇害的消息。我开始密切地注意这方面的动态。在报社，我已变成了一个心怀秘密的人，我现在还无法将我所遇到的事告诉同事，我必须独自去面对他，面对这个人。

我甚至还担心我给他写的信中的措词他不能接受，比如我认为他在制造地铁瘫痪事件中已经犯了罪，他会承认吗？毕竟有死有伤，这一切又都是他造成的。他又会如何报复我呢？毕竟，从平时看到的很多西方电影上我们知道在现代文明生活中变得疯狂和危险的人是非常多的，但当他有一天出现在中国的大地上，出现在我的身边时，我多少还是感到了吃惊。

我每天翻阅《法制晚报》，有一种直觉迫使我经常去翻阅它，我要从每天发生的凶案上去发现蛛丝马迹。又过了 10 天，我终于从这张报纸上读到了我所关心的消息：

著名电脑专家何梁尸体被发现

（本报讯）记者姚小娜今日上午 10 时报道，已失踪 22 天的电脑专家何梁的尸体在通恩河的入口处被发现。经尸检后法医认为，尸体距死亡时间已超过20天，尸体已高度腐烂。何梁是我国著名的电脑高科技专家，由他领导开发研制的电脑软件已占领了我国电脑软件市场的28%，他生前担任河海集团公司的执行董事和科技部总经理。何梁现年42岁，有一个女儿还在念高中。法医认为，何梁一向有忧郁症，不排除有自杀的可能性。但是他死时肺部没有任何藻状泡沫，说明他在死亡时尚没有入水，尸体发现的地点并不是案发地点，他杀可能性更大。何梁之死是本市高科技产业一重大损失。通恩河目前正在治理，而何梁的尸体是在一个废水排污管道口发现的，详情有待记者进一步报道。

我拿住这张报纸愣住了。我猜想这一定是他干的。他不给我回信，但他仍要干他想干的事。当然，这仍需要进一步确认。我有些发呆，我想我正在一步步地陷入一个麻烦。我正在发呆之际，我的电脑屏幕上又在闪现有电子邮件发来了。我赶紧收看它：

你的信我收到了，但我目前还不想和你见面。时机并不成熟。不过，我已经出山了，我要干的事谁也拦不住。我准备送你一个礼物，一个礼物。

我立即查阅这封电子邮件是由哪里发来的，但是查不到，发信人不想让我知道。他说要给我一个礼物？给我一个什么礼物？是死亡吗？我笑了一下，这我不怕。我很小的时候就见过死，我6岁的时候父亲死于一次车祸，他血肉模糊的尸体我除了感到亲切，当时并没有强烈的感受。死不是生的对立面，死是与生共生的。不过我可能是想得太多了。眼下我要做的选择是，我是否应该到公安局去提供这一线索？我这样做的话，会把我置于何种危险地步？我算是一个告密者还是有功的举报者？

“你是说这都是由一个疯子干的？”马文利探长看完了我交给他的两封信

说。我来到了警察局，把那两封信交给了他。这座城市的刑警制度刚刚进行了改革，已实行了警长制和探长制。马文利就是接手调查何梁之死的探长，他的助手是一个非常漂亮但却冷冰冰的女警察。“那次地铁瘫痪的原因后来查明与一个司机撞倒了一处高压变电器有关。而这何梁之死，没有证据表明他确实是他杀，他还可能是自杀。”马文利对我说。

“但每一次都是我先收到了他的信后，这些事件随后就发生了。想想美国电影中的一些疯子吧。他就是这样一个人！”我有些激动地大声说。

“你提供了非常重要的线索，我们要密切注意这个人的动向，我们要找笔迹专家去查证这个人的笔迹，我们要去找指纹专家确认信纸上的指纹，再从户口档案中查检就可以找出这个人。年轻人，谢谢你！”马文利站了起来。

“那我接下来应该干些什么呢？”我有些拿不准地问他。

“以静制动，在没有证明这些事件都与他有关系之前，你应仍和他保持联系。要有紧急情况，立即拨这个号码，我们会很快赶到的。”马文利拍了拍我的肩膀。

回到大街上已经是夜晚时分了，城市夜晚的繁华让我觉得亲切。毕竟，这是我所生活的背景之一。我一边浏览着街头广告，一边向家中走去。可这时，我忽然决定到报社去看看，我想去看看那个人带给了我一件什么样的礼物。我就来到了报社的写字大楼。这是一幢5层高的大楼，我向门卫打了个招呼，乘电梯缓缓上楼。在我们的编辑记者中心，门口仍有一个勤杂工在工作。我说我要赶发一个急稿，叫他打开门，我走了进去。里面是黑的，但我立即听到里面有动静。我打开灯，电灯一排排亮了，我看见有一个人穿着一身黑，影子一闪就从距我40米外的另一个出口出去了。也许正是他！我赶紧追了上去，在楼层上上下下找了几遍，也没有发现有人。

我沮丧地又回到了我的小隔间，我的目光触及的东西让我吓了一跳。有一个玻璃缸放在了我的桌子上，里面有一个不足月的死婴正在里面漂浮着！

我立即明白了这就是他送给我的礼物。他送给了我一个死婴！还有一封信，是的，桌子上还有一封信。一样的信封，一样的字迹，但送信人却像鬼影子一样消失了。我拿起了那封信。但这个时候，那个勤杂工走了进来，他看到了我桌子上放着的那个死婴标本，惊得目瞪口呆。

“把它赶紧扔掉，这事儿你不要对任何一个人说，一定要替我保密。”我叮嘱那个勤杂工。他用力点了点头。我收起那封信，起身走了。

六

……收到这样一件礼物，你是觉得吃惊，还是觉得好玩儿？但是我想，你应该喜欢它。它是一对男女在激情中的产物，它被抛弃了，它没有足月就死了，但它是美丽的，我这种说法不知道你能不能够接受？你仔细地看看它，它有着我们人全部的优点和缺点，它就是你和我小时候的模样。它现在一动不动了，但它多美呀！我是在一条污水沟中发现它的，当时它正在漂浮。没有一个人看见它，我看见了它，因为它正在顺流而下，流向更黑暗的地方，流到城市地底下那五花八门而又曲径通幽的管道中去腐烂。但是我发现了它，我截取了它，我对它非常怜惜，我认为也许可以把它制成美丽的东西，把它装在酒精溶液里拿给你做礼物。我很难给你别的礼物，我于是就给了你这件礼物，请别见怪。

你在上一封信中谈到了电脑时代和信息世纪。是的，人类正在被技术的不断进步强有力地塑造着。汽车、电视、电灯、微波炉、化纤产品、高速公路、飞机……这些东西把我们带向了一个新时代。但是有些东西没有变多少，比如人性，成年人还是那么的贪婪。我们改变世界的速度总是快过改变我们自己。我们这个时代，电脑专家成了时代英雄，但他们要把我们带到何处，连他们也不知道。我们把这些人称为是时代英雄有多么可怕！而我也懂电脑，大学时代我学习的就是计算机，我对这玩意儿太了解了。它是一种工具，它不是可以带领我们真正走向幸福的通道。我不喜欢电脑专家们，我决定……惩罚他们。如何惩罚你就不要管了。

你称我已经犯了罪，对于这一点我并不能苟同。是的，我使城市地铁系统瘫痪了，并且使两个人死了。但他们的死，真的与我有关系吗？如果没有地铁瘫痪，他们也会死于别的意外，同样会死于产床和死于磕碰跌跤（我也看报纸，不过我一般要晚几天才能看到报纸）。他们总会死的。我这样说并不是蔑视生命，我是尊重生命的。可大多数人都蔑视生命，比如这个死婴，它难道不是蔑视生命的结果吗？现在的社会被一些互相勾结的政客与企业精英控制，全人类的精神被扭曲，我们正处于一种大混乱当中。我希望有一天我要正式发言，促使人们对这种混乱进行思考，从而使我们进入一种新的自然状态。我已经开始行动了，我要让所有的人知道我的想法！

我把这封信读完了，我确信何梁是他杀的。我有这样一种敏感和直觉。而且，他还会再去干掉别的一些电脑专家。我想我应该向马文利探长发出警告。我来到了报社，正要给马文利打电话，我发现我的电脑上有电子邮件，一个大大的“E”字在闪动，我接收了它。

喜欢我的礼物吗？　老 K

我立即查了一下网址，这次他有网址，我们可以进行网上交谈了，我立即打了几个字：

不太喜欢，因为有一次下水管道被煤气爆炸掀开了，我曾经见过一个死婴。

是这一个吗？

不，不是，也许是，你这是恶作剧。我想直截了当地问你，何梁先生是你杀的吗？

是我杀的，因为他是一个顽固的家伙，我本想约他谈谈，可他不同意我的观点，我就杀了他，我说过我要惩罚这些家伙。

你的下一个目标会是谁？

我知道你已经告诉警察了，你一定把我写给你的信拿给他们看了，不过我不怕，因为他们抓不到我的，我在暗处，他们在明处。

你有些疯了，能不能停止你的行动？

不，不可能。因为我要把他们好好惩罚一下，他们是工业社会的精英，也是人类邪恶力量的罪人！

他们不是罪人，他们正在用高科技技术使祖国经济振兴，你已经在犯罪的路上走出去好远了！

从更远的历史来看，这些精英与政客联手，让人们变得疯狂！

你在哪里 我能见你吗？

不，不行，还不到时候。

你不信任我？

但也谈不上不信任你，我说过我缺乏交流，我需要和你交流，但现在不行。

难道你要把你想杀的人都杀光才要和我交流吗？你必须停下来。我承认我已给警方提供了你的信件，他们已开始搜寻你了。

他们找不到我。

为什么？

因为我不是你们世界中的人。

我们交谈到这时，他突然中止了谈话，消失了。我记录下了当时的谈话，我把它们打印了出来，立即去公安局找马文利探长。

七

“你说得对，他是重大犯罪嫌疑人。我们立即去查证一下那个电脑网址！”马文利看完了我提供给他的打印件，高兴得跳了起来。我们立即在警局的电脑中心查出了这个网址的主人，是一家房地产开发商的网址。这家公司正在参与本市地铁三号线的建设。

马文利经过调查，发现这个网址在公司中并没有被人用过。该房地产公司在那个时间中并没有开启这个电脑网络。线索又中断了。

“这是一个十分狡猾的家伙。”回到警察局，马文利沉思着，“他不会傻到把自己的网址提供给我们，他盗用了这个网址，用了一个声东击西。你看，你们的交谈中有一句十分重要的话：‘他们找不到我 因为我不是你们世界中的人。’你说，这句话是什么意思？”马文利问我。

“也许他的意思是他生活在坟墓里，像是一个死人？这不过是一种比喻。”我说。

“看来在户口档案上可能都查不到他。他有充分的自信认为我们抓不到他，你说，他的自信依靠的是什么？”马文利似乎想到了什么。

“他可能在另一座城市？”我问。

“不，他肯定在这座城市。你看，这里有几个疑点，我是从他信中找出来的。第一个疑点，他认为地铁很吵，你说地铁为什么会吵呢？说明他就在地下活动，所以才觉得地铁吵。第二，他送你死婴做礼物，这个死婴是有人丢进排水管道的，他在地下才找得到这东西。第三，何梁的尸体发现时也是在一个污水排水管道的出口处，法医说何梁在污水中浮了好久了，他嘴里有污水中的各种细菌，说明他是在城市下水道中被杀的。因此，他是一个生活在这座城市地下的人！”

“一个鼹鼠人？”我说，“你说得非常有道理。因为我们报社的门卫非常严，很难有人不从门口出入，而我却在我的桌子上发现了他写来的几封信，和那个玻璃罐装的死婴，而且那次我还看见了他穿着的黑色衣服的背影，但他一晃就不见了，后来我在楼上楼下找了半天，都没有发现他，现在看来，他一定是从下水道溜走了。”我有些恍然大悟。

“可你说一个人天天都生活在地下，这可能吗？生活在地下排水管里？那种臭气不把他熏死才怪呢！”

“也不是没有这种可能的。我们从哪里才能调到地下管道的资料？”

“从市公用局。我看我们……”马文利说到这儿，他的那个漂亮的女助手走了进来，她的脸色不太好。

“探长，出了一件爆炸案，刚发生半个小时。”

“是怎么回事？”马文利和我都站了起来，“走，咱们立即到现场去看一看！”

我和马文利探长一起赶到了爆炸案的现场。案发地点是一所大学内的一家经济研究中心，这个研究中心是几个从哈佛大学毕业的经济学博士创办的，汇集了二十几位欧美一些名牌大学毕业的经济学硕士和博士生，他们专门从事中国经济发展的宏观和微观研究，定期以白皮书报告的形式发布各种对中国经济的预测和分析，是经济学界一个非常有名的研究所。我们赶到现场，发现有一具尸体倒在一个电脑平台面前，他朝下趴着，血流了一地。一个女人捂住了脸，正在向做笔录的警察哭诉：

“……我当时在外屋，黄博士说他收到了一个邮包，问我要一把剪刀为了去打开它，我就给他找了一把，我又走到外屋，几分钟后，我就听见里屋的爆炸声。那种爆炸声并不大，但是很脆，很响，我吓了一大跳，立即站起来向里屋看，我就看见他已经倒在了地上，四周一片烟雾弥漫，我叫了一声：‘黄博士！黄博士？’他一动不动，我一下子慌了，连忙给学校派出所打了个电话，很快他们就来人了，还带来了一个医生，检查了一下，说黄博士已经死了……后来他们又给你们打了电话，你们就来了……那个邮件本来是该由我来拆的，平时他们的信归他们，各种寄来的邮件和印刷品，都是由我登记拆开的，可这一次黄博士他自己非要拆，就发生了这样的事……”那个女秘书哭了起来。

马文利立即侦察了现场。我嗅了嗅，闻到了空气中那种十分浓烈的火药味儿。

“是一个邮件炸弹，自制的邮件炸弹。”马文利站起来对我说，“那个邮件已完全炸碎了，只剩下了这些包装盒的残片。”他递给了我一块包装盒的残片。

我把那块残片接了过来，这是一种胶版硬纸做的包装盒，是手工包装的，是通过邮局寄出的。我拿到鼻子上闻了闻，又闻到了那种类似于他给我写信时用的墨水的那种淤泥一样的臭味，毫无疑问，现在我可以判断，它是一种城市下水道里才有的独特气味儿。“是他干的，”我肯定地对马文利探长说，“我闻到了唯有他才有的那种气味儿。”

马文利拿过来，也闻了闻。“这个家伙，我一定要抓到他！”

黄一木博士是著名的青年经济学家之一，他对我国经济发展的几次过热和实施软着陆，有着精到的研究。近期他又主持了中国经济的可持续发展的研究报告，对如何启动住宅消费和汽车消费做了比较研究，从而使国家行政人员下决心加快住宅的市场化进程。他的最新成果是一本关于东南亚经济危机可能给中国经济带来的影响的书，才出版一周，即成为了畅销书。

这样一个人，“他”为什么要杀死他呢？我十分悲愤，现在，我觉得这个仇恨现代社会的鼹鼠人是一个不折不扣的罪犯，我不想再和他交流了，我希望他早一点儿落入法网，我恨这个凶犯，他就像所有的偏执狂型罪犯一样令人厌恶，我想尽快看到他落入法网。

八

是的，我梦见我曾经见过他，见过那个炸弹杀手，那个在这座城市地下生活的人。我就是那个弃婴，只不过我还没有死，我浑身发白，我的大脑中还留有意识，我就在那复杂的地下下水道系统中漂浮，人们把我扔了，一对激情男女，制造我的人把我抛入了这深涧中。我在黑暗的管道中漂浮，我从一条较小的管道进入了一条更大的管道，很多泡沫、垃圾和废水包围着我，我就在他们中间浮游，我上下沉浮，这是一个黑暗的世界，没有亮光，没有植物的气息，没有雨的气息，只有一种发霉发臭的气息，这种气味使我窒息。我看不见太多的东西，我想哭但我哭不出来，因为我的嘴里弥漫的都是泡沫和碎木屑。我像一个孤独的漂流者，在纵横交错的地下排水系统中漂浮。

有一阵儿我被挡在了一面很大的过滤网边上，在泛着泡沫的水中旋转，和其他不能通过过滤网的废物一起旋转。我有一些绝望，因为我想继续漂流，我憎恶黑暗的世界，这座城市的地下世界是如此复杂和可怕，它是噩梦一样的世界，我想尽力逃离这个世界，重新见到光明。与漂浮在地下污水管中相比，我宁愿漂浮在引水渠中、大运河中或者是水库里，哪怕有惊慌的人看见了我，用手指指点点，大叫："死婴！死婴！"我也会很开心的，毕竟有人关心我，因为我缺乏爱，我在没有得到爱的情况下就被抛弃了，然后不停地在废水泡沫和各种废物中打转。

我在水中旋转时看到了四周的管壁上生长着非常多的鲜艳的东西，那是颜色古怪的苔藓，以及一些湿地里才长的毒蘑菇。它们密密麻麻地长在管壁缝里，一群群硕大的长尾老鼠在管道和管道之间来回奔窜，它们吱吱叫着，瞪着小而亮的眼睛注视着我。我担心它们朝我扑过来咬噬我，但是没有，它们只是注视着我，只是在吱吱叫。后来有一股非常强劲的水流冲了过来，我被冲得荡了起来，然后又沉入了一个漩涡，我又能继续在地底下漂浮了。

这的确是漫长的旅程，一个兴许是没有终点的漂流。我就这样沿着地下管线向前漂浮。水中自有一种向前涌动的力量。我就感到好像有一双大手在后面推着我向前走似的，那种感觉非常舒服，但有时候这种力量显得有些大了，它把我推得在水中上下翻滚起来，如果我还能呼吸，那么我一定会被呛着，我沉沉浮浮，自我旋转，只是觉得有些害怕，有些孤独，毕竟在这黑暗的管道中只有我一个算是人的东西在漂浮。这原本不属于人的世界，我只是偶然才到这里，我可能永远也走不出去了，我也可能再也回不到这里了，我会被掩埋、被焚烧、被泥沙吞没。这就是我的命运吗？

在向前的漂流中，我非常渴望见到光亮，我知道，任何光亮都是通向另一个世界、一个鲜活的地上世界的机会。有时候在我经过的地方，仿佛是一束雨从天上落下来，地面管道的某一个缝隙渗下来一束光，它打在了我身上，我在经过它时想多留一会儿，但这不可能，水立即把我带走了，在经过那一束光的时候我睁着眼睛，我想看看外面的世界，但我一阵眩目，只看到白花花的一片光在晃动。另一次，我的眼睛看见了一片天空，那是在流经一个下水道的汇聚口时，一个巨大的井盖被掀开了，那一瞬间我看见了天空，是的，是那种蔚蓝蔚蓝的天空，不过有一朵云正在飘过它，它正在经过天空，然后，我又被污水重新带入了黑暗。

我后来看见了他，那是在污水汇合之处，那里仿佛有一道大堤，水就浸在大堤的边上，我看见了他。

这是一个穿着黑衣服的人，他的头发很长，就像是一个幽灵一样坐在那里。

他注视着污水在发呆。他的手中拿着一支鹅毛笔，他蹲在那里写东西，往一张纸上写东西。他写几句就将鹅毛笔探入洞壁蘸几下，然后接着写。忽然，水中发出了一声响，那也许是一条鱼弄出的响声，这把他吓了一跳，他一下子跳了起来，像一只敏捷的猴子那样，几步就攀上了洞壁，双手抠住了洞壁向下看。

这是一处开阔的地方，水流到这里变得平缓了，再向前，这些城市污水将沿着三个孔道分别流向一条排水沟、污水处理厂和引水渠。我不知道我会沿着哪一条孔道向前漂浮，这得取决于水流的速度和我的运气。但这时，我知道他看见了我。

他看见了我，他从洞壁上跳了下来，他大叫了一声，他扑了过来，用一支木棍把我挡住，一点点地把我从水中捞了上来。从这种举动上来讲，我应该在内心之中对他充满感激才对。他用手一把抓住了我，又在水中荡了几下，将我身上的脏物冲干净。他凝视着我，脸上露出了一丝爱怜。他端详着我，他自言自语道："他们怎么能把你扔了呢？多么美丽的孩子呀！我得把你放进一个玻璃瓶子里，送给他做礼物！"

……我醒了，这个噩梦太长了，我的口中很涩，仿佛真的被污水泡浸过。我吓坏了，为这个梦，为这个在我生活中突然出现的可怕的鼹鼠人。

九

"你看，这是公用局给我提供的这座城市下水道和地下各种涵洞、隧道的资料。在这座城市下面，那些管线加起来有七百多公里长，而且错综复杂，曲径通幽，要想在这下面抓到他，还真不容易啊！"马文利探长递给了我一大摞资料。

我接过来翻阅着，这些资料确实非常多，它显示了这座城市下部的复杂格局。而那个鼹鼠人就藏身其中，在某个地方隐居着。他已经开始了他的行动，他是有力量的。我们在明处，他在暗处。

“是不是叫地下水道工带一些警察，一队队地分区域进行搜捕？”我说。

“那工程太大了，你想想看，几百公里长，得耗费我们多少警力啊，而且我们不可能一下子把所有的管道都搜遍，总得一个区域一个区域地来，这样，他就有机会逃脱了，从一个区域逃向另一个刚搜完的区域，更何况，进下水道还得会游泳，还要穿潜水衣和防毒面具，地下的情况太复杂了。”

“能不能派警犬进去？或者用某种你们警方已经掌握的声呐仪器？”我又问。

“警犬是必须要有人跟着才有用，而且一旦遇到水，狗就闻不出什么了，况且这个家伙很有力量，他会把那些狗都给杀了。说实话，要不是他给你写信，又给你发电子邮件，使我们掌握了证据，这些案子直到今天我们也没有线索的。所以，我看最好的办法就是引蛇出洞，让他到地面上来。”

“他能出来吗？”

“可以。我仔细分析了他给你写的信，以及发来的电子邮件，我发现他非常信任你，和你有一种交流的愿望。他的确太孤独了，看来他在地下待了很久了。他可能有时候也到地面上来，因为他不可能一直吃那些污物、喝脏水吧。”

“他经常到地面上来买菜吗？”

“他除了买食品，他还买报纸，他在信中说了。不过，也许他只捡旧报纸看。”

“那他哪里来的钱呢？他又不工作，又没有生活来源。”

“也许他过去就有一笔积蓄？也许他有国外某机构的资助？也许他靠偷？也许，他只是从污水里一捞，钱就有了。”马文利笑了一下。

“我只有等他和我联系，我没办法和他主动联系啊！”我说。

“咱们不能这样被动，咱们得好好想一想。他现在的情况是已经开始行动了，他为此准备了好长时间，甚至是准备了好几年，他正在严格按自己的计划行事。他首先要杀一些他仇恨的精英人物，其次他可能要破坏这座城市的基础设施，然后他还有可能劫持人质。不过，他可能还要公开发表一份声明。”马文利一边想，一边说。

“他在给我的信中也表露了这个意思。他说他要发言。”我说。

“对，他是要发言。而你是记者，他找到你交流，就是为了将来能够通过你发言。”

“看来我暂时没有什么生命危险喽！”我自我解嘲地说。

“你现在对他来讲还很有用，所以，即使他知道你把那些信件和电子邮件交给了我们，也没有生气。这表明了两个意思，一是他非常自信，他自信我们抓不住他，或者抓住了也无所谓，二是他还要和你接触。”

“因此，我应该主动与他联系，对不对？也许我应该一个人钻到下水道里，冲着那脏水河大声地喊他，叫他出来，他就出来了。我可不喜欢他再给我送一个死婴。他就是一个病人，我不愿再和他有接触了。我和他没什么好谈的，我和他的所有想法刚好相反，我喜欢的正是他仇恨和讨厌的，这完全是一个古怪的、偏执的、没有人性的家伙，我不愿意再与他接触。”我生气地说，“再说，他已经有很长时间没同我联系了。”

马文利想了想：“咱们得把高科技专家都保护好。我有一种预感，他就要和你取得联系了，你就等着吧。”

十

但是鼹鼠人并没有和我取得联系，连着几天，一大早赶到单位，我都希望能在办公桌上见到他那质地独特的来信，以及电子邮件，但是没有，什么也没有。

我感觉有些不妙，我想鼹鼠人也许对我开始有戒备了，或者，也许他还会对我下手？因为我知道了太多的事情，我又是他唯一在这座城市联系过的人，我还把他写给我的信作为证据提供给了警方，提供给了马文利探长，我想他要对我下手也许只是早晚的事。

但我的确十分迫切地想和他见一次面，和他面对面交谈一下。我想知道他到底是一个什么样的人，他的生活状况，他的年龄，他的精神世界。即使他是一个疯子，他也已经形成了他固定的逻辑，这对于我来说是非常迫切地需要了解的。

在这座广大的城市中，人就像是飘浮在城市上空的微尘。而鼹鼠人他一个人生活在地下的世界中，他会是一种什么样的状态与感觉？他在那到处都是伸手不见五指的黑暗中，内心之中有着什么样可供他照明的火焰？

我一直期待着他和我联系，但他却并没有和我联系，仿佛已经遗忘了我，也忘了他自己要惩罚别人的诺言。他再没有什么动静了，直到有一天马文利给我打电话："赶快到警局，他又行动了！"

我们赶到现场时，发现那里已经得到了控制，但那种悲恸和恐惧的情绪还在弥漫。那是一个电脑主机板生产的流水线，这家叫作虹采电脑公司生产的电脑主机占全国市场份额的百分之二十，也就是一年他们可以卖近 50 万台的个人电脑。该公司的董事长被誉为是电脑民族工业的开拓者，最近有关他创业的两种传记和一本叫作"我要做得绝对好"的他的经营理念，尤其是后一本狂销 50 多万册，被誉为是"知识经济"时代来临的最佳阐释。这个人就是我国电脑工业的代表人物之一欧阳贵。发现他的尸体的是第一个来公司上班的女工，她一进车间就发现那整个电脑主机生产的流水线已经被开动了，但里面却没有一个人，然后很快她就发现在流水线上循环带动的传送带上躺着一个人，那个人正是他们的董事长欧阳贵，他身着白衣白裤，但这白衣白裤却已经被鲜血染红了，她大叫了一声就跑了出去。我们赶到现场的时候，这条生产线已经停了下来，但欧阳贵的尸体还没有从那条传送带上取下来。那种场面非常的残酷，几乎是血淋淋的：在欧阳贵的身上，流水线上的机器在他的各个部位都安上了电子元件，从而使他看上去像是贴上了很多花花绿绿的标签。或者说你也可以把他看作是从很远的地方邮寄来的，他的身上贴着各国海关的标识、证签和印戳。毫无疑问，这是非常悲惨的一幕。凶手——一定是那个鼹鼠人，他杀人的手段之残酷和独特令我震惊。一个电脑生产者身上钉满了他自己生产出来的电子元件，从而使他看上去像是一件工业制成品，这是多么残酷的事！

“妈的，我们这次真的该行动了！”马文利探长皱着眉头，他用手将一面白布单盖在了欧阳贵的尸体上。

“他还没有和我联系，我不知道他什么时候会和我联系，我们……”

我说到这儿，他打断了我的话：“我们用笨办法，我们派管道工和警犬进行地下大搜捕，我们必须得行动了。”他的表情非常沉重。

我知道他承受着巨大的压力，实际上，尽管他掌握了不少线索和证据，但他并没有采取直接行动，这一点，他的顶头上司也一定不会满意，一定会责怪他办案不力，而且他的顶头上司一定又承受着来自市政府首脑的巨大压力，这种压力从上到下完全可以把他压扁。

“不是已经采取了对电脑专家的保护措施了吗？为什么这么不得力？”我问他。

“因为对手是一个有超常想象力和智力的疯子。”他瞪着眼睛看着我，“我们的保安人员斗不过他。我得尽快行动了。”

“你是说依靠那些下水道工人以及那些见到水就不知所措的警犬，真的能行吗？”我问他。

欧阳贵的追悼会在几天后举行了，马文利探长和我都参加了。追悼会的气氛是非常悲壮的。我注意到来的全都是一些政府和高科技界的精英人士，他们的表情凝重，衣着庄严。悼词是死者一位多年合作的伙伴、H大学的高科技集团总裁、著名院士何光年先生。他在悼词中回忆了欧阳贵的生平、生活与贡献，在悼词的结尾，他还谴责了凶手："……是的，在今天这样一个技术发达的时代，夺去一个人的生命就显得更为容易，也更为简单。因为残暴一直是人类的一部分本性，它在我们今天这个信息社会中的成人世界里，显得更加容易暴露，也更加容易被渲染，也许这种残暴甚至还是一种时尚：在文化不断地异化着人类自身的时候，这种动物性是一些标榜生命力的人的理由。但是，最为简单的道理是：人与人在生命与生存的权利上是平等的，任何人无权剥夺他人的生命。但是，今天，躺在我们身边的欧阳先生，他的生命就是这样被剥夺了。被一种不义的力量，被一个或几个暴徒，剥夺了。如果有复仇之火的话，那么这火焰最好在今天能够点燃，因为欧阳的生命之被剥夺，不仅仅是我国电脑业的重大损失，它同时也是对人的尊严的漠视。正因为它发生在一个非常重要的高科技精英身上，这复仇的火焰应燃烧得更旺。愿他的灵魂得到安息，愿凶手早日得到惩罚！"

我在听这激昂慷慨的悼词，忽然注意到旁边肃立的人群中有一个人在看着我。这是我凭余光发现的。我转过脸去，看到了在人群当中，有一个留长发、胡子拉碴的戴墨镜的人，就是这个人刚才看了我一眼。我把视线又转到了前方，前面正有人在进行回忆欧阳先生的发言。

后来我觉得有些不对劲儿，是的，我觉得有些不对劲儿。那个人给了我一种十分奇特的信息。而且，我似乎在哪儿见过他。我一边看着前方，一边在大脑中快速地搜索着有关这个人的形象记忆，但是不行，我怎么也想不起来。我又将脸向左转去，再一看却已然不见他的踪影了。是的，刚才他还在那里，但现在不在了。

我走到马文利探长跟前，在他耳边悄声说：“我刚才看见了一个人，这个人让我觉得非常奇怪，我觉得他……”

“你觉得他怎么了？他就是那个鼹鼠人？”马文利偏头问我。

“有这种感觉，但不能完全确实……”我有些迟疑。

“那咱们快找一下！”马文利几乎要跳起来了。他下意识地摸了摸腰间的枪，跟着我开始在人群中搜索。但是怎么找都没有找到刚才我看见的那个人。他消失了。这更增加了我的猜测和疑虑。

我觉得我在哪儿见过他，我也许真的还认识他。

十一

由马文利派出的四支搜索队开始进入城市的下水道系统进行搜寻，这种搜索队以熟悉地下排水系统构造的管道工人带队，还有一些颇通水性的警察组成，他们都戴着防毒面具，穿着潜水衣，此外大批警犬和他们一起行动。两天过后，搜捕以毫无结果告终。

“城市地下的管道完全是一座迷宫。”马文利对我说，“这次搜索队下水后，按照市公用局提供的资料进行搜索，结果发现那些资料有很多不对的地方，而且，很多地下管道的走向和布局是这些资料所无法标出的。这么多年，城建工人像开膛破肚般把这座城市的地下搞得面目全非了。我们派去的管道工、警察在地下被熏得都快不行了。连那些警犬都被臭气熏得什么也闻不出来了。”

“那我们就只好再等他再一次露头了？我们总是不能主动出击吗？”我问。

马文利看着我，忽然他问：“你说在欧阳贵的追悼会上见到一个人，你判断那个人就是那个鼹鼠人，你是根据什么做出的判断？”

我想了想："可能就是凭一种感觉，我觉得他在那里与旁边的气氛不太协调，他似乎是来看热闹的。而且，他有几分钟一直在注意我，我转脸看他，他又在看前方。我隐约觉得他的样子有些熟悉，但怎么想就是想不起来。"

"他有多大年纪？"

"从他的头发和胡子，以及侧影判断，他大约有四十几岁。"

"四十多岁的人……也许是上山下乡过的那一代人？关键是他为什么会仇恨现代社会？是不是时代的变化让他的理想都破灭了？我一直在想这个人的动机。"

"动机，"我说，"就是一种面对现代社会的脆弱感。也许他是一个失败者，因此他才会疯狂到只做一个在地下生活的人。一定要保护好那些专家，不能叫他们再被鼹鼠人加害了。"

"我们已对一百多位有可能遭到袭击的重要专家进行了24小时严密保护。这一次我想会万无一失的。"马文利很有信心地说。

但是事态的发展证明了马文利过于乐观了。著名生物学家、归国的普林斯顿大学生物学博士胡守常被发现死于一片小麦试验田。胡守常并不在马文利要保护的名单中，原因是胡守常去日本讲学半年，还没有回来。他是在刚回国后第三天就遭此毒手的。胡守常的贡献在于他通过遗传技术使小麦可以抵抗多种先天性基因病，从而获得比过去多一倍的产量。

我们赶到现场时，那里已经有一些警察了，掀开白布单下的尸体，我们可以看见他正趴在那里。他是被绑架到这里后勒死的。脖子上有非常严重的瘀痕，在他的嘴里还塞有一把绿油油的麦子。六月的天空下，这里的麦田一望无际，是这座城市专门开辟给胡守常所在的大学进行农田试验的，不远处，四面都是高楼环抱，只有这一片是绿油油的麦田。我摘了一个麦穗下来，发现这个麦穗的确硕大无比，比一般的麦穗都要大一倍以上，绿油油的闪现着一种生机。

但是培育出这种东西的科学家死了，他的嘴里还塞满了这些饱含着汁液的麦穗。我觉得我们面对的这个鼹鼠人有着超常的忍耐力和残忍劲儿。看来这一切都是他所计划好的，他只是按照他的计划，在一步步地干着他打算干的事。他不是疯子，他有着他的信念、他的逻辑、他的手段和他的思想。

“我们面对的不是一个一般的家伙，”马文利沉痛地说，“他是一个非常冷静、沉着又狡猾、残忍的家伙。我真的没想到这一次轮到了胡守常，因为他一直在国外。看来，我们得更鬼些了。不过，又死了一个人，我这次面对的压力就更大了。市政府会会同所有的专家，专门组成一个专案组，对此案进行侦破的。”

的确像马文利所说的那样。胡守常的死使政府机构的机器运转了起来，市公安局立即组织最为精干的刑侦力量，把这个案子定为“鼹鼠人杀人案”，而且我也被列为专案组成员之一，因为我是可以和他联系的唯一的人，这使我陡然增加了一份责任，也多了一份荣誉。但是从我的内心深处也涌上来一种沉重的压力，这种压力是一种被恐惧和欢欣所包围的力量。我想，我正在面对一桩事件，这桩事件让我有一种兴奋感。

有一天我路过一条马路，我发现那里有一条下水道的井盖打开了，我突然产生出了一种冲动，我就顺着一面梯子爬了下去。

奇怪的是我并没有看见下面正在作业的工人。下面一个人也没有。这是一条非常旧的管道，它非常宽阔，有三米高，我走在这条管道中可以听见自己走路的脚步声，脚步声非常的空旷、清晰。慢慢地，我走到了一片黑暗的地带，我回头看去，可以看见在我下到管道里来的梯子上，倾泻下来一道光柱，而其余的地方则全都是一片黑暗。我开始往前走，我的胆子很大，我不知道我向前走了多久，渐渐地我听到了一阵水流声，这水流声越来越大，在黑暗的地下发出了暗河一样的轰鸣，而且，一股腥臭气息扑面而来。我再回头，发现那里的光柱已经如同一根细细的小线了，我整个地被黑暗包围了。一种恐惧感从脚底一下子升了起来。我大声喊："鼹鼠人！你出来！我要和你交谈！鼹鼠人！你在哪里？你为什么不出来见我？你来杀我吧！你出来呀！你出来呀！"

没有人回答我，只有城市暗河那种滔滔的巨大流水声，和包裹我的无尽的黑暗。

十二

我听到了你的呼喊，你的声音传遍了整个地下，把我的耳朵都吵聋了。我认为我应该和你见一面。这是这天早晨我接收到鼹鼠人发给我的电子邮件的第一句话，但是你不能通知警方，我知道他们已经严阵以待，已经成立了由本市最好的刑侦专家组成的专案组，而且你也是成员之一。我决定要见你是因为我想和你交流，这一直是我的一个朴素的愿望，因此，我希望你一个人来，和我谈一谈。你就从东边街区的第 1201 号井盖处，掀开井盖下来，时间是明天下午 3 时，我会在那里接你。等着和你的会面，你的朋友。

我阅读完电子邮件，陷入了思索。屏幕上一再提示我是否存盘，我按了不存盘的方框，让上面那封电子邮件消失了。我突然觉得，鼹鼠人一直是信任我的，尽管他已经沦为一个杀人凶犯，但他似乎十分信任我。而且今天我收到的这封电子邮件的下端，他署名是"你的朋友"，这又说明了什么呢？说明了我是他的朋友吗？他对我没有敌意吗？或者，也许这是诱使我上当的一个圈套？但是，我下决心了，不管怎么样，我打算赴约了。

我找到了 1201 号井盖，这是一条种满了银杏树的人行道，非常静谧，人不多，我掀开了井盖，沿着井壁下去了。

我握着铁梯，一步步向下走。这座井好像特别深。一般在城市下水道的井盖之下，很少有这么深的。我就一步步地向下走，抬起头，发现那井口已经像一枚银币那么大小了。我有些胆怯。但是，我还是一直向下，最后，我感到我着地了。

我打亮了手电筒，发现有一条隧道贯穿南北。里面很静，向两个方向无边无际地伸展开去，但是没有人。他不是说他会接我的吗？

忽然，我听见头顶上遥远地传来了一声哐当响，我抬头一看，那井盖被关上了，然后有一个人从上面急速地爬了下来，很快，他就来到了我面前。

“跟我来！”他说。他穿一身黑衣服，手里也拿着一把手电筒，在前面带路。他走路的样子非常快，我几乎都跟不上他。我记不得我在地底下的管道中走了多久，大约走了有二十几分钟，其间拐了好几个弯，跨过了三条轰隆作响的下水道，然后，我们来到了一片开阔之处。

他一拍巴掌，被声音控制的电灯亮了。我简直惊呆了，这里的情景与我有一次做梦梦见的一样，宽阔的污水水流，一个大水泥平台，四周有好几处通道。他揭去了面罩，我愣了一下，我认出了他，他是我的大学同学韩非人。我们是一级的，他学的是计算机专业，而我学的是新闻专业。我们都是学校青骑士剧社的成员，在我们排练的戏剧《最后的晚餐》中，他扮演犹大。我清晰地记得这是他自愿扮演的，他非扮演这个角色不可，为此差点儿跟另一个也想扮演犹大的同学打起来。大学毕业后我们一同来到了这座城市工作，他在一家计算机公司做软件设计。一年以后，他考取了去美国杜克大学留学的机会，我记得我还参加了他去美国之前的临别小晚宴。那是七年前的事了。

“没想到是我吧？我根本就没有去美国，而是来到了这座城市的地下，这个美丽的世界里。”他对我笑了笑。他看上去还很年轻，皮肤白皙，看来他真的在地下生活很长时间了。

我仍旧被一种非常吃惊的情绪给控制着，这的确让我吃惊，我压根儿也没想到这个人会是他。我明白为什么他要选择我交流的原因了。

“你非常吃惊，这我从你的脸上可以看得出来。你会吃惊为什么会是我。是的，正是我，韩非人，一个扮演犹大的人，一个不适应现代城市生活的人，对，正是我。”他冲我笑了笑，从一个地方取来了一盘东西，“吃点儿零食吧。”

我一看，不禁吓了一跳，那盘子里装的全是一种黑色鞘翅目小甲虫。他见我不动手，就自己抓了几个，放进嘴里吃了起来：“很有营养的。”

我镇定住了，我说出了第一句话：“你变成一个罪犯了。”

他看着我：“我杀的人才是罪犯呢，他们，他们才是。”

“不，你是，你是一个杀人凶犯，你才是一个不折不扣的杀人犯！”我尖声叫了起来。

“开场白不错，”他笑了，坐了下来，一边吃甲虫一边看着我，“我们的交流会有趣的。我先给你讲讲我的经历吧。”

“……我在那家著名的中美合资电脑公司工作了一年，就决定选择另外一种生活方式了。当时我就明白了我自己的命运，一种不同于你和其他人的命运。我觉得人类目前的生活有问题，人类在一种盲目的生产与消费中变得疯狂了，人们的欲望没有止境，人们为满足这种欲望所进行的努力正在毁灭我们自己。电脑是什么？电脑是被信息垃圾充塞的垃圾场，每台私人电脑都是一个小垃圾桶。当然，我这样说你可能认为太极端了，是的，当时我还没有完全想清楚这个问题。有一天我在街上散步，看见有一个地方的井盖没了，你知道，前几年总有人偷下水道的井盖，去当废铁卖。我下意识地就顺着那口井的铁梯爬了下去。四周都没有人，连在管道下面作业的工人也没有，我就爬了下去。结果这次爬下去就改变了我的生活。是的，这次爬下去就改变了我的生活。因为我从来还没有发现有这样一个地方是如此合我心意的，那是一个清凉的世界。我一下到地下管道里，在地面之上的各种喧嚣也就都没有了，一下子什么声音都没有了，一种巨大的黑暗和宁静包围了我，我就开始下意识地往前走，这是一条巨大的管道，我不记得那天我在地底下穿行了多久，总之我记得我钻进去的时候太阳还非常高，但等我再次出来时，太阳已快落山了。那是一次奇妙的发现，这座城市的地下管道纵横，奇妙无穷，曲径通幽，各个管道之间都有交叉。我记得我从某一个出口掀开井盖钻出来时，有一个正在人行道上行走的小姑娘，突然发现井盖掀开后，从下面钻出来了一个人时的惊慌，她手中的红气球一下子从手中松开，向天空飞去。我钻出来，把井盖又重新盖好，回到了宿舍。

从那以后，我经常下到那无人的地底下的管道中，我发现我渐渐地喜欢上这里了，我越来越讨厌地面之上城市的喧闹和杂乱，有一天，我决定了我自己的生活方式。我决定假装去美国念书，然后采取了辞职的方式，我蒙骗了所有的人，就是为了能一个人在这城市的地下待着。

我想我主要是为了解决我自己所面临的精神问题，一开始，我主要是想通过冥想和静修来达到，于是我每天就这样在地下静心思考，打坐、散步，去发现这地下世界的奇妙。我觉得我自己的精神处于一种非常紧张的关系中，一种和城市的紧张关系里，我必须要解决这种紧张的关系，我就通过在地下的冥想来实现。

我这样一来就是好几年，我渐渐地熟悉了地下的生活。我学会了用污水养鱼、种菜，我用卖鱼的钱再买些粮食。在排水管中，这座城市中人们丢弃的东西非常之多，我就是从污水中捞取各种日用品，把它们消毒后接着用。慢慢地，通过静坐与冥想，我已经到了可以不用怎么吃饭，而有时只喝一点水、吃几粒花生米就可以生活下来的状态，这就是气功师常说的那种辟谷状态。通过几年的静思，和经常到地面的人群中走动与观察，我思考着人类的前途和命运。我思考工业革命及信息革命给我们人类带来的灾难。我想了很多，并且，用一台电脑把它们都一点点地记录了下来。我在地下可以接到各种线路，可以利用别人的电源和线路打电话、发电子邮件。我写了大约有四十多万字，印出来都可以是很厚的一本书了。

就在不久以前，我突然觉得，我的这种思考是软弱无力的，因为我只是自己认清了现实，了解到了这一问题的严重性，但我无法向全社会施加力量，我就像是一种会思考的蠕虫，无力地思想，我的思想就像是海绵一样，我只能自己吸取水分，但我自己却无力挤出这些水分，后来，我看到报纸上介绍了一个人，这个人做的事启发了我。

她是一个广东的农民村妇，名叫杜润琼，她在自己的村子里连续投毒，害死了不少人。她有一种恐惧，那就是现代社会人口太多了，她自己对人口越来越多的现象十分害怕，觉得自己有责任为社会负责、为更多的人负责，于是她就选择了投毒。后来她被抓住了，但她多少有些坦然，因为她认为她是在为全社会负责的。她并不是为自己活着,她这么做是'为国家大部分,不是为自己'。

她这么做当然太简单了，但却启发了我，因为她至少是一个行动主义者。而我，我把人类目前的处境、人类自身的危险、前景，以及后工业化社会带给我们的危害想清楚了，想明白了，这又有什么用呢？

我想我可能缺乏的就是行动。我必须用行动为社会敲响一记警钟，我不能只是通过静修来自我疗治，我还应该采取行动，刹住现代社会疯狂前进的车轮。就这样，我拟定了一个详细的计划，我开始行动了……"

十三

他领着我在他的世界里疾速地穿行与跳跃，是的，他是他这个世界的国王。

他带着我飞越激流暴跳的排水沟,带着我猫腰钻进通入银行和大医院的下水道,他告诉我他从地下观察世界的一切观感。他说这座城市有很多秘密,这些秘密他从城市的地下都可以探听到,因此他对人又多了一分失望,他说他还要干下去,一直到惊天动地为止。

我们盘腿坐在地下管道中,我发现他的身手十分敏捷,他可以纵身一跃,就从高高的洞壁上摘下来一朵蘑菇。“这是无毒蘑菇,是可以吃的。”然后他就把它吃了下去。我发现他的食谱与我的已不一样了,他爱吃的是松仁、花生、各种小甲虫、青菜和鱼,他就吃这几样东西,而且饭量很小。他的睡眠一直不好,稍有动静就会把他惊醒,但他随时又会睡去。他要我陪他在地下待三天,等他把他的思想和我交流完了,他就放我回地面去。

我终于还是接受了这样一个现实,即这个制造了不少杀人事件的地下鼹鼠人是我的大学同学韩非人。我想也许是他的这个名字没有起好,他注定要过非人的生活。他本来就不是一个人?由于我过去就了解他,熟悉他,所以我陷入了一种非常矛盾的情绪当中。在过去,我对这个隐身的鼹鼠人非常憎恶,我觉得他是一个不折不扣的杀人犯。但是,当这个人变成了我的大学同学时,我又开始试图与他沟通,去理解和了解他的这种态度,多多少少地接受了他。

在地下的几天中,我们每天都在讨论,我被他带着在地下钻来钻去,一方面我了解了城市地下的无穷妙处,另一方面,我了解了他思想的各个方面。

“不过,无论如何,你已经变成一个罪犯了,你杀了好几个人了。”我说。

他一步蹿过平缓的一段臭水沟:“你凭什么认为我就是杀人犯,不是思想家或人类社会的敲钟人?”

“根据法律,根据你不能夺走他人性命的法律。”我说。

“法律是人定的,而人又是天地之上的短暂者,人不该是尺度。所以你拿人定的规则来限定我,是不对的。我不是罪犯。”他又一跃跳过岸来。

“不，人是有天赋人权的，你不能剥夺另一个人的生存权。”

“我只是剥夺了把社会推向疯狂的人的生存权，这对大多数人是有益的。”

“你这是恐怖主义行为，你让城市陷入了恐怖，你的行为给有秩序的社会带来了慌乱。”我学着吃掉了几个甲虫。

“不，带来了他们想不到的福祉。这种效益属于长期的，是以后才能看得见的，很多人都是短视者。”他从污水中掏出一个大肚玻璃瓶，“这个可以养水仙。”

“它不能养水仙,它的口太小了。你杀害的这几个人,他们都是社会的精英，是电脑高科技业的代表人物，你把他们杀了，实际上是损害了社会。”

“我们在这个问题上有根本分歧，你不必非要强行说服我。他们是人类盲目发展自己的邪恶力量的代表。我还会干下去的。”他又从水中掏出了一个盆子。

“为什么不能采取缓和一点的态度，比如把你写的那些东西整理成书，然后发表？或者你可以调入一家大学，比如北大，专门进行这方面的研究，这不也挺好吗？”

他怪笑了一声：“哈，你想把我纳入社会非常机械的系统中去，让我彻底异化。是的，我可以发表见解，但在大学中，我搞的任何研究、我发表的任何成果，不过是为了评职称，为了取得饭碗而已，久而久之，我将成为为社会服务的一个异化之后的怪胎。而现在则不同，我自己是一个独立的个人，我有自己独立的人格，我自己行动，不受任何限制。”

“但我对你采取暴力行动，总是不能接受的。”

“只有这样，才能激起人们的热情与警惕，实际上，城市今天已变得非常可怕了。空气极度污染，人口众多。大家都陷入了一种集体麻木当中，无法倾听到真正的声音。只有用惩罚那些家伙的极端行为，才可能让人们警觉。我不能只以写几本书的形式，你看现在有多少人在写着多少本书，还不是淹没在书的海洋中了？”他又从水中掏出了一个木桶。

“下一步你打算怎么干？你又要杀谁了？”我问他。

他看着我，狡黠地笑了笑：“你明天就要回到地面去了，你肯定会把我的想法告诉他们。我不能告诉你。”

“他们会抓住你的，真的，这次你逃不了了。”我说。

“你能不能帮我做一件事情？”他问我。

“做什么？”

“帮我出版这本书，在他们抓到我之后。他们没抓到我之前，你不要出版它。”

“你觉得你会被抓住吗？”我问他。

他朝我诡秘地笑了一下：“抓不住吧。除非他们死一千人，因为只要我一直待在这地下，就没有人能够抓住我。不过，谁也说不准将来的事儿，你说呢？”

“你打算永远这样生活，生活在这黑暗的城市地下？”

“也许吧。等我把事情做完了，我就会回到地面上去。但人类社会一定会视我为疯子，一个怪人，他们不容纳我。我还是生活在地下比较好。这几天在地下的感觉怎么样？”

“郁闷，黑暗，总的来说空气不好。此外，在这地下生活比较辛苦，也很神秘，又是一个人，时间长了，太孤独了。你过的是不正常的生活。你应该有妻子有孩子才对。”

“哈，为了信念，我放弃了这些。我是社会的犹大，这没什么不好。在你回去之前，我把这张磁盘交给你，一定等这件事过去了再出版。”他把它交给我时说。

十四

我回到了地面上，我找到了马文利，我把地下和鼹鼠人会面的情况都告诉了他，但我却非常守约，我没把那张磁盘交给他。马文利非常兴奋，他也没想到鼹鼠人会是这么一个人，有关这个专案组的人立即聚在一起开了一个会，决定尽快将他捉拿归案。最后，设计的结果是由我当诱饵，将他诱出地面。

我承受着道德方面的巨大考验，这对我来说是一件非常困难的事，但是，一旦重新返回了人类社会，我的所有的情绪和观点又都变了回来，我不再同情他，我的这个同学，他所做的一切实际上在朝他期待的相反目标而去。

就在这一时刻，又发生了两起爆炸事件被认为是和他有关。一起是一家银行地区支行行长连同他的轿车一起被炸掉了，行长当场碎尸万段。另一起是一座著名医院的著名眼科专家自己的眼球被人摘去了。总之现在在这座城市中，无数人被恐怖的疑云所笼罩，凡是发生各种奇怪的案件，一般都会归到鼹鼠人头上。

与此同时，抓捕鼹鼠人的计划也在紧张的酝酿当中。这个计划是我给他准备了一笔钱，这笔钱可以供他生活不少年头，在取钱的时候把他抓住。

“你们不要打死他，这种人是值得精神分析专家进行研究的。他毕竟是我的同学啊！”我对马文利说。

“抓到了就把他永远关起来，这样你可以经常去探监了，然后再和他讨论各种人类面对的问题。那会写成一本好看的书的。”他笑着拍着我的肩膀。

我在他有可能发现的地方放了一个漂流桶，桶中放了一封信。根据我的计算，这个桶刚好可以漂到他的经常活动处，信中告诉了他取钱的方法。

所有参与刑侦行动的干警都埋伏在我将要把钱交给他的地方。我背着一个很大的背包，在接头处。他收到了我给他发的漂流桶，按约定，他打碎了第

43大街第三个路灯就说明他收到了，结果我看见那路灯的确碎了。但我们等了一天，他也没来取。

我知道这是警察局设立的圈套，我不会上当的。但我多少有些伤心，因为你已甘当诱饵。不过，我又非常能理解你，因为你是他们世界中的人，你得按他们的逻辑和思维行事。我并不需要那些钱，你们可以把钱给失学儿童。有一件事我需要说明一下，那个银行行长不是被我炸死的，他涉及了一场贷款的骗局，被对手暗害了。而那个眼科专家是被他的妻子挖去的双眼，因为他都快退休了，还找了一个情妇。这都不是我干的，我要干点儿别的，但还不想让你们知道。鼹鼠人。

这是他发给我的电子邮件，我立即把它交给了马文利探长。

在警察局的会议室中，专案组的成员正在开会。

“还是得把他诱引出地下才行，否则，没办法抓住他。”警察局长说。

“能不能用别的办法，比如用毒瓦斯加鼓风机，把他从地下呛出来？”一个人说。

“地下通道连着千家万户和很多工厂、学校，这样一搞，势必会影响很多人的生活。把大家的生活都搞乱了。”政法委书记说。

我沉默着，停了好久，我下决心再背叛他一次，我说话了：“他还交给了我一个光盘，这是他几年间写下的札记。我看可以在报纸上刊发一部分，给他造成一种我们已与他和解的假象，我们愿意倾听他，这样，他就会出来了，然后，我们再抓住他吧。”我说完后，拿出了那张光盘，内心一片黯然。

“就这么办！由日报选发部分章节，越快越好！”副市长说。

很快，日报选登了他的《有关人类的现状及其前景》的文章的一部分，我又给他发了一个漂流桶，在桶中的信上说，这座城市已理解了他，已同意将他的观点陆续发表，他完全可以回到地面，而且，本市打算专门就他的观点进行一次研讨会，希望他来参加，等等。

“我会准时参加研讨会的。”他给我发来了一个电子邮件说，“我看到了报纸，很高兴。”在预备举行研讨会的社科大楼外面，埋伏了很多人。到处都是枪手、狙击手，参加会议的专家纷纷到场了，大家都在等待着这一时刻。这是一间很大的会议室，一张大圆桌围坐着三十几位头发大都花白了的专家学者，我也坐在其中。马文利和几个警探也装扮成学者，坐在他们中间。时间到了，我们都把目光投向了大门，大门开着，我知道，这座大楼里到处都是暗探与枪手，韩非人今天在劫难逃。我的内心之中涌动着十分复杂的液体，把目光放在大门口。但是时间过去了5分钟，没有人，他没有出现。他不会又不来了吧？

忽然，我们听到天花板上有响动。接着，天花板被掀开了一块，一个人将头探了出来。然后，他从上面跳了下来。

他就是韩非人，鼹鼠人！

“大家好！很高兴认识你们，我很高兴我的思考与理论被你们接受。”他走向留给他的那个空座位。场面非常肃静，那些专家和学者见到他，脸色都变了。

他坐了下来，向我打了个招呼，然后他说：“我们开会吧。谁第一个发言？”

“我！”马文利站了起来，他掏出了手枪，对准了韩非人，这时韩非人突然拉过旁边一个人，挡住了他的枪口。他的目光非常严厉：“你们欺骗了我！这是我唯一上当的一次！”他向后一闪，纵身一跃，又跃上了椅子，再一次钻入了天花板，不见了。

埋伏在专家群中的警察立即站起来朝天花板开枪射击。一阵枪响过后，停了一会儿，我们都看见天花板上渗出来了一些鲜血，这鲜血令人触目惊心，它一滴滴地滴落在了桌子上，接着，一声脆响，天花板裂开了，韩非人从上面摔了下来，他刚好掉在了我眼前的桌子上，他用那种悲哀的眼神看着我："我不该信任你……"然后，他死了。

十五

是的，鼹鼠人死了，他是这么死的。于是，整座城市立即陷入了一片欢腾，大家都在庆祝一个节日的来临。我知道,这座城市将重新获得过去的那种速度，像一艘大船一样向远处航行。鼹鼠人不过是人们街谈巷议时的奇谈怪论之一，很快，也不再有人谈论它。我又坐在了报社的电脑屏幕前，发着呆，查看着新到的电子邮件。不知为何，我的内心充溢着一种非常悲哀的心情。毫无疑问，鼹鼠人之死与我有关，假如他不是我的同学，假如他不与我联系，假如他不受骗上当，来参加这么一个"研讨会"，他又是怎样的一种命运呢？在今天，在城市中，又会出现什么样的被异化的人类新品种，向社会宣战？不管如何，人类社会的发展航向已经确定，它无法回头了。即使有一千个鼹鼠人，也改变不了人类前进的航速。但我的同学韩非人，这个甘愿变成鼹鼠的人死了。我无法不悲哀。我的电脑上又发来了新的讯息：在这座城市中，两个 14 岁的中学生因为一个 11 岁的男孩捡了他们的足球，就把他杀了，尸体刚刚在一个土坑里发现。这种少年暴力是令人震惊的。新的新闻与事件又诞生了，作为政法线上的记者，我又要出发了。我站起身，我打算尽快去现场，去了解城市里新的隐私。但我想我无法抹掉鼹鼠人之死在我心头引起的悲哀，我也忘不了他死前注视着我的悲哀的眼神。

1998 年